悪役令嬢なのでラスボスを飼ってみました10

永瀬さらさ

23355

角川ビーンズ文庫

悪役令嬢なのでラスボスを飼ってみました 10

CONTENTS

ヴィーカ・ツァーリ・キルヴァス
キルヴァス帝国の皇帝。乙女ゲーム『魔槍のワルキューレ』のラスボス。
クロード・ジャンヌ・エルメイア
エルメイア皇国皇帝にして魔王、アイリーンの夫。『聖と魔と乙女のレガリア1』のラスボス。
アイリーン・ジャンヌ・エルメイア
前世を思い出した悪役令嬢。エルメイア皇国皇妃。
悪役令嬢なのでラスボスを飼ってみました
10
人物紹介＆物語解説

これまでの物語

婚約破棄され前世の記憶が甦り、乙女ゲーム世界へ転生したと自覚した令嬢アイリーン。悪役令嬢な自分が破滅ルート回避するため、ラスボス・クロードを恋愛的に攻略することに！　紆余曲折のすえ、クロードはエルメイア皇国の皇帝に、アイリーンは皇妃になる。――これは悪役令嬢がゲームのストーリーにはないハッピーエンドを掴むべく、立ちはだかるラスボスたちを攻略しつつ、奮闘する物語である。

クロードの従者

キース・エイグリッド

クロードの従者。人間。

ベルゼビュート

クロードの右腕。人型の魔物。

アーモンド

カラスの魔物。魔王第一空軍・大佐。

クロードの護衛

ウォルト・リザニス

元・教会の『名もなき司祭』。

カイル・エルフォード

元・教会の『名もなき司祭』。

クロードの影武者

エレファス・レヴィ

アイリーンとクロードの側近。魔道士で魔法大公レヴィ一族の末裔。

アイリーンの侍女

レイチェル・ロンバール

アイリーンの第一侍女。
アイザックの妻。

セレナ・ジルベール

女性官吏。
オーギュストの妻。

アイリーンの下僕

アイザック・ロンバール

アイリーンの片腕、伯爵家の三男。
オベロン商会の会長。
レイチェルの夫。

ジャスパー・バリエ

新聞記者。

ドニ

建築士。

リュック

薬師。

クォーツ

植物学者。

ゼームス・ミルチェッタ

アイリーンとクロードの側近。
ミルチェッタ公国の公子。半魔。

オーギュスト・ジルベール

エルメイア皇国次期聖騎士団長。
セレナの夫。

クロードとアイリーンの義弟妹

リリア・ジャンヌ・エルメイア

『聖と魔と乙女のレガリア1』のヒロイン。
セドリックの妃。実は
アイリーンと同じ転生者。

セドリック・ジャンヌ・エルメイア

クロードの異母弟。第二皇子。

アシュメイル王国

バアル・シャー・アシュメイル

アシュメイル王国の聖王で
クロードの悪友。

ロクサネ・フスカ

バアルの正妃。

ネイファ

聖王バアルの元妃。

キルヴァス帝国

カトレア・ツァーリ・キルヴァス

ヴィーカの姉でワルキューレ。乙女ゲーム
『魔槍のワルキューレ』の悪役令嬢。

ディアナ・ネテソフ

ヴィーカの結婚相手。ワルキューレで
カトレアの親友。乙女ゲーム『魔槍の
ワルキューレ』のヒロイン。

エルンスト・ヘルケン・ドルフ

キルヴァス帝国の宰相。乙女ゲーム
『魔槍のワルキューレ』の正ヒーロー。

本文イラスト／紫　真依

✦序幕✦ラスボスの初恋

すれ違《ちが》いざま、背後で声が聞こえる。

とくべつ聴力《ちょうりょく》がいいわけではない。魔力《まりょく》を使っているわけでもない。聞き取れてしまうのは、人間なのだから当然のことだ。

――いつ化けの皮がはがれるかわかったものではない。

――セドリック様がおられるのに皇城を闊歩《かっぽ》させるなど、皇帝陛下《こうてい》は何をお考えか。

――まだセドリック様は幼《おさな》い。いつ殺されてしまうか。

――本当に、いつまであれを皇太子などと。

それとも、人間の言葉を理解できないとでも思われているのだろうか、魔王は。

「クロード様、お約束の部屋は右です」

まっすぐ廊下《ろうか》を突《つ》っ切ろうとしていたクロードは、雑音を断《た》ち切る声に足を止める。自分の従者が、いつもの柔和《にゅうわ》な笑《え》みを浮《う》かべてちゃんとついてきていた。

「……そうだったな」

「ええ。従姉妹《いとこ》とはいえ、相手はキルヴァス帝国《ていこく》の皇女殿下《でんか》です。エルメイアの皇太子が迷子になって遅刻《ちこく》しては沽券《こけん》に関《かか》わりますよ」

皇太子、という言葉を強調した従者の笑顔からすっと目をそらした。

「わかっている。気が進まないだけだ。母上が早世したことの文句でなければいいが」

「いけません。会ったこともない者に対して、そのように敵意をむき出しになさっては」

「僕が悪いのか？」

冷たく赤い目でにらむ。実の父親でさえ恐怖《きょうふ》と嫌悪《けんお》で黙《だま》ってしまうクロードの目線に、この従者だけは黙らない。

「そうですね、八つ当たりによる予断です」

そして間違《まちが》ったことは言わない。

この言葉が届かなくなったときが、お前の終わりだとでも告げるように。

「……なら、予断があたらないことを祈《いの》る」

「そうしてください。今回の面会も、丁寧《ていねい》なお手紙をいただいたんですから」

「代筆かもしれないだろう」

「気が立っておられる。ここは私めを信じてくださいませんかね。一応、ひととなりは調査しました。同年代のご親戚《しんせき》ですよ。仲良くなれるかもしれません」

だが、従姉妹の面会が許可されたのは『そちらから嫁《とつ》がれてきたご令嬢《れいじょう》は早世し、第二皇妃《こうひ》が第二皇子を産みましたが、その息子《むすこ》を無下にはしておりません』という外交のためだ。そしてあわよくば、親戚なのだから魔王という爆弾《ばくだん》を抱《かか》えたクロードを引き取ってくれないかという思惑《おもわく》も透《す》けている。

異母弟《いぼてい》のセドリックが生まれてから、クロードを引きずり下ろそうとする輩《やから》は日に日に増えてきている。しかし優柔不断《ゆうじゅうふだん》な父親はクロードを排除《はいじょ》もできず、かといって受け入れることもできず、いい顔だけをして火種を振《ふ》りまいている。その場限りの手しか打てず、暗躍《あんやく》する皇太后の動きにも気づいていない。

貴族の中で最も力を持つドートリシュ公爵家《こうしゃくけ》も、そろそろクロードに見切りをつける頃合《ころあ》いだ。そうすればいよいよ、クロードは廃嫡《はいちゃく》される。

でも、本当に国を思うなら、自分が身を引けばいいのだ。

異母弟のセドリックは元気に育っている。無邪気《むじゃき》に『あにうえ』と舌っ足らずに呼んでくれたときは感動した。だがこのままいけば、きっと皇位を巡《めぐ》る争いはさけられなくなる。自分たちが望まずとも、周囲がそうさせる。

だから、その前に――なぜ、自分だけが。

「クロード様」

二度目の従者からの呼びかけに、はっとした。握《にぎ》りしめていた拳《こぶし》を取られ、ゆっくり指をひとつずつほどかれる。

「私めが言えた義理ではないことは重々承知ですが、どうか人間をお見捨てなきよう」

祈るような声色《こわいろ》に、クロードは肩《かた》を落とし息を吐《は》き出す。

「……わかっている。すまない」

「ではご一緒《いっしょ》に参りましょう。皇太子殿下」

賓客用《ひんきやく》の応接室の重厚《じゅうこう》な扉《とびら》が、大仰《おおぎょう》な音を立てて開く。

真昼だが、日の傾《かたむ》きと部屋の位置のせいだろう。明かりのない部屋は陰影《いんえい》がはっきりしていて、来客は陰《かげ》に呑《の》まれてしまっていた。だが入室したクロードに気づいてすぐ、一歩、前に出てくれる。

北にある国の人間だからだろうか。雪の結晶《けっしょう》のようだ、と思った。灰銀の髪《かみ》が、透明《とうめい》な日に反射して、白くきらきら輝《かがや》く。

「お初にお目にかかります、クロード皇太子殿下。キルヴァス帝国第一皇女、カトレア・ツァーリ・キルヴァスと申します」

少し無機質な声は、ひんやりしていて心地《ここち》よかった。先ほどまで燻《くすぶ》っていた熱がゆっくり冷えていき、口調と反応がやわらかくなる。

「初めまして、カトレア皇女。お待たせしてしまっただろうか。申し訳ない」

「問題ありません、時間ぴったりです。——ありがとう」

さりげなくキースが引いた椅子《いす》に腰《こし》かける動作には、嫌《いや》みがない。親しみを示すには遠く細長い机の向かいの席に、クロードも腰をおろした。

「それで、御用《ごよう》向きは。手紙には詳細《しょうさい》がなかった」

「ただあなたを見たかっただけなので、何も書きませんでした」

黒い髪、赤い目。魔王の象徴《しょうちょう》と呼ばれるこの容姿を見世物にされるのは珍《めずら》しくないが、こうもきっぱり正面から言ってくる人物は初めてだ。

だが不愉快《ふゆかい》には変わりなく、クロードの眉根《まゆね》がよる。

「弟が、黒髪に赤い目なのです」

だが次のひとことに、よった眉根がほどけてしまった。キースも驚《おどろ》いたのか、手際《てぎわ》よくお茶を用意しようとしたまま止まる。

「……黒髪に、赤目？　あなたの弟君が？　そんな話――」

「ご存じなくて当然です。私の弟ヴィーカは、やっと歩き始めたところ。まだ髪も薄《うす》く、黒だと決まったわけではないからと、民《たみ》にも伏《ふ》せられています。赤みの強い目も確定ではないと様子見されていますから」

「魔王ってふたりも同時に存在するものなんですか」

口を挟《はさ》んだキースを、カトレアは咎《とが》めなかった。淡々《たんたん》としているが、本当は焦《あせ》っているのかもしれない。

「それを確認《かくにん》したいと思い、こちらに参りました。ハウゼル女王国の許可を待っていられなかったので、内密に」

「ハウゼルの海路を使わなかったのか？　無茶をする」

島国の神聖ハウゼル女王国を中心に置いて、大陸は南と北へ海に分断されている。女王の御《お》座《わ》すハウゼル女王国からみれば、エルメイア皇国は南西側、キルヴァス帝国は北東側の大陸にある国のひとつだ。世界は傾いた砂時計のようと表現したのは、どこの詩人だったか。

南北の大陸を渡《わた》るには、潮の流れや補給の関係から、ハウゼル女王国を経由する航路がいちばん安全で安定している。そのため、南西と北東の国が交流をするときは必然的にハウゼル女王国の許可が必要になる。

そのせいで、エルメイアとの交流は十年に一度あるかないか。平民なら名前を覚えていればいいほうで、認識は『ハウゼル女王国の向こうにある大きな国』だろう。

「確かに危険は危険でしたが、我が国の最新の蒸気船は丈夫《じょうぶ》です。それに、ハウゼルの許可を取るのはあまりに手間も時間もかかりすぎます。皇帝である父も、静観すべきという意見とまずハウゼルにうかがいを立てるべきという意見に挟まれておろおろするだけで、まったく話ができない状態でしたから」

「それでも、ハウゼルの許可なくというのはそちらでは勇気がいることだろう」

キルヴァス帝国は鉄鋼業の盛んな大きな国だが、寒さが厳しく、作物が育ちにくいうえ、魔《ま》物《もの》の活動が活発だと聞いている。それゆえ、ハウゼル女王国から長く、魔物退治や人道的支《し》援《えん》を受けているのだ。帝国と銘《めい》打《う》っているが、その皇帝位はハウゼルという国から与《あた》えられたものと言って差し支《つか》えない。神聖ハウゼル女王国は未来を視《み》る女王が御座す国なので、神に近い権《けん》威《い》がある。

「私は近々、ワルキューレの手術を受ける予定なんです。ですので、国外に出る分には問題になりませんから」

「ワルキューレ……魔《ま》槍《そう》を使う戦《いくさ》乙《おと》女《め》になるのか？　皇女のあなたが」

「魔物と戦うのはキルヴァス帝室《ていしつ》の義務です。……魔王であるあなたに言うことではないかもしれませんね。でも、それを知りたくて私はここへきました」

まっすぐな視線だった。つられるように顔をあげたクロードは、カトレアのほうが背が高いことに気づく。

「あなたのことを教えてもらえませんか」

その問いは、同世代にもかかわらず彼女が大人であることの証《あかし》のように思えた。

「……魔王のこと、ではなく？」

そんなふうに返す自分がいじけた子どものようだった。

「同じことです。あなたは魔王で、皇太子でいらっしゃる。人間でありながら魔王であるあなたがどんなふうに人間を、魔物を見ているのか、知りたいのです。もし本当に弟があなたと同じように魔王になる可能性があるのなら、余計に」

「……知ってどうする。それに、僕と弟君は別人だ」

「そうですね。でも私は、弟にあなたと同じ強さを持ってほしいのです。周囲に疎《うと》まれようとも、自分のなすべきことを見誤らない強さを」

かすかにクロードは瞠目《どうもく》した。少女はまっすぐに訴《うった》えてくる。

「弟とあなたの状況《じょうきょう》はよく似ています。弟を産んですぐ、母は亡《な》くなりました。父も周囲もひとまず弟のことを隠《かく》そうとしています。だがそれも限界がある。魔王か魔王でないか、事実はどうであれきっと理不尽《りふじん》な目にも遭《あ》います。心ない言葉も投げられるでしょう。どんなに私が守っても」

「……」

「でも私は、たとえ魔王と呼ばれるような存在であったとしても、弟は立派に——幸せになってほしい」

黙《だま》っているクロードの前に、静かにキースが紅茶を置いた。

湯気がふんわり立ちのぼる。濃《こ》かった部屋の影《かげ》が柔《やわ》らかく、薄まっていく気がした。

「だからおうかがいしたいのです。クロード様。あなたは、しあわせですか」

「……」

「もし幸せでないなら、私にできることはないですか。それが聞きたかったのです」

初めて唇《くちびる》をほころばせて、不器用に彼女が笑う。

ぼくは、という答えは、かすれて声にならなかった。

両目を伏せて、片手でまぶたを押さえる。涙《なみだ》よりも何よりも、こぼれそうな想《おも》いがあった。

彼女の弟が羨《うらや》ましい。彼女は弟に幸せになってくれと願うのではなく、幸せにすると決めてやってきたのだ。

(僕なら、君のような女性がそばにいてくれるだけで)

そう口にするには、まだクロードは子どもだった。強いと評してくれた彼女に、そんなことは言いたくなかった。

かわりにただぽつりぽつりと会話を交《か》わして、手紙を何度かやり取りした。

そして彼女が認めてくれた強さを証明するように、皇位継承《けいしょう》争いから身を引いた。廃嫡されたあとはキルヴァス帝国《ていこく》にこないかという提案の手紙がきたけれど、断った。彼女の国に逃《に》げて、同情はされたくなかった。

だが、もともと交流の途絶《とぜつ》しがちな国だ。それきりで手紙は終わった。

残ったのはただ一度の出会いと、数通の手紙だけ。時間の経過と一緒《いっしょ》に色あせ、泡《あわ》のように儚《はかな》く消えていく、苦さと寂寥《せきりょう》のにじむ想い。

初恋《はつこい》だった。

第一幕 悪役令嬢のたくらみ

広間は色とりどりの衣装《いしょう》で溢《あふ》れ返っていた。正絹《しょうけん》のブラウス、ベストからズボン、マント、カフスやタイといった小物から靴《くつ》まで、男性ものばかりだ。片づける手間も場所も惜《お》しみ、衣装部屋の扉《とびら》も簞笥《たんす》も開けっぱなしで、長椅子《ながいす》やチェストに何枚も衣装が重ねられていた。

どれもエルメイア皇国の裁縫師《さいほうし》やデザイナーが自らの矜持《きょうじ》と国の威信《いしん》をかけ、素材から意匠《いしょう》までこだわり抜《ぬ》いて仕立てた、一品ものばかりである。

「あまりクロード様は派手なものを好まないから、アクセサリーは最小限で……そうね。そこのダイヤの入ったカフスを、さりげなくつけてみるのはどうかしら」

部屋の奥にある数人掛《すうにんが》けのソファにゆったり腰《こし》かけ、指示を出しているのは、この皇城の女主人である皇后アイリーン・ジャンヌ・エルメイアである。

「こちらでいかがでしょう？」

アイリーンに確認するのは侍女《じじょ》のレイチェルだ。使用人が素早《すばや》く、だが決して衣装を傷つけたりしないよう丁寧《ていねい》に差し出したものを手に取って確かめる。

「そうね。このカフスなら他《ほか》のブラウスにも合わせやすいでしょう。普段着《ふだんぎ》はこれくらいでいいかしら。正装は何着必要なの？」

「結婚《けっこん》式、夜会に舞踏《ぶとう》会と、確実に正装が必要な催《もよお》しが五回予定されています」

「では予備も含《ふく》め七着用意しましょう。念のため使い回しできるものを選んで。ああでも、クロード様はそういうことに無頓着《むとんちゃく》でらっしゃるわ。キース様なら大丈夫《だいじょうぶ》だと思うけれど……」

　アイリーンの夫は襤褸《ぼろ》をまとっても美術品かと見間違《みまちが》う世界一の美貌《びぼう》をお持ちなので、衣装に無頓着だ。優秀《ゆうしゅう》な従者のキースがいなければ着替《きが》えもできず、毎日同じものを適当にぱっと魔法《まほう》で着てしまう。

　思案するアイリーンに、レイチェルが提案した。

「ご心配なら他に何着か、こちらであらかじめセットしたものを用意しておきましょう。アイリーン様が欠席される分、積み荷に余裕《よゆう》はあるはずです」

「ああでも待って、あちらはこちらより寒いでしょう？　毛皮のついたマントも何枚か、防寒できるコートも用意しないといけないかしら？」

　夫の見目ばかり気にして風邪《かぜ》を引かせるわけにはいかない。レイチェルは首をかしげた。

「どうでしょう。キルヴァス帝国がいくら北にあるとはいえ、今は真夏です。春先くらいの装いでもよいと思いますが」

「でもクロード様の滞在《たいざい》予定は半月よ。あちらは秋がないとも聞くし……」

「わかりました、確認《かくにん》をとります」

「そうしてちょうだい」

　窓から差し込む強い日差しを眺《なが》めながら、アイリーンは肘掛《ひじか》けに体重をかけてほうっと息をついた。

「お疲《つか》れですか。体調は」

「いいえ大丈夫よ。ありがとう」

すっと差し出された果実水を受け取り、喉《のど》を潤《うるお》す。そしてぼやいた。

「まったく、送り出すのも大変ね。わたくしの準備がなくなってよかったわ」

今、準備しているのは、来週、海をこえたキルヴァス帝国の皇帝《こうてい》の結婚式に向かう夫の荷物である。本来、エルメイア皇帝夫妻がそろって出席するはずだったのだが、アイリーンが懐妊《かいにん》してしまった。出席の返事は懐妊が判明する前に出してしまっており、断ろうにも返事が間に合うか微妙《びみょう》な時期だった。しかも今後を見据《みす》えれば、今回の機会を逃《のが》すのは外交上、非常にまずい。ゆえにクロードのみが出席することになった。

招かれたのは結婚式だ。一見ただの慶事《けいじ》に思えるが、中身はハウゼル女王国なきあとの国交をどうするかという、立派な外交行事であるとアイリーンはにらんでいる。

水差しに新しい水を用意するよう指示を出していたレイチェルが、ふと手を止めた。

「……アイリーン様、私に黙って何かたくらんでらっしゃいませんか」

じいっと見つめられ、アイリーンは眉《まゆ》をひそめる。

「どういう意味かしら、レイチェル」

「どうにかクロード様についていこうと内密に手を打ってらっしゃいません？　悪阻《つわり》がないのをいいことに」

確かに、悪阻は覚悟《かくご》していたよりひどくない——というかほぼないに等しい。バターのにおいがだめ、くらいである。まだ体にも目立った変化はなく、自分のおなかに新しい命が宿っていると言われても、今ひとつ実感がないのも事実だ。

だがそれはそれ、これはこれ。アイリーンは嘆息《たんそく》して答える。

「あのね、レイチェル。わたくしだっていつまでも若いご令嬢のように、お転婆《てんば》なことをしていられないわ」

「それはそうなんですが……でもアイリーン様ですし」

「それにわたくしは今、世継《よつ》ぎを産むという、皇后の大事な仕事中なの。それを理解してないとでも？」

「いいえ。でもアイリーン様ですから」

「なぜそこまで疑うの！」

口がへの字に曲がった。

確かにアイリーンは今までかなり無茶もしてきた。それは認める。

だがそれもこれもすべて、魔王《まおう》のクロードを皇帝にし、幸せをつかむため。もっと踏《ふ》みこんだことをいうなら、この世界が前世でプレイした乙女《おとめ》ゲーム『聖と魔と乙女のレガリア』の世界だというとんでもない事情があったからである。

ゲームの知識、すなわち前世の記憶《きおく》が蘇《よみがえ》ってから、アイリーンは自分や夫に次々迫《せま》りくる破《は》滅《めつ》フラグを叩《たた》き折っていった。魔王兼《けん》ラスボスの夫は何かと狙《ねら》われがちだし、悪役令嬢アイリーンに至ってはゲームではとっくに死んでいる存在である。無茶をしなければ生きていけなかったのだ。

しかしそれも一段落した。発売されたシリーズは記憶の限り片づけたのだ。ＦＤ《ファンディスク》はともかくナンバリングされた続編は、もはや時系列が合わない。だからもうこの世界は――アイリーンが生きている時代は、乙女ゲームの展開とは一切《いっさい》関係なくなった。そう信じている。

（でないと許さないわ！　ろくでもないことしか起こらないんだから……！）

それに、アイリーンは無事に生き延び、クロードと結婚し、皇帝夫婦《ふうふ》となり、子どもまで授《さず》かった。『聖と魔と乙女のレガリア』シリーズは全年齢《ぜんねんれい》向けの健全ゲームだ。子までなした夫が攻略《こうりゃく》対象になったりラスボスになったりすることは――いくらなんでもない、と思う、倫理《りんり》的に、たぶん。

とにかく、アイリーンが無茶をする理由はなくなったのである。

「もちろん、キルヴァス帝国《ていこく》に行けないのは残念よ。だってクロード様のお母様の祖国、しかもクロード様の従兄弟《いとこ》の結婚式だもの。妻としてご挨拶《あいさつ》したいと今も思っているわ。でも身重だとわかったら先方に気を遣《つか》わせてしまうでしょう」

「でもアイリーン様ですし」

「わ、わたくしをなんだと……！　そ、そうよ、わたくしがたくらむとしたら、あなたの夫のアイザックも共犯でしょう。でも、あなたは何も聞いてないでしょう？　これこそわたくしが何もたくらんでいないという証拠《しょうこ》ではなくって？」

「アイザックさんはアイリーン様のためなら私をいくらでも裏切るので、信じてません」

「あなた、夫への信頼《しんらい》の仕方がおかしいと自分で思わない!?」

「恐《おそ》れ入ります」

「ほめてないから！」

自分の片腕《かたうで》であり商売仲間のアイザックは優秀なのだが、とにかく男女の機微《きび》に関して対応が雑だ。それがまさかこんな形で裏目に出る日がくるとは思わなかった。

「とにかく、わたくしは外向きのことはクロード様の判断を信じておまかせして、しっかり留守を預かると決めたの。――これぞ妻の鑑《かがみ》ではなくて？」

胸を張ったアイリーンをじっと見たあと、レイチェルは慈愛《じあい》に満ちた目で微笑《ほほえ》んだ。

「わかりました。私はいつでもアイリーン様がここから出て行けるよう、準備を整えておきますね」

「ちっともわかってないではないの！」

「何を騒《さわ》いでいるんだ？」

レイチェルも含む女官たちが一斉《いっせい》に頭をさげた。声の方向に視線を投げたアイリーンは、目を丸くする。

「クロード様。会議のお時間では？」

「小休憩《しょうきゅうけい》だ。君に確認したいことがあるんだが……場所を変えたほうがよさそうだな」

「お部屋を準備して参ります」

クロードのうしろに控《ひか》えていた従者のキースが素早《すばや》く踵《きびす》を返した。クロードは入り口から部屋を見回す。

「それにしてもこの状況《じょうきょう》は？　まさか全部、僕の衣装か」

「ええ、そうです」

クロードが一歩、部屋に踏み出そうとしてやめる。足の踏み場もない惨状《さんじょう》におそれをなしたのだろう。苦笑いしたアイリーンが立ち上がると、ふわっとつま先が地面から浮《う》いた。クロードの魔法だ。そのままクロードの腕《うで》まで一直線で運ばれる。

「無理は厳禁だ。お茶にしようと思うのだが、君の体調は？」

懐妊がわかってから、クロードはアイリーンと顔を合わせるたびに毎回体調を確認する。

「問題ありません」

「本当に？」

うしろに控えているレイチェルに目配せして確認する過保護ぶりだ。

「はい。問題なく、ゆっくりされておられます」

そうかと頷《うなず》いたクロードは、あまり納得《なっとく》できていない顔だ。だが、難産に加え魔王を産んだ心労がたたり、早くに実母を失ったクロードだ。不安が抜《ぬ》けないのだろう。そのあたりを慮《おもんぱか》って、アイリーンはクロードを安心させるよう心がけている。お茶が用意された部屋まで横抱《よこだ》きにされて運ばれても、おろせと言わないのはそのためだ。

「まったく、あんなに服を用意する必要はないだろう」

「あら何をおっしゃってますの、クロード様。あなたは皇帝。しかもただの貴族の結婚式《けっこん》ではなく、キルヴァス皇帝の——クロード様の従兄弟の結婚式に出席するんですのよ。きちんと用意していかねば、失礼ではありませんか」

「とはいえ、限度があるだろう。その従兄弟殿《どの》に僕は会ったこともないんだぞ。伯母《おば》上ももう亡《な》くなっている」

「でも従姉妹《いとこ》の、キルヴァス皇帝のお姉様には会ったことがおありだと聞きましたわ」

「……ああ。だが、二十年近く前の話だ」

「ちょうどクロード様が廃嫡《はいちゃく》するしないでごたついていた頃《ころ》でしょう。だからこそです」

クロードが首をかしげて視線だけを向けてきた。

にこりと笑い返して、アイリーンはその胸に頬《ほお》をよせる。お茶の準備をしている皆《みな》のためか、クロードの歩調はゆっくりだ。

「今は立派な皇帝で、幸せにすごしてらっしゃるとお知らせしなければいけません」

アイリーンにとっては記憶すらあやふやな頃だ。他国からやってきた皇女には、クロードが不幸な皇太子に見えた可能性は否《いな》めない。クロードの廃嫡が決まったとき、キルヴァス帝国からクロードを迎《むか》え入れる話もあったとかなかったとか、噂《うわさ》では聞き及《およ》んでいる。

「でないと心配されるでしょう」

「……そうか。そうかもしれないな」

「気乗りしませんか」

「あの衣装《いしょう》の山は、ちょっと……」

「まだまだお土産《みやげ》も用意いたしますわよ？」

「……君にまかせる」

困った夫だ。アイリーンはくすくす笑う。

(ああ、わたくしってば妻の鑑だわ……)

これぞ平和。これぞアイリーンの理想の形だ。

優秀《ゆうしゅう》な使用人と従者の手により、アイリーンたちが辿《たど》り着く頃には見事にお茶の用意が整っていた。アイリーンをソファにおろすと、クロードは首をかしげる。

「もう少し、全体的に何か柔《やわ》らかいもので君をくるめればいいのだが」

ただし、夫のへんてこな発想はきちんといさめる。

「くるんでもおなかの中の赤ん坊《ぼう》や母体が守れるわけではないと申し上げましたでしょう」

「やってみなくてはわからないのでは？」

まともに取り合うと日が暮れそうなので、正面に座った夫の意識を変えることにした。

「それで、わたくしに確認《かくにん》というのはなんですの？　荷物の準備なら予定どおりに進んでおりますけれど」

給仕《きゅうじ》された紅茶のカップを持ち上げようとしていたクロードの手が中途半端《ちゅうとはんぱ》に止まった。

食べやすいようカットされた果物を取ろうとフォークを手にしたアイリーンは、じっとこちらを見る夫の眼差《まなざ》しにまばたく。クロードは静かに口を開いた。

「確認したい。本当に君は留守番をするのか？」

「は？」

「何かたくらんでいないか」

アイリーンの片眉《かたまゆ》があがった。クロードの言いたいことは、すました顔で給仕をしているレイチェルと同じだ。半眼の赤い瞳《ひとみ》はあからさまにアイリーンを疑っている。

「……わたくしに留守番をしているようにとおっしゃったのはクロード様ですよね？」

「だが、君が僕の提案を承知するなんて、何か裏があると考えるのが普通《ふつう》だ」

大真面目《おおまじめ》に言い放った夫に、アイリーンのこめかみの血管が浮く。持っているフォークを縦向きに、思いきり果物に突《つ》き刺《さ》した。

「……先ほどレイチェルにも説明しましたが！　わたくしは！　懐妊《かいにん》中です！　国母になる身なのです！」

「君が、国母……？」

「なんですのその、信じられないみたいな顔は」

「いや、皇帝《こうてい》である僕の子を産む君が国母なのは事実だ。だが……おとなしく僕の留守を預かる君にとんでもなく違和感《いわかん》がある」

「わたくしをなんだと！」

「ミルチェッタ公国の一件で騙《だま》された僕の心の傷がまだ癒《い》えていない」

うぐっとアイリーンは詰《つ》まった。かつて皇都をあけたクロードにおとなしくしているよう言われたのに、男装して学園生活を送ったことは否定できない。

だが、あのときはあのとき、今は今。

「今のわたくしは皇后です。あのときはまだ婚約者《こんやく》、立場が違《ちが》いますわ」

「君が、立場……？」

「な、何かあればクロード様に相談しますわ、妻としての自覚がありますので！」

「君が、相談……？」

「そろそろそのお顔をつねるか、はたくかしてもよろしい？」

手のひらを振《ふ》ってみせるアイリーンに、クロードが苦悩《くのう》したように視線をさげた。睫《まつげ》の先まで美しいこの夫は、それだけでこの世の憂《うれ》いをすべて背負っているような表情になる。

「いや……確かに、今とあのときとは事情が違うか……」

「そ、そうでしょう。ですから安心してわたくしにおまかせを――」

「義兄上《あにうえ》がいる。シリル宰相《さいしょう》が」

なぜそこで長兄《ちょうけい》なのだ。アイリーンの頬が引きつった。

「シリル宰相なら君を止められる……気がする」

「確かにシリルお兄様にわたくしは勝てたためしがありませんが！」

「それに今は、他《ほか》の義兄上たちもいる」

「さっきからわたくしが暴走する前提になってることがおかしいと――え？」

夫の思考を正そうとしていたアイリーンは、目を丸くした。

「ブランお兄様とミカエルお兄様が今、皇城にいらっしゃってるんですか？」

「ああ、君に挨拶《あいさつ》にくると言っていた。僕もこれから話を聞く。実は今回の結婚式の出席にあたって、先にキルヴァス帝国《ていこく》の現状を見てきてもらったんだ。遠い国の話だろう。うちとは色々違うようで……特に魔物《まもの》が」

「魔物ならクロード様に従うでしょう」

「いや。父上に確認したんだが、どういうわけだか魔王に与《くみ》しない魔物が昔からいるようだ」

この場合の父上というのは、前皇帝だったピエールではない。かつての魔王、魔の神と呼ばれたルシェルのことである。

「そのせいか、魔物を倒《たお》す制度ひとつとっても違う。ワルキューレがそうだな」

「ワル……キューレ……？」

どこかで聞いたことがある単語だな、と思った瞬間《しゅんかん》にぞくっと全身に悪寒《おかん》が走った。

（……たとえば、ゲームには、よく……）

紅茶に口をつけて落ち着いたのか、クロードが説明を付け足した。

「あちらの言葉で戦乙女《いくさおとめ》、という意味らしい。キルヴァス帝国は魔物に対して女性の兵を採用しているんだ」

「……女兵士……」

「ハウゼル女王国の技術で作られた組織のようだ。しかも、そのワルキューレの中から革命の兆《きざ》しがあると噂があった」

「……革命……」

「従兄弟《いとこ》殿の結婚相手は革命の指導者だった令嬢《れいじょう》らしい。つまり今回の結婚はキルヴァスの内乱をふせぐための政略的なもので――どうした？」

「いっいいえ！」

姿勢を正した。大丈夫《だいじょうぶ》だ、『聖と魔と乙女のレガリア』の題材は聖剣《せいけん》の乙女。ワルキューレなんて言葉は出てこない。

（魔物と戦うワルキューレ、革命の指導者、皇帝との結婚……）

だからどこかで聞いた話だ――というのは、たまたまで、絶対に気のせいだ。

（まさかね⁉）

そんなことあってたまるか。動揺《どうよう》を押し隠《かく》し、アイリーンは怪訝《けげん》そうに見ているクロードに微笑《ほほえ》む。

「で、ではわたくし、お兄様をお迎えする準備をしますわ。粗相《そそう》があったら何を言われるかわかりませんもの」

「……気持ちはわかるが、なんだか視線が泳いでないか？」

「いいえ⁉　全然⁉」

「何かたくらんでいないか、やはり」

「たくらんでません！」

テーブルを両手で叩《たた》く勢いで立ち上がる。目をぱちぱちさせたクロードに、アイリーンはおほほと笑いながら言う。

「こ、こんなにわかりやすくたくらむほど、わたくし落ちぶれてませんわ」

「……それもそうだな」

とても失礼な納得《なっとく》の仕方をされたが、アイリーンにそれを怒《おこ》る余裕《よゆう》はない。

（たくらんでなんかないわ）

むしろ、たくらませないでくれ。そう願いながら、アイリーンはレイチェルたちに兄たちを迎《むか》える準備を命じた。


アイリーンの生家であるドートリシュ公爵《こうしゃく》家には、三人の息子《むすこ》がいる。長男で宰相のシリル、次男で聖騎士《せいきし》団団長のブラン、三男で外交官のミカエルだ。アイリーンはその下、末っ子の一人娘《ひとりむすめ》である。

飛《ぬ》び抜けて優秀な兄たちはそれぞれ忙《いそが》しく、アイリーンの結婚式でさえ顔見せ程度の挨拶しかしなかった。そのせいで一部では兄たちがクロードとアイリーンの結婚に反対しているという憶測《おくそく》が流れたが、クロードに好き放題言う兄たちをアイリーンが追い出したのが真相だ。

かつてアイリーンは、優秀すぎる兄に悔《くや》しさを隠しきれず反抗《はんこう》した。そんな妹に兄たちは、問答無用の優秀さを見せつけたり、わけがわからないという顔をしたり、げらげら笑ったりして、それぞれ丁寧《ていねい》に叩き潰《つぶ》してくださった。悲しい反抗期の思い出だ。そのあたりの黒歴史を夫に暴露《ばくろ》されたら生きていけない。

だが、決して仲が悪いわけではない。自分の妹なのだからできる、できないときは自分がなんとかしてやろう――兄たちは、そう思っている節がある。それにクロードに言わせると、兄たちはとてもアイリーンを可愛《かわい》がっているそうだ。でなければ、魔王という面倒《めんどう》な事情を背負うクロードの臣下になるか否《いな》か、考慮《こうりょ》してもくれなかっただろうと言われた。

(お兄様たちが、わたくしの判断なんて気にするとは思えないのだけれど)

優秀《ゆうしゅう》な兄たちならどんな皇帝でも立てられるはずだ。ましてクロード本人が優秀なのに、兄たちが苦労するはずがない。むしろ苦労しているのはアイリーンとクロードである。実際、クロードは魔法のように物事を回していくシリルによく渋面《じゅうめん》になっている。

本日はそれに加え、次兄と三男も相手にしたのだ。会議ではさぞ苦労しただろう。アイリーンと次兄たちのお茶会に「兄妹《きょうだい》、水入らずで」などと遠慮《えんりょ》したのがその証左だ。逃《に》げた先でシリルに捕《つか》まっただろうが。

しかし今日は、アイリーンもクロードがいないほうがありがたい。

(決して何かたくらんでいるわけではないけれどもね!)

アイリーンが客間に入るなり、すっと兄ふたりが立ち上がった。やや無愛想《ぶあいそう》で目つきの鋭《するど》い長身が次兄のブランで、アイリーンとよく似た色の髪《かみ》をくくり中性的な顔立ちで微笑んでいるのが三男のミカエル。趣味《しゅみ》も性格も見た目もまったく正反対の、似ていない双子《ふたご》だ。

「元気にしているか、アイリーン」

「あーだめだよブラン、そんな挨拶は。皇后陛下だよ、我らが妹君は。皇后陛下におかれましては本日もお美しく、こうしてお目にかかれて恐悦至極《きょうえつしごく》に存じます」

「ごきげんよう、ブランお兄様にミカエルお兄様。本日はうかがいたいことがありますの」

すました笑顔《えがお》で返したアイリーンに、ミカエルが可愛らしく体を縮めてみせた。

「うわ、そこはお兄様かしこまらずって言うところじゃないの？　真っ先に威嚇《いかく》してくるなんてさー可愛い妹だから許すけど。あ、僕はアイス珈琲《コーヒー》ね。ゼリーもつけて、さっぱりした柑橘《かんきつ》系のがいい。アイリーンは突《つ》っ立ってないでさっさと座りなよ、身重でしょ」

「そうだアイリーン、体調は大丈夫なのか」

「大丈夫じゃなきゃこさせないでしょ。そんな判断もできない無能な侍女《じじょ》なら、とっくにシリル兄様が切ってるって。そうだお土産《みやげ》買ってきたよ。干した果物ならいけるでしょ、日持ちもするし。産着《うぶぎ》とかも可愛いやつ選んでおいたから」

一方的にまくしたてるミカエルに、レイチェルたちが珈琲だゼリーだと慌《あわ》てて対応する。好き勝手振る舞《ま》う兄に対し、できるだけ余裕が見える笑顔でたしなめた。

「有り難《がと》うございます。でもいくらお兄様でも産着だとか、クロード様と相談もせず、勝手に子どものことを決められては困りますわ」

「そりゃそうでしょ。でも母様が張り切ってたんだよ。母様が選んだら最悪でしょ、何が贈《おく》られてくるかわかったもんじゃないのを僕が説得したんだよ。それともお前、止められた？　精が付くからってなんかよくわかんないゲテモノの肉、そんなに食べたかった？」

「……止めてくださって有り難うございます」

「感謝してよね」

勝ち誇《ほこ》られてしまった。だが、皮肉と気遣《きづか》いを同じだけ織り交ぜてしゃべるミカエルに、口で勝てたためしがない。

ミカエルにやりこめられ立ったまま震《ふる》えるアイリーンに焦《じ》れたのか、ブランがやってきてさっと抱《だ》き上げ、そっとソファに座らせてくれた。無愛想だが、聖騎士団長のブランはいつも周囲の安全に配慮《はいりょ》してくれる。

「何か、危険はないか。お前の敵がいるなら遠慮なく言え」

だが、同時に常に強敵をさがす戦闘《せんとう》民めいたところがある。次の聖騎士団長の候補が「訓練が非人道的」と嘆《なげ》いているのをよく聞いた。

「ここは皇城です、ブランお兄様。敵などいては困ります。落ち着いてください」

「そうか……」

「残念な顔すんなよ、危険な場所なんか僕はごめんだからね。キルヴァスから帰ったばっかりなんだし」

「そ、そう、そのお話を聞きたいのです！」

ここを逃《のが》せばいつまでも話が脱線《だっせん》すると、アイリーンは食いついた。

「お兄様たち、キルヴァス帝国に視察に行かれたそうですね」

「行った行った、こいつと」

ミカエルが、ストローでアイス珈琲をぐるぐる回しながらあっさり答える。

「ブランお兄様はミカエルお兄様の護衛で？」

「ああ。ちょうど武者修行《しゅぎょう》をしていたところを呼び出された」

兄はエルメイア皇国が誇る聖騎士団長ではないのか、と思ったが黙《だま》っていることにした。たぶん、副団長とか次期団長と目されている誰《だれ》かが出世目指して頑張《がんば》っているのだろう。

「僕はハウゼルを今後どうするかって各国と調整してたんだよね。そこになんかイカの魔物《まもの》から伝言受けて、キルヴァスに行けって。もうちょっと可愛い魔物よこせっての。なんかあっちの大陸の魔物はこっちと違《ちが》うかもって話だから、護衛のこいつと合流して、ふたりで」

「ど、どうでした。キルヴァス帝国《ていこく》の様子は。革命がどうこう、耳に挟《はさ》んだのですけれど」

「あの可愛くない義弟《ぎてい》に聞けば？」

「……クロード様はお忙しいので！」

「二度も報告すんのめんどくさい」

「わたくし皇后ですよ、お兄様！」

「僕はお兄様だよ、妹」

ふふんとミカエルが笑う。ぐぐぐと唸《うな》るアイリーンに、ブランがきりっと顔をあげた。

「俺は、魔物とワルキューレのことならばわかる」

「本当ですかブランお兄様！　わかることを教えてくださいませ」

「遠目に見ただけだがなかなか強そうな魔物たちだった。統率《とうそつ》がとれていないのが惜《お》しい。そんな土地で人々を守ってきたワルキューレも、鍛《きた》えられた立派な女性兵だった。以上だ」

強さの話しかしていない兄に、アイリーンが何か言う前にミカエルが笑い出した。

「聞く相手、間違《まちが》えすぎだろ」

「何も教えてくれないミカエルお兄様よりましです！」

「オベロン商会に僕専用の手土産を作らせるなら、考えてもいいよ」

オベロン商会は既《すで》にアイザックに引き継《つ》いでいる。だが、アイリーンが圧をかければ兄の希望は叶《かな》うだろう。クロードから聞き出せばまた疑われそうだし、万が一がある。

それに兄が使うなら外交だ。国益にはなると、渋々《しぶしぶ》、アイリーンは頷《うなず》いた。

「わかりました。手配しますわ。ただし、大した情報でないなら反故《ほご》にしますから」

「交渉《こうしょう》成立、と。お前が知りたいのはどうせ魔王《まおう》とか魔物がらみだろ？」

ゼリーをスプーンですくってぱくりと食べてから、ミカエルは話し出した。

「さっきブランが言ったように、キルヴァス帝国には魔物がいる。魔王から離反《りはん》した魔物が集まったとかいう伝承が残ってるけど、事実はわからない。実際、魔王様の言うことは届かないらしいけど」

「それはクロード様の言うことをきかない魔物がいる、と変換《へんかん》してもよろしい？」

「検討中。可愛くない義弟はあっちに行ってから結論出すみたい。距離《きょり》の問題かもしれないしね。ただ僕が見た範囲《はんい》では、エルメイアでは見たことがない形の魔物だったな」

「……そう言われればそうだったな」

ブランは魔物と戦うため組織された聖騎士団の団長だ。魔物討伐《とうばつ》の経験も豊富である。キルヴァスとエルメイアの魔物の種類が違うというならば、信憑性《しんぴょうせい》が高い。

「具体的な違いはどのような？」

「ほら、エルメイアの魔物って動物が元になったみたいな形が多いだろ。あっちはそうじゃなくてなんて言うか、ほんとに化け物って感じだ。それこそ魔界にいそうな。しいて言うなら竜《りゅう》に似てるのかな……あと僕としては全部、ほぼ同じ形をしてたのが気になる」

「確かに、大きさや小さな差異はあれど、全体的に違いがなかった」

「……一種類しかいない、ということかしら……？」

アイリーンの疑問に兄は答えなかった。断言するにはサンプルも情報も足りないのだろう。

「とにかくキルヴァスは魔物をなんとかするために、大昔から対魔物専門の特殊《とくしゅ》な女性兵を動員してた。それが戦乙女《いくさおとめ》ワルキューレ。加えてそれを作ってたのが、かのハウゼル女王国」

「ハウゼル女王国……」

眉《まゆ》をひそめたアイリーンに、ミカエルが神妙《しんみょう》な顔で頷く。

「ハウゼル女王国で手術を受けて魔槍《まそう》を授《さず》かって、魔物と戦うんだってさ」

魔槍。手術。戦乙女――脳の奥にあるタイトルとかビジュアルとかを刺激《しげき》する単語だが気のせいだ、絶対。今はそれよりも、現実的な懸念《けねん》を気にしよう。

皇帝《こうてい》のクロードが魔王であることを理由にハウゼル女王国から宣戦布告を受けて、アイリーンたち――エルメイア皇国は戦い、勝利した。その結果、ハウゼル女王国は瓦解《がかい》した。現在、国として機能していない。

「……では……キルヴァス帝室《ていしつ》の支援《しえん》をしていたハウゼル女王国を斃《たお》してしまったエルメイア皇国の立場は、あまりよくないような気がするのですけれど……？」

「それがちょっと複雑でさ。お前も言ってたでしょ、さっき革命がどうこうって。実際、ワルキューレの革命の兆《きざ》しはあったんだよ、あの国。誤解があっただけみたいに誤魔化《ごまか》してるけど、蜂起《ほうき》寸前だったんじゃないかなと僕はにらんでる」

ミカエルは透明《とうめい》なグラスにのったゼリーをスプーンですくい取って見せた。

「革命軍の主張はこうだ。ワルキューレの制度はハウゼル女王国による女性を兵器にする人体実験。キルヴァス帝室はハウゼルからの支援の見返りに国民を売っていた。許されるべきではない、ワルキューレたちよ今こそこの国を変えるために自ら立ち上がれ」

「……真相はともかく、魔物への対策はどうするのですか」

革命軍の主張を聞くキルヴァス帝国民の立場で聞き返す。ミカエルはすました顔で答えた。

「問題ない。キルヴァス帝室を斃しハウゼル女王国を排除《はいじょ》すれば、魔物はいなくなる。なぜなら、魔物はハウゼル女王国を通じて魔王のいるエルメイア皇国から送られてきているからだ。その証拠《しょうこ》に、今のキルヴァス皇帝は黒髪《くろかみ》赤い目。エルメイア皇国にいる魔王と同じはずなのに、魔物を退《ひ》かせられないのは、魔王と通じているからに他《ほか》ならない」

目を開いたアイリーンは、額に手を当てる。

「……しかもクロード様の従兄弟《いとこ》ですものね」

「そう。でも本当にややこしいのはここからだよ。そう憤《いきどお》って革命を試みたはいいけど、キルヴァス帝室を斃す前に、ハウゼル女王国が斃れた。しかも斃したのはアシュメイル王国とエルメイア皇国。革命軍――ワルキューレたちは、振《ふ》り上げた拳《こぶし》を下ろす先がなくなった」

ぱくりとミカエルがゼリーを口に含《ふく》む。

「本当にワルキューレと魔物の戦いは帝室とハウゼルぐるみの人体実験だったのか、真相は闇《やみ》の中。何より、もうワルキューレが作れない。ハウゼル女王国がなくなったからね。あそこは成果物の輸出はしても、その技術を外には出さない国だったから」

「……でももしハウゼルが残っていたら、うちにまでその革命軍――ワルキューレたちが迫《せま》ってきたかもしれませんわよね。そう思うと複雑ですわ」

「ま、そこは出鼻をくじけてよかったと思おうよ。それがあっての今回の結婚《けっこん》式だ」

思った以上に色んな思惑《おもわく》がからんでいるらしい。

「そういえば、革命軍の指導者だったご令嬢《れいじょう》とご結婚されるのでしたわね……」

「皇女様――キルヴァス皇帝の姉が、ワルキューレなんだよ。だからワルキューレとツテがあったってわけ」

クロードの従姉妹《いとこ》は、ワルキューレの皇女なのか。

(あ、悪役令……ないない、ない！)

スプーンを口にくわえて、ミカエルがつまらなそうに続ける。

「革命寸前なくらい権威《けんい》の弱った帝室と、威勢《いせい》はいいけど大義をなくしたワルキューレたちの調整役にはうってつけの結婚だ。やり手の皇女だよね。キルヴァス皇帝の結婚相手に革命の指導者だったワルキューレを推挙するなんて、なかなかできることじゃない。ワルキューレとしてもとんでもなく有能だって話だよ」

つまり、貴族のご令嬢だがワルキューレになった革命の指導者が、同じワルキューレの皇姉《こうし》の推挙で、皇帝と結婚するのだ。乙女ゲームの主役にでもなれそうな盛り具合である。

（ってそうじゃなくて！）

だってあのゲームは『聖と魔と乙女のレガリア』というタイトルではない。シリーズでもなければスピンオフでもない。

だからありえないはずだ、ここが『聖と魔と乙女のレガリア』という乙女ゲームの世界である以上、他のゲームが割り込んでくるなんて、絶対に。

「つまり今回の結婚式は、革命に走ったワルキューレと帝室が手に手を取って内乱回避《かいひ》できるか否《いな》かっていう重要な分岐《ぶんき》点なわけ」

「破滅《はめつ》フラグの婚約破棄《こんやくはき》イベントみたいな⁉」

「は？」

「い、いえなんでも――」

「アイリーン様ぁぁぁぁぁぁ！」

突然《とつぜん》耳に飛び込んできた声に、めまいがした。兄たちも驚《おどろ》いた様子で、勢いよく開かれた扉《とびら》のほうを見る。ブランが動かないのは、一応、敵意がないからだろう。

「リ、リリア、様……」

アイリーンと同じ、前世の記憶《きおく》を持つヒロインの登場だ。この世の春がきたといわんばかりの輝《かがや》く笑顔《えがお》で、呼吸すらままならないアイリーンに詰《つ》め寄ってくる。

「さっき聞いたのアイリーン様！　どうして真っ先に教えてくれないの、もー意地悪！　外交とか全然興味なかったんだけど、キルヴァス帝国《ていこく》だって言うなら話は別よ！」

「あ、あな、あなた、また監視《かんし》から抜《ぬ》け出して」

「あっ、私、妊娠《にんしん》してるかもしれないのよ！　だからその診察《しんさつ》で外に出てたの！」

さらっとすごいことを言われた気がするが、リリアの口は止まらない。

「私としたことがさすがにもう続編はないわよね、あってもFDだなんて油断して見落としてたわ！　私たち全年齢《ぜんねんれい》じゃなくなっちゃったし無理かなーって。しかも私が本当に妊娠してるならこれはもう主人公は張れないかもって切なくなってたんだけど……盲点《もうてん》よ。しかも結婚式ってことは中盤《ちゅうばん》、いよいよ盛り上がるところじゃない!?　戦いはこれからよ！」

「待って！　お願い、それ以上言わないで！」

嫌《いや》な悪寒《おかん》が鳥肌《とりはだ》になって、全身に広がっている。

青ざめるアイリーンにリリアがきょとんとした。

「あれっひょっとしてアイリーン様、プレイしてないの？　魔槍のワルキュ――」

「リリア！　なぜこんな状況《じょうきょう》でも逃《に》げ出すんだ、自分の体のことを少しは考えてくれ！」

皇弟でありリリアの夫であるセドリックが飛び込んできて、そのあとにリリアの監視をしている近衛騎士《このえきし》のマークスまでやってきた。たちまち騒《さわ》がしくなった部屋だが、聞いてはいけない単語はしっかりアイリーンの耳に残っている。

（――そう『魔槍のワルキューレ』。うん……）

そんなタイトルだった。FDとどっちがましか考えるのは、現実逃避《とうひ》でしかない。


アイリーンの前世は、日本という科学も文明もずっと発達した国で、そのかわり魔力《まりょく》や魔物はない。少なくとも表立ってはない。そこで発売されていた乙女ゲームは『聖と魔と乙女のレガリア』だけではない。他にも数え切れないほどたくさんのゲームがあった。それなりの乙女ゲーマーだったアイリーンも、そこそこの数をプレイしている。

だがそれだけ。あくまでアイリーンは『聖と魔と乙女のレガリア』という乙女ゲームの世界に転生したはずである。

「別のゲームなんてあり得ないことを言わないで。あなただってもう、プレイヤーやめて人生をまっとうすることにしたんでしょう!?　しかも妊娠してるかもしれないんでしょう!?」

だん、とアイリーンはテーブルを叩《たた》く。正面に座ったリリアが、ふっと笑った。

「心配しないで。私、絶対にアイリーン様と同日に産んで、アイリーン様の子どもと双子《ふたご》として育てるって決めてるから。私とアイリーン様の子ども、楽しみね」

「やめなさい気持ち悪い、さすがにセドリック様に同情するわ！　それに今、あなたが妊娠しているとして、わたくしと確実に一ヶ月は差があるのよ……！」

「私ならできるって信じてるの！」

「わたくしは絶対そんなことにならないって信じているから！」

ふたりだけの叫《さけ》びに突《つ》っ込む声はない。先ほどと部屋は同じだが、兄たちはいない。婚約破棄という形でアイリーンとドートリシュ公爵《こうしゃく》家を辱《はずかし》めたリリアとセドリック、そしてそれに加担したマークスを、兄たちは毛嫌《けぎら》いしているのだ。顔を見るなり挨拶《あいさつ》も不要だと退室してしまった。

アイリーンだってもちろん許す気はないし断じて仲良くなどないが、セドリックは夫の異母弟。しかもクロードにまだ子どもがいないので、セドリックとリリアはエルメイアの皇太子と皇太子妃《ひ》である。無下にはできない。

セドリックとマークスは「クロードに取りなすからリリアを置いていけ」と言ったら引き下がった。セドリックは本当かと疑う無礼を働いたので、もちろんクロードに取りなしてやったりしない。リリアがまた勝手に外に出たことについて、ちくちくいじめられたらいい。

（そんなことより大事なことがあるのよ、わたくしは……！）

リリアは、アイリーンよりも廃人《はいじん》の乙女《おとめ》ゲーマーだった、ようだ。つまりアイリーンよりもゲームの知識がある。懐妊《かいにん》おめでとうと祝い合うような仲でも断じてない。

「アイリーン様は相変わらずお堅いんだから。せっかくゲームの知識があるんだから、それも含めて人生楽しまなくっちゃ損よ？　で、さっきの話だけど～」

「やめて。わたくしまだ認めたくないの。やめて」

「現実は受け止めなきゃ、アイリーン様」

「あなたに言われると腹が立つわね！」

怒鳴《どな》ってしまってから落ち着こうとアイリーンは深呼吸した。

周囲にいる侍女《じじょ》のレイチェルや女官たちにはわけのわからない会話だろうが、誰《だれ》も顔色ひとつ変えず黙々《もくもく》と仕事をしている。鍛《きた》えられている、と言えば聞こえがいいが、リリアと同種扱《あつか》いされている可能性もある。

注ぎ直された果実水をひとくち飲んで、気を静める。

「勘違《かんちが》いしないで。わたくしはゲームの話を聞きたいんじゃないの。あなたの礼儀《れいぎ》作法を見ているだけよ」

「ふーん」

笑ったリリアが、アイリーンが教えたとおりの手順、動作で優雅《ゆうが》にカップを取る。文句のつけられない仕草に、アイリーンは舌打ちした。

「でも、私と話をしたがるってことは、何かしら覚えがあるんじゃないの？」

だが話すことがまったく皇太子妃らしくない。

「……ちょっとどこかで聞いたような設定かしら、というくらいよ」

「国の名前も同じなのに？」

「そこまで自信満々で覚えてないわよ、普通《ふつう》……」

ゲームのキャラクター名ならともかく、地域や国の名前は強烈《きょうれつ》な思い出や特徴《とくちょう》的でないと忘れるものだ。ゲームに出てきた固有名詞を全部覚えているのは、やりこんでこそである。

「ってことは、周回プレイはしてない感じ？　あれ好感度でストーリーが分岐するっていうより、周回プレイ前提で選択肢《せんたくし》が増えて分岐していくのよね。基本のストーリーは変わらないけど、一周目ではなかった選択肢が二周目では出て実はこんなことがあった、みたいな謎《なぞ》がとける感じ。それが設定とかの謎解き要素になってるのよね」

「待ちなさい、わたくしはまだ認めてないって言ってるでしょう」

「えー？」

「だっておかしいでしょう、別のゲームよ!?　FDや、スピンオフだっていうならともかくシリーズですらないのにどうして同じ世界観になるの！」

「あれ、アイリーン様、知らない？　制作チームが同じなのよ」

は、とアイリーンはつい皇后らしからぬ間抜《まぬ》けな声をあげてしまった。

「会社は違《ちが》うんだけどね」

当てつけるようにリリアが静かにカップを置いて、微笑《ほほえ》む。

「でも有名な話よ。『聖と魔と乙女のレガリア』の制作チームと、『魔槍のワルキューレ』の制作チームが同じって」

「か、会社が違うのに？」

「制作が『聖と魔の乙女のレガリア』の1を作ってるときから上ともめてたみたい。全然違う仕様変更《へんこう》に強制されたとか、SFっぽい設定やバトル要素は乙女ゲーでは売れないから入れるなって言われたとか、あげくこんなゲーム売れないって開発中に予算削《けず》られたとか」

「……でも、それなりに売れたわよね？　あのゲーム」

ナンバリングは5まで続いていたし、FDも出ている。悪役令嬢《れいじょう》アイリーンとしてはナレ死させられたとか扱いの雑さについて文句はあるが、声優と絵のよさは認める。爆誕したのがあの夫、傾国《けいこく》の魔王《まおう》様だ。

「そう、売れたのよねー。そのせいでますます溝《みぞ》が深まったみたい、2の制作時に」

「な、なんでまたそんなことに」

「どうも制作側は最初からハウゼルの構想があって、本当は2で4の話をしたかったみたいなのよ。でも1が売れたから、前回と同じ学園ものでって上からのご命令があったみたい。1と2、同じ学園もので時系列も続きで、共通するところ多かったでしょう？　ヒロインのセレナは聖剣《せいけん》の乙女に憧《あこが》れてたって設定だし」

確かに後宮が舞台《ぶたい》だった3や同じ学園舞台でも女王試験という形だった4にくらべて、1と2は類似《るいじ》点が多い。

「あくまで噂《うわさ》だけどね。でも、2の発売後に制作チームが独立して会社作ってるし、もめたのは真っ赤な嘘《うそ》ってわけでもないんじゃないかしら」

「詳《くわ》しいわねあなた……」

「どこが自分の好きなゲームを作ったのかくらいチェックするわよ〜ゲームだって安くないん

だから。それに『魔槍のワルキューレ』の制作側の代表作は『聖と魔と乙女のレガリア』だって宣伝うってたし」

そういうものか。絵と声優くらいしか確認《かくにん》していなかったアイリーンにくらべ、リリアはちゃんと事前情報を得て購入《こうにゅう》を決めるタイプだったようだ。

「でも、制作チームが同じだからって、違うゲームには変わりないでしょう」

「あっまーい、アイリーン様」

リリアは、ちっちっちっとゼリーをすくうスプーンを横に振《ふ》った。

「さっき言ったでしょ、もめたって。で、『聖と魔と乙女のレガリア』の1も2も売れたのよ、制作チームにとっては不本意な形でね」

「ふ、不本意……」

「そう。その失意をもとに作られたのが『魔槍のワルキューレ』――初期レガリア制作チームが本当に作りたかった『聖と魔と乙女のレガリア』ってわけ」

「だ、だからって同じ世界ってわけじゃないでしょう！」

「ちなみにキャラデザのイラストレーターさんは同じ！」

「……」

「裁判にもなってたわよ、元の会社と。パクリだなんだって」

両手で顔を覆《おお》ったアイリーンに、リリアが楽しそうに続ける。

「ゲームシステムもストーリーも違うから裁判は元の会社が負けちゃったみたいだけど。魔槍のほうは学園物でもないしね。雰囲気《ふんいき》もレガリア１より高尚《こうしょう》。でもキャラの配置とか見た目とかはだいぶかぶってたなー。固有名詞は出ないんだけど、ところどころにね、あーこれエルメイアかな、ハウゼルかなって設定がちょくちょく出てくるのよ」

「……それは革命云々《うんぬん》の、黒幕の話ね？」

おそるおそる懸念《けねん》を確認すると、あっさり頷《うなず》かれた。

「そう。魔王が支配する国と、女王が予知で支配する青い国。『聖と魔と乙女のレガリア』を悪役にした感じでしょ？　それとぴったり、現実が重なってない？」

単語だけで判断すれば、エルメイア皇国は聖剣の乙女を廃《はい》して魔王が支配している。そしてハウゼル女王国は、まさに女王が予知で支配していた青――空の国だった。

「まさか、今の『聖と魔と乙女のレガリア』のゲームどおりでない現状が『魔槍のワルキューレ』そのままの設定を引き起こしたとでも言いたいわけ？　だから違うゲームでも設定が重なって……今の現実に……」

「アイリーン様が頑張《がんば》ってゲームをねじ曲げた努力の結果よ。誇《ほこ》っていいと思うの！」

冗談《じょうだん》ではない。テーブルに肘《ひじ》をつきアイリーンは曖昧《あいまい》な記憶《きおく》を引っ張り出す。

「……確かヒーローとの最初のエンディングではキルヴァス帝国《ていこく》での革命は成功させたけど、魔物《まもの》の襲撃《しゅうげき》は止まらないんじゃなかった……？」

「そう、ハウゼルとエルメイアが諸悪の根源だもの。二周目はパラメーター引き継《つ》いで、ハウゼルとエルメイアに出兵するわよ」

「あっちが勝つわよね、普通の展開なら」

「そうねー。最終的にはキルヴァス女帝《じょてい》になったヒロインが争いをなくすため、大陸統一を目指す話だから」

つまり、ゲームどおりにいけばエルメイア皇国は戦争を仕掛《しか》けられるということだ。

床《ゆか》で打ちひしがれそうになったアイリーンは、途中《とちゅう》ではっと気づいた。

「いえでも待って、既《すで》にハウゼルは斃《たお》れているし……それに違うゲームだということは絶対に確かよね!? いくらキャラデザが同じでも！」

「あーそうね。国名も一応、それぞれ魔王の国、女王の青い国って伏《ふ》せられてたし」

「同じキャラだって出てきてないはずよ。少なくともわたくしがやった一周目はそう！」

「別会社だから同じキャラって明言できなかっただけでしょ？」

「確定ではないってことよ！　それなら黒幕だって違う解釈《かいしゃく》になる余地があるわ！」

ぱくぱくゼリーを食べる手を止めて、うーんとリリアが考えこんだ。

「確かにハウゼルの女王と魔王様の顔は隠《かく》してたわねえ。でもシルエットは完璧《かんぺき》にそれっぽかったし、逆にそれが確定って気もするなー。違うキャラなら新しくキャラデザ起こして名前を出すでしょ。かぶせて否定してやるって制作者の憎《にく》しみがにじみ出てたわ」

「ぐっ……でもわたくしたちはゲームに登場してない！　ゲームとは関係ない、ただの現実でしかないわ！　今回の結婚式《けっこんしき》だって、内乱をおさめたいっていう政治的なものよ」

「あー結婚式で革命の狼煙《のろし》をあげるのよね、ヒロイン！　ウェディングドレスの革命家っていうスチルよかったなー」

「だから！　ゲームどおりにはならないって――」

「アイリーン様、いいの？　魔王様をこのままひとりで行かせて」

断固として否定しようとしたアイリーンは、リリアのためすような問いかけにぴたりと止まった。ってしまった。

「ゲームでは結婚式にハウゼルの女王も魔王様も招かれてたでしょ。ゲームどおりよ」

「ハウゼルの女王――アメリア様はもういない。ゲームどおりにはいかないわ」

「でも魔王様は出席する。キルヴァスからしたら、周回先にある黒幕のラスボスが、のこのこ自分からやってくる展開よ？」

スプーンを口に含《ふく》んだままリリアが流し目を投げてくる。もはや礼儀《れいぎ》もへったくれもない食べ方だが、それを指摘《してき》している余裕《よゆう》はアイリーンにはない。

この世界はゲームではない、人生だ。だがゲームの設定が決して侮《あなど》れないと、今までの人生で痛感している。そもそも前世の記憶なんてものがなかったら、アイリーンはクロードと結婚しようだなんて思わなかっただろう。

「で……でも、聖剣がなくては魔王を斃すなんてできないわ！　クロード様に危険は」

「あっちにも聖剣あるわよ」

一周回って感情が凍《こお》り付いてきた。

「――タイトルに魔槍ってあるのに……？」

「隠し要素。ある条件達成で出てくるの。人間の魔王も一撃《いちげき》な最強武器★」

タイトルが台無しである。アイリーンは呻《うめ》いた。

「こっちのゲームに設定を合わせるなら、聖剣は人間には効かないはずでしょう……！　なぜそこだけ威力《いりょく》をグレードアップしたの！」

「元々、制作チームにはそういう構想があったのかもね。でもどうせ、女子向けの主人公が人間を傷つけるなんてとか難癖《なんくせ》つけられて弱体化させられたんじゃない？　もう執念《しゅうねん》よ、執念。結果、これも現実と見事に重なっちゃったわよねー。本物の聖剣は人間も裁くもの」

けらけらリリアは笑っているが、アイリーンはちっとも笑えない。

「しかもあのゲーム、高尚ぶってるけどただの鬱《うつ》ゲーだしね。主人公側はもちろん、敵側も絶対にろくなことにならないと思うわ。そろそろ諦《あきら》めて現実を認めましょ、アイリーン様」

「……そういってわたくしでまた遊ぼうとしてるんでしょう。だまされないわよ」

「でも『魔槍《まそう》のワルキューレ』は『聖と魔と乙女《おとめ》のレガリア』を正すために制作者――神が生んだ設定よ？」

ゲームを世界や設定、制作チームを神とみなせば、リリアの言うことは的を射ている。

「ヒロインのディアナがワルキューレたちを救うべく、ヒーローのエルンストやワルキューレたちの助けを得て、ラスボスの皇帝《こうてい》ヴィーカとそれをかばう姉の悪役令嬢《れいじょう》カトレアを革命で討《う》ち取る。そして世界の支配者として君臨するハウゼルとエルメイアの悪行を暴《あば》き、自由を取り戻《もど》して世界を真の平和に導くのよね。犠牲《ぎせい》をたくさん出して、自己陶酔《とうすい》しながら」

「……」

「婚礼《こんれい》イベントは攻略《こうりゃく》ルートの分岐《ぶんき》点よ。ルートによって形は違《ちが》えど、ヒロインが蜂起《ほうき》するイベントでもある。自分の目で確認したほうがいいんじゃない？」

拳《こぶし》を握《にぎ》り、アイリーンは顔をあげた。できるだけ優雅《ゆうが》に見えるよう、笑顔《えがお》を繕《つくろ》う。

「その手にはのらないわ」

「ふーん」

「わたくしはもう皇后。ゲームだなんて、そんな子どもじみた根拠《こんきょ》で無茶はできないの」

「ふーん」

「しかも懐妊《かいにん》中よ。貞淑《ていしゅく》な妻、良き母の自覚がもうわたくしには芽生えている……」

「ふーん」

「もう何もたくらんだりしないわ！」


だから、正面から堂々といった。


「クロード様！　わたくしもキルヴァス帝国に参ります！」

「は？」

長いドレスの裾《すそ》を颯爽《さっそう》とさばきながら現れた妻の宣言に、執務《しつむ》机の夫がぽかんとする。仁王《におう》立《だ》ちしてアイリーンは両腕《りょううで》を組んだ。

「かまいませんわね？　もともと夫婦《ふうふ》で出席予定でしたもの。先方にとっては予定どおり、ご迷惑《めいわく》にはならないはずです」

「……だが君は懐妊で欠席すると決めたばかりで……」

「だからなんですか。わたくしに引きこもっていろとでも？　体に悪いでしょう！」

「自国と他国では話が違う。何かあったらどうするんだ」

「クロード様がなんとかすればよろしいのです。わたくしにばかり責任を押しつけて、父親になる自覚はおありなの!?」

「それは持ちたいと思うが、今の理屈《りくつ》は完全におかしい」

「そうやって思考停止するなんていけませんわ。大丈夫《だいじょうぶ》、クロード様はわたくしの夫……不可能を可能にできる御方《おかた》です！」

クロードが口を閉《と》ざした。周囲が無茶苦茶な理論展開にぽかんとしているうちにと、アイリーンはしおらしく告げる。

「わたくしも母になる身です。無茶を言っているのはわかっています。決してあぶない真似《まね》はしないと誓《ちか》いますわ」

「今までの君の行動で、その言葉を信じられる要素がどこにもない」

周囲はアイリーンの勢いにまだ呆然《ぼうぜん》としているのに、夫はひたすら冷静で手強《てごわ》い。内心で舌打ちし、作戦を切り替《か》えた。

「クロード様、わたくし気づいてしまったのです……親戚《しんせき》づきあいです！」

首をかしげたクロードにここぞとばかりにアイリーンは詰《つ》め寄る。

「クロード様の従兄弟《いとこ》の結婚式でしょう。わたくしにとって初めての親戚づきあいではありませんか！」

「……一応、僕の父親と祖母は健在なんだが……？」

「まあ、ご健在でしたかしら。あちらは寒さも厳しいと思いますけれど」

「……。魔王《まおう》としての両親なら、確実に健在だ、魔界に」

「表立って外には紹介《しょうかい》できないご両親ももちろん悪くはありませんけれど、わたくしはクロード様の妻として人間のお身内とよい関係を結ぶのが憧《あこが》れでしたの！　季節の贈《おく》り物をしたりご挨拶《あいさつ》をしたり……」

「君が？」

「だって今までのクロード様の親族はとにかくわたくしに楯突《たてつ》いて、つらく当たる方ばかりでしたでしょう？」

にっこり笑ったアイリーンに、クロードが閉口した。クロードの親族がことごとく、アイリーンを排除《はいじょ》しようとしたり離婚《りこん》させようとしたのは事実である。これに関しては、クロードも強く出られないはずだ。

「そう思ったらいてもたってもいられなくなりました。ぜひご一緒《いっしょ》させてくださいませ」

「……ひょっとしなくても、僕の話を聞く気が最初からないな？」

「楽しみですわね！　親戚づきあい！」

クロードが渋面《じゅうめん》のまま黙《だま》った。執務室にいる従者や護衛も、固唾《かたず》を呑《の》んで様子をうかがっている。

ふうっとアイリーンは嘆息《たんそく》し、背後にいる侍女《じじょ》を呼んだ。

「レイチェル」

「はい。アイリーン様がいつ言い出してもいいよう、準備はすべてととのえてあります。いつでも出立《しゅったつ》できます」

それはクロードがここで頷《うなず》こうが頷くまいが行動は変わらない、という意思表示だ。

クロードが無表情になった。先ほどまで風も雲もない真夏日だったのに、突然《とつぜん》窓ががたがたと強風でゆれ出す。動揺《どうよう》よりは無言の威圧《いあつ》だろう。

だがアイリーンはくすりと笑うだけだ。

「つれていってくださいますわね？　それともミルチェッタの二の舞《まい》がよろしい？」

「……。何をたくらんでいる」

「あら、なんにもたくらんでませんわ。わたくしだってのんびり夫の居ぬ間に羽を伸《の》ばそうと思っておりました」

事実そうなのだが、今となれば誤解されたほうが好都合だ。今までの経験上、クロードは自分の目の届く範囲《はんい》にアイリーンを置こうとするだろう。

事実、クロードの目には妻を疑う物騒《ぶっそう》な光が宿っている。

「ですが夫婦にも多少のたくらみごとがなければ、飽《あ》きがくるでしょう？」

最初からたくらんでいましたという顔で、アイリーンは微笑《ほほえ》み返す。

使えるものはなんでも使う。それが夫や周囲からの信頼《しんらい》のなさだろうが、ゲームの知識だろうがだ。

それくらいできなくては、魔王の妻などつとまらないのである。

✦第二幕✦悪役令嬢は猫かぶり

キルヴァス帝国《ていこく》は島国ハウゼル女王国のさらに向こう側、海を隔《へだ》てた違《ちが》う大陸の国だ。

まずはエルメイア皇国の港からキルヴァス帝国の最南端《さいなんたん》の港まで、船で半月ほど。これでも魔石《ませき》を動力炉《どうりょくろ》に使って設計されたエンジンを積んで、昔より半分の時間ですむようになったらしい。クロードが魔石を扱《あつか》うレヴィ一族との関係を改善してすぐ着工させた、最新鋭《さいしんえい》の船の初航海でもあった。

皇族を乗せることを大前提に作られた豪華《ごうか》客船は客室ひとつとっても広く、劇場まで完備されている。しかも今回乗っているのはアイリーンとクロードを中心にした少数精鋭《せいえい》だ。甲板《かんぱん》で波を眺《なが》めても人影《ひとかげ》は少なく、ほとんど船は独占状態《どくせん》だった。

皇都ですごすよりのんびり気分転換《てんかん》もできて、快適だったかもしれない。穏《おだ》やかな海で順調すぎるほど航海が進み、予定より早く船をおりることになったのが名残惜《なごりお》しいくらいだ。

「いやーこんな快適な船旅初めてだったよ、オジサンは。ドニから聞いてたけどな、すごい船だって」

桟橋《さんばし》からおりるなり、うしろを振《ふ》り返ってジャスパーが言った。どこでもトレードマークのベレー帽《ぼう》をはずさない新聞記者のジャスパーは、そもそも取材と広報を兼《か》ねてキルヴァス帝国に同行予定だった。それをいいことに、クロードからアイリーンのお目付役に命じられたひとりだ。

ただ、本人はクロードよりアイリーンのほうがなじみ深いので、ひそかにアイリーンの同行を喜んでくれているようだ。船旅中も、何かと話しにきてくれた。

「そうね。ここからの汽車旅も快適だといいのだけれど」

「ここから丸一日かけてくんだっけ？　帝都《ていと》まで」

「やっと海の上から解放されたと思ったら、まだかかんのか……」

そして今回、ジャスパーに加えてアイリーンのお目付役、なんの役職もないのに責任者に近い扱いでクロード直々に随行《ずいこう》を命じられたのがアイザックである。全力で断ろうとしたらしいが、何せ相手は皇帝《こうてい》だ。逆らえるわけがない。

（クロード様がアイザックを指名したのは意外だったけれど……）

アイザック曰《いわ》く「俺の処刑《しょけい》理由がほしいんだろ」とのことだが、アイリーンとしても見知らぬ監視《かんし》よりは自分の使える片腕《かたうで》のほうが有り難《がた》い人選だ。結局、皇帝夫婦に押し切られたアイザックは予定を立て直し、同行することになった。

「仕事は止まるし、ぶっちゃけ暇《ひま》でしかたないんだけど、俺」

そもそも旅行が好きではないのだろう。ずっと面倒《めんどう》そうにぼやいている。

「でもキルヴァス帝国を自分の目で見られるのは有益なことでしょう？　クロード様にアシュメイルに連れてこられたときだって、あなたはうまく商売を広げたじゃない」

「そりゃ、転んでもただで起きるのは癪《しゃく》だろ」

「レイチェルとの新婚《しんこん》旅行がわりにしてくれてもいいのだけれど？」

背後にレイチェルが控《ひか》えているとわかっていて、そう尋《たず》ねてみる。だがアイザックは素っ気なく言い返した。

「どっちも仕事にきてんだよ。そんな暇あるか」

「あら。ふたりでのんびり街を散策する時間を邪魔《じゃま》するほどわたくし、野暮《やぼ》ではないわ。ねえレイチェル」

「クロード様から決してアイリーン様をひとりにするなと厳命されております。アイザックさんはそのための人選ですので、お気になさらず」

手強《てごわ》い夫婦《ふうふ》である。

「わたくしは本当に今回、何もたくらんでいないわよ。親戚《しんせき》づきあいにきただけよ」

「そうですね、アイリーン様。段差にお気をつけて」

先におりてにこやかに忠告するのは、これまたクロードの指示により臨時にアイリーンの侍《じ》医《い》として雇《やと》われたリュックだ。

「何かたくらむ際は必ず俺には相談してくださいね、お体のためにも」

こちらもアイザックたちとはまた違う、手強い笑《え》みを浮《う》かべている。

アイリーンがクロードと出会う前から馴染《なじ》みのある人物たちばかりだが、その中でも特別アイリーンを押しとどめる役ができる人物を集めたように思えるのは、気のせいだろうか。

そして桟橋の先では、クロードがキースを伴《ともな》って待っていた。

「アイリーンの体の調子は？」

「大丈夫《だいじょうぶ》です」

アイリーンではなくリュックとレイチェルの答えに、クロードがほっとした顔になる。アイリーンの半眼に、キースが顔をそむけて笑っていた。だがすぐに、魔王《まおう》の従者の顔に戻《もど》る。

「いらっしゃいましたよ、お迎《むか》えが」

港から兵を幾人《いくにん》かともなってやってきたのは、女性だった。肩《かた》にかけた丈《たけ》の短いマントをひるがえし、帯剣《たいけん》したまま颯爽《さっそう》と歩いてくる。珍《めずら》しい、女騎士《きし》だ——と考えて、勘違《かんちが》いに気づいた。背後にいるのも全員、女性だ。アイリーンはかたわらのクロードに小声でささやいた。

「ひょっとしてワルキューレでしょうか、クロード様。……クロード様？」

反応がないことを訝《いぶか》しげに思って顔を見あげる。クロードはまばたきもせずにじっと、先頭の女性を見ていた。そして女性もまた、クロードを見つめていた。

規則正しい軍靴《ぐんか》の音がアイリーンたちの数歩手前で止まる。

「エルメイア皇帝陛下。ようこそキルヴァス帝国へ。この度《たび》、案内役を仰《おお》せつかった者です」

「……君が？」

「はい。あちらに馬車をご用意してございます。汽車はもう駅についておりますので」

何かクロードが言いかけて、やめた。らしくない動作だ。何か迷っている。

「こちらの御方《おかた》が、皇后陛下でいらっしゃいますか」

じっとクロードの仕草を注視していたアイリーンに、女性が視線を向けた。素早《すばや》く意識を切り替《か》えて、アイリーンは優雅《ゆうが》に微笑《ほほえ》む。

「ええ、お世話になります。あなたはひょっとして、ワルキューレでらっしゃる？」

ほんの一瞬《いっしゅん》だけ、女性が素早くアイリーンを検分した気がした。賓客相手《ひんきゃく》であれ、何かあやしいところはないか確かめるのは当然だろう。だがすぐに検分するような眼差《まなざ》しは消え、穏やかな微笑みに変わる。

「はい。他国の方ですと男性の護衛に馴染《なじ》みがあるかもしれませんが、見てのとおり我が国は女性兵――ワルキューレが主力となっております。信頼《しんらい》いただけるとよいのですが」

「わたくしは女性のほうが安心できるくらいですわ。頼《たよ》りにさせていただきます」

「もちろんです」

胸に手を当てて請《う》け負う姿が、様になっている。今回、キルヴァス帝国は陸続きの他国からも賓客を招き入れている。こうしたやり取りにも慣れているのだろう。

「クロード様、ここは寒いですわ。まいりましょう。迎えの方々も困ってしまいます」

「あ、ああ……すまない」

アイリーンにうながされ、クロードがぎこちなく頷《うなず》く。だがそれだけだ。そうだわ、とアイリーンはわざとらしく明るい声をあげた。

「あなた。お名前はなんとおっしゃるの？」

「ああ、申し遅《おく》れました。カトレア、と申します」

「カトレア？　ひょっとしてカトレア皇姉殿下《こうしでんか》でらっしゃる？」

少し驚《おどろ》いた素振《そぶ》りに、苦笑い気味にカトレアが頷く。

「――そうとも呼ばれております」

「ワルキューレになられたと聞いておりましたので、当てずっぽうだったのですが……」

本当は、スチルを覚えていただけだ。だが現実では初対面である。驚いておくべきだろう。

言い訳のようにカトレアが付け足した。

「だますつもりではなかったんです。ただ今は人手がたりなくて、このような形でのご挨拶《あいさつ》になりました。お許しください」

「いいえ。嬉《うれ》しいですわ。わたくし、クロード様のご親戚にご挨拶できるのを楽しみにしておりましたの」

「申し訳ありません、城まではワルキューレ――そちらで言うところの騎士として振る舞《ま》わせて頂きたいんです。他《ほか》に示しがつきませんから」

「まあごめんなさい、気が利《き》かなくて。では改めて宜《よろ》しくお願いしますわね、カトレア様」

「おまかせください」

カトレアが踵《きびす》を返す。皆《みな》がそれぞれ続き出した。アイリーンは顎《あご》を引いて、唇《くちびる》をゆがめる。

ここにくるまでに、不本意ながらリリアと話を突《つ》き合わせて情報は整理してある。顔に見覚えがある彼女はもちろん、ゲームの重要キャラだ。

――悪役令嬢《れいじょう》カトレア・ツァーリ・キルヴァス。クロードの従姉妹《いとこ》であり、キルヴァスの皇女。今はキルヴァス皇姉殿下だ。

いると推測はしていた。当たってほしくなかったのだが。

(でもクロード様にこんなに見つめられて、無視できるなんて)

さすが悪役令嬢、とでも言うべきか。それとも皇姉の矜持《きょうじ》がそうさせるのか、ワルキューレとして鍛《きた》えられた故《ゆえ》か。

いずれにせよ、きて正解だったようだ。足取り軽く歩くアイリーンに、そっと背後からレイチェルが声をかける。

「何かたくらんでらっしゃいませんか?」

「あら、わたくしがたくらむような何かがあって?」

笑うアイリーンに、レイチェルが何もかもを諦《あきら》めたように「……そうですね」と同意を返してくれた。


キルヴァス帝国《ていこく》は険しい山に囲まれた縦に長い広大な領土を持っている。最北の山は年中雪がとけないという話だが、鉱山も多く保有しており、鉄鋼業が盛んだ。エルメイアではまだ実現していない、長距離《ちょうきょり》に及《およ》ぶ鉄道はその証左だった。

だがそれ以上に特筆すべきこの国特有のものは、壁《かべ》だ。

北からやってくる魔物《まもの》を阻《はば》むための、長く高い防衛壁《へき》。平野を走る汽車から、その一部を見ることができた。補修と強化を繰《く》り返し建設された壁は、ゲームにもあったものだ。その壁の向こうがワルキューレの戦場だったという観光用の説明も、同じである。

(戦乙女《いくさおとめ》の長城、とか呼ばれてたわよね)

腹をくったのは、無事に入城したときだ。カトレアを先頭に、帝城《ていじょう》の玄関口《げんかん》である大広間に足を踏《ふ》み入れると、上から声をかけられた。

「姉様、お帰りで——」

螺旋《らせん》状の階段上から現れた青年が、途中《とちゅう》で足を止めた。呼びかけにつられてそちらを見あげた面々も、驚いたように息を呑《の》む。それなりに覚悟《かくご》を決めてきたアイリーンでさえ、一瞬、目を奪《うば》われてしまった。

ひとつに束ねた艶《つや》のある黒髪《くろかみ》、宝石のような赤い瞳《ひとみ》。それだけではない。彫刻《ちょうこく》のように見事な顔の造りも、黄金律で象《かたど》られたような体の線も、クロードに酷似《こくじ》している。はっきりとした違《ちが》いは身長と声質くらいだろう。それもまだ彼が二十歳《はたち》にもなっていないからでしかない。横に並べても、よほど近しい相手でなければとっさに見分けがつかないだろう。

カトレアが嘆息《たんそく》する。

「ヴィーカ。待っていなさいと言ったのに——失礼しました、クロード様。あの子が弟のヴィーカです。驚かれましたか」

「……いや。似ているとは聞いていたので……」

聞いていた。いったい誰《だれ》からクロードは聞いたのだろう。兄たちはキルヴァス皇帝《こうてい》に謁見《えっけん》し

ていないので、ヴィーカの容姿についてクロードの耳に入れる機会はなかったはずだ。引っかかりを覚えたが、アイリーンは貞淑《ていしゅく》な妻らしく笑顔《えがお》を保って黙《だま》っておく。

ヴィーカを横に招いて、カトレアが苦笑いを浮かべた。

「まさかここまでとは思いませんでしたか？」

「それは私も同じです、姉様。あなたがクロード・ジャンヌ・エルメイア皇帝陛下ですね」

青年が柔《やわ》らかく笑った。まるでクロードが愛嬌《あいきょう》を振《ふ》りまいたようだ。アイリーンの背後に衝《しょう》撃《げき》が走る。アイザックに至っては「気持ち悪っ」と正直すぎる感想を小声でもらした。

「遠路はるばるようこそおいでくださいました。お会いできて光栄です」

「こちらこそ、お招きいただき光栄だ」

「ヴィーカ！　勝手にふらふらするなと何度言わせ――っと」

こちらを発見して、螺旋階段の上から顔を出した人物が口をつぐむ。ヴィーカは落ち着いた様子で螺旋階段の上を見あげ、自分の唇に人差し指を押し当てた。

「お客様だよ、エルンスト。お説教はあとにしてくれ」

その名前にアイリーンは素早く階段上の人物の顔を検分する。記憶《きおく》が正しければ、正ヒーローの名前である。ゆるく波がかった明るい色の髪《かみ》に、気品のある顔立ち。かつて見たスチルやパッケージにそっくりの容姿だった。

「またのちほどご挨拶させてください、クロード皇帝。うるさい宰相《さいしょう》がいては楽しく談笑《だんしょう》もできない。カトレア姉様も、またあとで」

「ああ。きちんとディアナのご機嫌伺《きげんうかが》いもするようにな」

おどけたように笑ったヴィーカは踵を返し、螺旋階段の上でエルンストを伴《ともな》って帝城の奥へと姿を消す。ぽつんとクロードがつぶやいた。

「確か、ディアナというのは花嫁《はなよめ》の名前だったか」

そして、ヒロインの名前でもある。

おそらく彼女もスチルそっくりなのだろう。もともと、結婚《けっこん》式参列にあたって名前や関係性を聞いたときからわかっていたことだ。半ば諦めの心境で、アイリーンは聞き耳を立てる。

「はい。ただ彼女は婚礼《こんれい》の準備で忙《いそが》しくて、ご挨拶はそれこそ婚礼のあとになってしまうかもしれません」

「かまわない。女性の身支度《みじたく》は大変なものだと、妻で学んでいる」

クロードの回答をアイリーンは笑顔で黙殺《もくさつ》する。カトレアは愛想笑いと一緒《いっしょ》に頷き返し、案内を再開した。

キルヴァス帝城は、華《はな》やかというより堅牢《けんろう》だ。寒さをしのぐため窓はどこも二重窓、壁は分厚く隙間《すきま》がないように塗《ぬ》り込まれている。賓客室《ひんきゃくしつ》の床《ゆか》の隅《すみ》まできっちり敷《し》かれた絨毯《じゅうたん》も厚手のものだ。夜は冷え込むこともあるからと、暖炉《だんろ》はいつでも使えるよう薪《まき》が用意されていた。

身重のアイリーンには続きの寝室《しんしつ》も用意されていた。体調を崩《くず》した際、女手だけで閉じこもれる部屋があったほうがいいと気遣《きづか》ってくれたのだろう。礼を述べると、カトレアは「何かあれば遠慮《えんりょ》なくお申し付けください」と使用人のような受け答えをした。

何か不備はないか点検したり、荷解《にほど》きを始める使用人たちを眺《なが》めながら、アイリーンはゆったり窓際《まどぎわ》の長椅子《ながいす》に腰《こし》かける。

（ワルキューレは、臣籍《しんせき》降下と同じ扱《あつか》いをされるのだったかしら……）

アイリーンが知っているざっとした『魔槍《まそう》のワルキューレ』のストーリーはこうだ。

魔物が攻《せ》め寄せる国、キルヴァス。その侵攻《しんこう》は不思議な壁が押さえ込んでいるが、壁の向こうは常に戦場だ。戦うのは男性ではなく、高い魔力を誇《ほこ》るワルキューレたち。ワルキューレは神石を女性の体に埋《う》めこむ手術によって、魔物を鏖殺《おうさつ》する魔槍を使える。国から高い給与《きゅうよ》が払《はら》われる名誉職《めいよしょく》だが、死亡率は非常に高い。ほぼ壁の向こうで一生をすごすことになる。

貧しい家族を救うため、あるいは魔物から国を守るため、少女から妙齢《みょうれい》の女性まで、女たちは壁の向こうで長年、戦い続けていた。

そんな膠着状態《こうちゃくじょうたい》に一筋の変化をもたらしたのが、主人公のディアナだ。元は田舎《いなか》の小さな領主の娘《むすめ》――エルメイア皇国では男爵家《だんしゃく》程度の地位の令嬢である。だが、小さな故郷はある日、不運にも壁から抜《ぬ》け出した魔物の襲撃《しゅうげき》で炎《ほのお》に包まれてしまう。燃える故郷で赤い目の魔物を見たディアナは、それを仇《かたき》と確信し、自ら志願してワルキューレとなる。故郷を失うと同時に笑顔も失ったディアナだが、ワルキューレを消耗品《しょうもう》にしない上官ヒーロー・エルンストや、皇女でありながら国のためワルキューレとなった偉大《いだい》な先輩《せんぱい》カトレア、戦いに心を痛める若き皇帝ヴィーカと出会い、ワルキューレとしての才能を開花させ、笑顔を取り戻していく。

だが、戦いは激しさを増し、仲間の犠牲《ぎせい》も増えていく。ある日、仲間をかばって重傷を負ったディアナは未来予知を謳《うた》う女王の国に運びこまれる。そこでこの戦い自体が女王の未来予知に基《もと》づく画策であり、キルヴァス帝国が実験場に使われていることを知るのだ。ディアナはエルンストとカトレアに真実を打ち明け、革命を企《くわだ》てる。しかしその中で、仇である赤い目の魔物の正体がヴィーカであり、いずれ魔物の王として目覚める運命にあることが暴《あば》かれる。魔物になる未来に脅《おび》えるヴィーカと、それを救おうとするカトレアやエルンストの苦悩《くのう》を知ったディアナの選択《せんたく》と革命の行く末は――というのが大まかなストーリーだ。

ファンはこの作品を「ただの乙女ゲームと侮《あなど》るな」と評した。

その大きな理由は、ふたつ。

まずは、救いがないこと。周回すると選択肢《せんたくし》が増えていき、様々な謎《なぞ》や登場人間の設定が深《ふか》掘《ぼ》りされていく仕様でエンディングの種類もある。だがルートとしてはほとんど一本道で、大団円のハッピーエンドが存在しない。いわゆる『鬱《うつ》ゲー』に分類される。

たとえば、正ヒーローであるエルンストのルート。彼はヴィーカの乳兄弟《ちきょうだい》でカトレアとも幼《おさな》馴染《なじ》みである。彼は革命に協力してくれるが、それは幼馴染みたちを裏切ってキルヴァス帝国の新たな王となる覇道《はどう》だ。彼はエンディングで、ディアナと一緒に黒幕である女王国に復讐《ふくしゅう》を誓《ちか》う。だがこれはまだ救いがあるほうで、いわゆるラスボスに当たるヴィーカはどうあっても救えない。ディアナと心を通わせても、自分の魔物化を止めるためハウゼルに従う姉たちを見捨てられず、魔王になる自分が死ねば世界は救われると、姉たちを道連れに死を選ぶ。だがエンディングでは荒廃《こうはい》したキルヴァス帝国を支配するべく、空から女王国が魔物と共におりてくるところで締《し》めくくられる。誰も救われてない上に少しも問題が解決していない、なんなら状《じょう》況《きょう》が悪化している。

そして、ファンに「ただの乙女ゲームではない」と言わしめたもうひとつの大きな理由が、悪役令嬢《れいじょう》であるカトレアとのエンディングの存在だ。

彼女はあらゆるルートでヴィーカを救うべく、ディアナを助けるフリをしながら革命を頓挫《とんざ》させようとする。エルンストとは互《たが》いに想《おも》い合っている節もある。そんな悪役令嬢とのエンディングが存在するのだ。ヴィーカはもちろんエルンストも切り捨てて革命を成功させ、キルヴァス帝国《ていこく》を滅《ほろ》ぼす。そして互いに故郷を滅ぼした共犯者としてワルキューレたちを率い、大陸統一と平和を掲《かか》げ、今度は女王国を滅ぼすべく、終わらぬ戦いに身を投じるのだ。

(つまりどれも戦いが終わるどころか戦禍《せんか》が広がってる!)

巻きこまれてよく滅ぼされるキルヴァスの帝民に謝ってほしい。もちろん、ワルキューレを前線に立たせて平和を搾取《さくしゅ》する国のやり方に問題がないとは言わないが。

そして大きな分岐点《ぶんき》が、今から予定されている結婚式——ディアナとヴィーカの婚礼イベントだ。ゲームならばディアナが大怪我《おおけが》を負い、ハウゼルに運びこまれたあと。ワルキューレとしての戦果の褒美《ほうび》、あるいは口封《くちふう》じとして、キルヴァスの傀儡皇帝《かいらいこうてい》ヴィーカとの結婚を強《し》いられたという展開だ。ここでディアナが誰を選ぶのか、その選択肢によって攻略《こうりゃく》ルートも確定する。

そしてどのルートでも必ず、ハウゼル女王国の使いも出席する婚礼で、ディアナは革命を宣言することになる。

（でもハウゼル女王国はもうない。もちろん、婚礼にも招かれていない。今のワルキューレの主張はほぼゲームでの主張と同じだから、怪我をしてハウゼルに運びこまれるイベントくらいは現実でもあったのかもしれないけれど……）

いずれにせよ、ディアナが革命を起こす理由はなくなった。なぜならハウゼルがなくなった今、ワルキューレの手術はもうできない。いずれワルキューレは制度ごとなくなるのだ。

だから婚礼は無事終わるはず――アイリーンはそれを確かめなければならない。

「アイリーン、僕は挨拶回《あいさつまわ》りをしてくる。君はここで休んでいるように」

外套《がいとう》を脱《ぬ》いだクロードが、動きやすそうな服に着替《きが》えて戻《もど》ってきた。立ち上がったアイリーンはすばやくその格好を検分し、タイピンに指を伸《の》ばして、位置を変える。挨拶回りと言っているが、腹の探《さぐ》り合いだ。この見た目を存分に使ってもらわねばならない。

「こちらのほうがお似合いですわ、クロード様。キース様もご一緒に？」

「はい。カトレア様に紹介《しょうかい》と案内をお願いしました。城下町にも行けそうなら」

一歩離《はな》れて、クロードの姿を確認《かくにん》する。完璧《かんぺき》だ。

「町に出られるのなら、お土産《みやげ》を楽しみにしておりますわね」

「……君のお眼鏡《めがね》にかなう土産は難しそうだな。いってくる」

「いってらっしゃいませ」

頬《ほお》に口づけを軽く落として、クロードが踵《きびす》を返した。キースがそれに続く。少し離れた場所で待っていたカトレアと目が合った。あくまで穏《おだ》やかな笑顔《えがお》で、目礼される。クロードたちを案内するために向けられた背筋はすっとしていて、軍人のものだった。

扉《とびら》が閉まったあとで、レイチェルが水差しを置きにやってくる。

「クロード様に贈《おく》り物をねだるなんて、珍《めずら》しいですね。アイリーン様が」

「おかしくはないでしょう。わたくしは外に出られないし」

「そもそもねだるのが珍しいんです。しかも人前で」

じっとこちらを見つめるレイチェルは、何か疑っているようだ。それを笑顔で受け流し、アイリーンは窓の外を眺め直す。

「アイザックとジャスパーが外から戻ったら教えてちょうだい」

もともとジャスパーは取材でこちらにきているので、城下町に宿をとっている。アイザックも同じだ。使用人扱いになっているアイザックとジャスパーは行動に自由がきく。兄たちからある程度の情報は受け取っているが、まずは現実とのすりあわせをしたい。

「かしこまりました。他《ほか》に何か――」

こんこん、と閉じた扉が叩《たた》かれた。レイチェルがすぐさま応対する。顔を覗《のぞ》かせたのは、お仕着せを着た帝城の使用人である。二、三言葉を交《か》わしてすぐレイチェルが戻ってきた。

「アイリーン様、お茶のお誘《さそ》いです。ディアナ様から」

眉《まゆ》をひそめたアイリーンの返事を待つレイチェルの顔も困惑《こんわく》している。

「お断りしますか。まだ荷解きも終わってませんし」

「いえ、お受けするわ。あちらのほうがよほど忙しいはずよ」

キルヴァス皇帝《こうてい》との婚礼前だ。かつて同じ行事をこなした経験がアイリーンにもある。そんな中、お茶というなら、よほどのことだろう。

「ぜひとお返事して。あとは支度《したく》を、レイチェル。皇后の仕事よ」

かしこまりましたと頭をさげたレイチェルは、あいている荷から未来のキルヴァス皇妃《こうひ》に相対するにふさわしいエルメイア皇后の装《よそお》いを見つけ出した。


日差しの差し込む温室は、小さいながらも鮮《あざ》やかな花がいくつも咲《さ》いており、小鳥も鳴いている。まるで小春日和《びより》を思わせる陽気だ。何かしらの魔術《まじゅつ》か、装置を使っているのだろう。

案内に従って足を踏《ふ》み入れたアイリーンに、白いテーブルの向こうで女性が立ち上がる。

「ディアナです、エルメイア皇后陛下」

硬質《こうしつ》だが、透明感《とうめいかん》のある声だった。胸に手を当て軽く頭をさげられた。カトレアと同じ礼の仕方だ。ワルキューレの礼なのだろう。直截《ちょくせつ》的な挨拶《あいさつ》といい、愛想《あいそ》は欠片《かけら》も感じられない。だが、肩《かた》からこぼれ落ちた青みがかった灰色の髪《かみ》も、きめの細かい雪のような肌《はだ》も美術品めいていて、そういうものだと思わせるような不思議な力があった。

裾《すそ》を広げて腰《こし》を落とすエルメイア式の礼を返し、アイリーンは優雅《ゆうが》に微笑《ほほえ》む。

「お招き有り難《がと》うございます、ディアナ様」

「どうせ暇《ひま》だろうと思って」

少し間をあけてアイリーンは頷《うなず》き返した。

「優秀《ゆうしゅう》な使用人たちがついておりますので。ディアナ様はお忙《いそが》しい最中でしょう。婚礼《こんれい》の準備は順調ですか？　もう明後日《あさって》でしょう。楽しみにしておりますの」

「決められたことを手順どおりにするだけです、猿《さる》でもできます。そもそも無駄《むだ》が多すぎるんですよ。ああ、そういうのがお好きな女性がいることは知ってますが。私はそもそも結婚《けっこん》したいわけでもなかったし、夢も希望も持ってないので」

あまり社交に長《た》けていない性格らしい、と思うことにする。

（まあ『笑顔を忘れた』設定だものね）

愛想がないだけで一概《いちがい》に悪いとは言えない。アイリーンの友人でもある隣国《りんごく》アシュメイルの正妃《せいひ》ロクサネも愛想には欠けるが、細やかな気遣《きづか》いと要所を押さえる洞察《どうさつ》力、隙《すき》のない礼儀《れいぎ》作法で外交好きの夫を支える社交を見事にこなしている。

そして相手が愛想も気遣いも洞察力も礼儀作法もなっていないとしても、アイリーンは決して無礼を働いてはならない。それはエルメイア皇后の肩書《かたが》きを傷つける。

「きっと式を挙げれば、またお気持ちも変わりますわ」

「アイリーン様は、結婚してよかったと思いますか？」

「ええ、もちろん」

「――でしょうね。あなたはそっちのほうがお似合いっぽい」

アイリーンは笑顔のまま首をかしげてみせた。ディアナは嘆息《たんそく》して、用意されたお茶のカップの縁《ふち》に触《ふ》れる。

「本当は魔王《まおう》と直接話をしたかったんですよ。でも止められたので、しかたなくあなたを呼び出したんです。魔物の話、できます？」

「……夫とキルヴァス皇帝の間で話し合いの場が設けられると聞いております」

「現場を知らない男たちでまともな話し合いができるわけがないでしょう」

鼻先で笑い飛ばされた。

「ああ、別にあなたを責めてるわけじゃないです。いかにもですもんね。ただ、一応話を聞いておきます。エルメイアでは魔王の意向で、魔物と人間が共存しているのは本当ですか」

テーブルの下の靴先《くつさき》をそろえる。こういうときは、見えないところからほころびが出てしまうのだ。気をつけねばならない。ゲームの設定はこの際置いておくとして、キルヴァス帝国が長年、魔物に苦しめられているのは事実だ。回答によっては、国際問題に発展する。

「はい。人間と魔物、互《たが》いの付き合い方を模索《もさく》しているところで――」

「ああ、やっぱりいいです。お決まりの答えってわかりました。じゃあリリア・レインワーズはどうしているんですか」

気を引き締《し》め直したばかりなのに、つい、眉をひそめそうになった。だがディアナは質問がわからないのかという眼差《まなざ》しをこちらに投げる。

「聖剣《せいけん》の乙女《おとめ》です。生きているって聞きました。皇太子妃《ひ》って本当に？　聖剣があれば魔物も魔王も倒《たお》せたはずです。なのに……いったい彼女をどうやって懐柔《かいじゅう》したんですか。男？」

「……」

「それとも本人が、聖剣の乙女のくせに戦いを避《さ》けたんですか？　なら、聖剣は今、どうなってるんです？」

外交は駆《か》け引きだ。瞬間《しゅんかん》の判断と機転が決め手になることもある。そう教えてくれたのは兄のミカエルだった。だからアイリーンは、今、この場で、今後の方針を定めた。

「ごめんなさい、ディアナ様のお話は難しくて、わたくしにはよくわかりませんわ。きっとクロード様ならご存じでしょうけど……」

困惑してみせるアイリーンに、ディアナはもう呆《あき》れ顔を隠《かく》さなくなっていた。

「それでよく皇后なんてやってますね。信じられない……男にまかせっぱなしなんて」

慎重《しんちょう》にアイリーンはカップを受け皿に戻す。陶器《とうき》がこすれるあやうい音がした。

「お役に立てなくて申し訳ないです。でも……わたくし、ディアナ様とは仲良くしたいと思っているんです。キルヴァス帝国《ていこく》の皇妃になられる御方《おかた》ですもの。わたくしの仕事は、みなさまと仲良くすることですから」

それが皇后の仕事だ。柔《やわ》らかく微笑んだアイリーンに、ディアナは嘆息する。

「発想が平和で羨《うらや》ましいです」

「でも、もうキルヴァスも平和になるのでしょう？　そのためのご結婚と聞きました」

「結婚でなんでもかんでも解決する国っていいですね。この国の女性はそんなお気楽ではいら

れないので。すみません、もうそろそろ」

ディアナがすました顔で立ち上がった。用なし、という態度だ。

「あら、ごめんなさい。楽しくて、すっかり長居してしまいました」

だがアイリーンは気にした様子もなく、受け流す。新しく国を背負って立つ、新米妃への見本と手向《たむ》けになるように、ふんわり微笑んだ。

「またぜひ、お茶に誘ってくださいな」

「お茶なんて好きじゃないですし、そんなに暇でもないです。……ああすみません、あなたが暇だって言いたいわけじゃないんですよ。まぁ、忙しいですよね。着飾《きかざ》ったり、夫の機嫌《きげん》をとったり。別に、そういう方もいてもいいと思います。平和ってそういうことですから」

「戦場に出ておられたディアナ様の視点は、とても勉強になりますわ」

ディアナは白けた目をしているが、にこりとアイリーンはできるだけ愛らしく笑う。

「お忙しいとは思いますけれど、おいしいお菓子《かし》もありますのよ。お時間があるときに、またお話聞かせてくださいな。そうですわね、戦場でどんな生活をしてらしたか、とか」

「……。話してもわかると思えないんですけど」

「ああ、でもディアナ様のお時間をいただくだけでは申し訳ないですわね。わたくしにも何かできることがあればよいのですけれど」

考えこむ素振《そぶ》りをすると、ディアナがしかたなくというふうに提案した。

「なら、今度は魔王――クロード様のお話でも」

「まあ、クロード様の？　それなら得意ですわ。自慢《じまん》の夫ですもの」

「……カトレアが、ずいぶん気にしていたので」

「ならわたくしもカトレア様のお話を、ぜひ聞きたいです。とてもかっこいい方で、見惚《みと》れてしまいましたから」

はしゃぐアイリーンに、ディアナが憐《あわ》れみの眼差しをよこす。これで決まりだ。

アイリーンは「ではまた今度」と言い置いて、背を向けた。懐妊《かいにん》してからはできるだけゆっくりとした丁寧《ていねい》な動作を心がけているが、ことさら神経を尖《とが》らせて歩く。どこで誰《だれ》の目があるかわからない。

「レイチェル。ディアナ様は素敵《すてき》な方ね。ぜひ、仲良くしたいわ」

与《あた》えられた客室まで一本道の廊下《ろうか》にさしかかった。茶会の間もずっと黙《だま》ってアイリーンのうしろに控《ひか》えていたレイチェルは、静かに頷く。

「わかりました。そのようにいたします」

「カトレア様もよ。おふたりともとてもしっかりなさってるから、わたくし、粗相《そそう》がないか心配だわ。失礼がないよう、お願いね。お友達になりたいの」

「アイリーン様、そのようにはしゃがれるのは、はしたないですよ」

「あらごめんなさい、つい」

まだ荷解《にほど》きが終わってないらしく、部屋の中は侍女《じじょ》たちで賑《にぎ》やかだった。背後で扉《とびら》がしまる音を聞いてから、アイリーンは口端《くちはじ》を持ち上げる。

「あんなに安い女の相手は、久しぶりなんだもの」

きちんとアイリーンを使いやすい、馬鹿《ばか》な女だと侮《あなど》ってくれた。

「皇妃《こうひ》になれるからといって、革命を諦《あきら》める気はなさそうね。エルメイアのことも敵視している。素直にべらべら喋《しゃべ》ってくださって、手間が省けたわ。侮られるのも大切ね」

懐妊していることもあって、アイリーンは立場上、あまり動くことも目立ったこともできない。それを逆手にとる形で、いい情報収集になった。

「早速《さっそく》お礼のお手紙をディアナ様に送りましょう。何かお菓子もつけたほうがいいわね。レイチェル、わかるわね？　わたくしは何も知らない、箱入りお嬢様《じょうさま》。可愛《かわい》らしい少女よ」

「ではドレスも化粧《けしょう》もそのように？」

「そうしてちょうだい。用意はできる？」

手持ちの道具は限られているはずだ。だが、優秀《ゆうしゅう》な侍女は迷わず首肯《しゅこう》した。

「普段《ふだん》ほど手の込んだことはできませんが、おまかせください」

「クロード様はまだお戻《もど》りではないのね。ふふ、迎《むか》えに行ってしまおうかしら。さみしいんだもの」

「アイリーン様、表情と言っていることがまったく一致《いっち》していません。私としてはおとなしく休んでいただきたいのですが、何か迎えに行きたいご事情が？」

「あら、レイチェル。あなただって気づいたでしょう？　クロード様は何かわたくしに隠してらっしゃるわ。カトレア様に思うところがおありなんでしょう。従姉妹《いとこ》以上のね」

カトレアと挨拶《あいさつ》をかわしたときの、あのらしくない反応。まさか妻が見逃《みのが》すとでも思ったのだろうか。とどめにディアナが、何も知らないとばかりにアイリーンを憐れんでくれた。

流し目で見たアイリーンに、レイチェルは驚《おどろ》かない。レイチェルはアイリーンの反応を、そしてアイリーンを通じて周囲の反応をよく見ている。違和感《いわかん》は抱《いだ》いていたのだろう。

「何年も疎遠《そえん》だったはずです。追及《ついきゅう》なさいますか？」

「そんな無粋《ぶすい》な真似《まね》はしないわ。夫婦《ふうふ》といえど隠し事のひとつやふたつ、あって当然。ただ、すべて把握《はあく》したうえで知らぬフリをするのが、よき妻というものよ」

「わかりました。では早速お召《め》し替えと、化粧直しをいたしましょう」

「残念だわ、この口紅、気に入っているのだけれど」

唇《くちびる》に手を当てて、鏡の中でアイリーンは微笑《ほほえ》む。人差し指の腹には、可愛らしい少女を演じるには艶《つや》の強い口紅が、血糊《ちのり》のようについていた。

ぞわっと足元から這《は》う寒気に、クロードは動きを止めた。案内で先を歩いていたカトレアがまばたく。そしてすぐに、柔らかく微笑んだ。

「そろそろ休憩《きゅうけい》にしましょう。ちょうどそちらの部屋があいているので、使用許可をもらってきます。お茶の準備も。――申し訳ありません、到着《とうちゃく》したばかりで連れ回してしまって」

「頼《たの》んだのはこちらだ。こちらこそあなたを休まず働かせてしまった、申し訳ない」

「いえ、私にとっては慣れた場所ですから。さあ、こちらへ――」

カトレアが案内しようとした扉を、先に取った。扉の取っ手をつかんだ手が触《ふ》れ合う寸前で、カトレアが手を引っこめる。

「あなたも休んでくれ。キース、お茶の用意を頼めるか」

「おまかせください」

キースは早速《さっそく》、廊下を歩く使用人に声をかけている。他国の人間であるが、うまく立ち回ってくれるだろうと、クロードは扉をあけた。

「……ここは帝城《ていじょう》だ。もうカトレア皇女、とお呼びしていいだろうか」

カトレアはじっと考えこんだあとで、唇を綻《ほころ》ばせる。

「まだそのように言ってくださるのでしたら」

「ではどうぞ――僕の城ではないが」

笑ってカトレアが部屋に入った。

カトレアが休憩に選んだ部屋は小さいがきちんと整えられていた。窓際《ぎわ》に飾《かざ》られた花瓶《かびん》の花は少ししおれているようだが、もう夕方近いからだろう。猫脚《ねこあし》の丸テーブルと向かい合わせの椅子《いす》は色合いからしておそろいだ。赤い背もたれのある飴色《あめいろ》の椅子を引くと、カトレアはゆっくりと腰《こし》をおろした。服装こそ騎士《きし》のものだが、仕草は完全に淑女《しゅくじょ》のものだ。

「あなたが迎えにくるとは思わなかったから、驚いてしまった」

「この国でクロード様と面識があるのは、私だけですから。そんなに驚く人選でもないと思うのですけれど」

口調も先ほどより、少々柔らかい。使い分けているのかもしれない。

「だが、直接会ったのはもう十年以上前の話だろう。覚えていてくれるとは思わなかった」

「クロード様の美しさはそう簡単に忘れられるものではありませんよ。弟もこんなに美しく育つのかと、子ども心に焼き付きました」

「……僕が言うのもおかしな話だが、弟君が立派に育っているようで、安心した」

クロードの正面で、カトレアは微笑んだ。少女の頃《ころ》に見せた、凛《りん》としたものではない。どこか諦念《ていねん》を含《ふく》んだ、大人の女性の笑《え》みだった。

「ええ、もう結婚《けっこん》するような年になりました。……でも、私も驚きましたよ。クロード様が皇《こう》帝《てい》になられて、しかもご結婚なさっているとは」

「色々あった。君もだと思うが。……本題に入ろう」

クロードは左の手のひらを上に向ける。その上に、カードが現れた。目を瞠《みは》るカトレアの前に、カードを表にして差し出す。

「結婚式の招待状や献上品《けんじょうひん》と一緒《いっしょ》に、これが僕個人宛《あて》に同封《どうふう》されていた」

――たすけて　わたしを、ここから。

「……これが、あなた宛に？」

カトレアが顔をしかめる。その反応をつぶさに眺《なが》めながら、クロードは確認《かくにん》する。

「差出人の名前はなかった。――君ではないのか？」

「私ではありません」

「だが、キルヴァス帝国《ていこく》で僕に面識があるのは君しかいない」

先ほど彼女自身が口にした根拠《こんきょ》で問い返す。それでもカトレアは首を横に振《ふ》った。

「繰《く》り返しますが、私ではありません。――むしろこれは、罠《わな》ではないかと思います」

視線で問い返すクロードに、カトレアはまっすぐ顔をあげた。

「この国が革命が起こる寸前だったのは、ご存じですよね。そんな中、私が魔王《まおう》に助けを求めていた。これは何を意味すると思いますか？」

「なるほど。やはりキルヴァス帝室は魔物を引き入れていたのだ――となるか」

クロードは人差し指でカードをなでる。すっとカードはそれだけで消えた。

「では、これは見なかったことにしておこう。心配せずともこのカードのことを知っているのは、僕とキース――さっき僕といた従者だけだ」

「……奥様はご存じないのですか。いけませんよ。疑われてしまいます」

「僕の妻は意外と嫉妬《しっと》深《ぶか》いんだ。しかも懐妊《かいにん》中だろう。余計なことを知らせて、何かたくらまれても困る」

クロードの長い嘆息《たんそく》に、カトレアはぽかんとしたあとくすりと笑った。

「大変ですね。ですが、廃嫡《はいちゃく》されたクロード様が皇帝になれたのは、奥様の存在が大きいのでしょう？　公爵《こうしゃく》家のご令嬢《れいじょう》で、元はクロード様の異母弟《いぼてい》の婚約《こんやく》者だったとか……」

「ああ。僕に乗り替えてくれたんだ」

ふふ、と意味深に笑ってみせると、カトレアは呆《あき》れ顔になった。

「まさか、たぶらかされたのですか。悪い方ですね、あんな可愛らしい女性を」

「僕は魔王だ。悪い男に決まっている。──君が本当に困っているなら、助けたいと思ってしまう程度には傲慢《ごうまん》だ」

背もたれに深く背を預けて、クロードは微笑む。

「だから、何かあるなら言ってくれ。できるだけのことはしたいと思う。魔物のことも」

「……なぜ、そこまで……」

「僕が廃嫡したとき、国にくるかと、手を差し伸《の》べようとしてくれただろう。その礼だ」

本当はそれだけではないけれど、助けたいという気持ちは本心だ。

「今、魔物の攻勢《こうせい》はおさまっていると聞いている。僕も君がもう二度とワルキューレとして戦場に向かわずにすむように、善処するつもりだ」

カトレアがうつむいた。廊下《ろうか》でお茶を受け取ったキースが部屋に入ってくる。茶器が並べられる音、湯が注がれる音、ふわりと香《かお》る紅茶のにおいが、沈黙《ちんもく》を静寂《せいじゃく》に変えてくれる。

「……クロード様は、魔物はいったいどこからきたと思われますか」

警戒《けいかい》しているのか、カトレアは紅茶に手をつけない。

「わからない」

「エルメイアやハウゼルからきたのではない、とはおっしゃらないのですね」

クロードは紅茶のカップを取り、先に飲む。毒見がわりだ。

「僕が派遣《はけん》したものではないとは言える。だが僕が生まれる前となると自信がない。ハウゼル女王国に至っては、正直、最後まで謎《なぞ》に包まれていた。空中宮殿《きゅうでん》はもちろん、残った遺物でさえ手に負えないまま消えてしまった」

「空中宮殿も、消えてしまったのですよね……実はまだ空に浮《う》いていて、ハウゼル女王国は健在だという話もありますが」

「あれだけの叡智《えいち》だ。陰謀《いんぼう》論が蔓延《まんえん》するのはしかたない」

正確に言うならば、空中宮殿は地上から消え、魔界《まかい》にある。自己修復を続けている空中宮殿は、人の身に余る代物《しろもの》だ。だから魔の神である父——ルシェルが妻のグレイスと共に、いつか使うべきそのときまでと番人を引き受けてくれた。なんともあやふやな話だが、隣国《りんごく》アシュメイルの聖王バアルも了承《りょうしょう》済みだ。

二国で空中宮殿を隠《かく》していることになるが、あれは地上にあっていいものではない。必ずいらぬ争いを引き起こすだろう。陰謀論のほうがまだましだ。

「だがハウゼルは確かに墜《お》ちた。まだあの島に住んでいる人間はいるが、大半が移民として各国に移動し始めている。ほとんどはアシュメイルに向かっているようだが、地理的にエルメイアも他人事《ひとごと》ではない。キルヴァスもそうだろう」

「うちは気候的に厳しい国ですし、移民はそれほど問題になっていません。革命の噂《うわさ》がありましたから、移住先には向かなかったのでしょう」

「情勢が不安定だからこそ狙《ねら》われることもある。——そういったことも話し合わなければいけないな、君の弟君と」

「ヴィーカよりは、ディアナとのほうがいいでしょう。私からも話を通しておきます。彼女はワルキューレとして壁《かべ》の向こうで戦っていましたから、魔物の現状も知っている」

可愛《かわい》い弟の花嫁《はなよめ》に推挙しただけあって、ディアナとは仲がいいのだろう。クロードは頷《うなず》き返した。

「もちろん現場の意見も是非《ぜひ》聞きたい。できれば壁やその向こうにいる魔物も見たいと思うのだが、案内は頼めるだろうか」

「そうですね。ディアナと相談してから――」

こん、と扉《とびら》を叩《たた》く軽い音が会話を遮《さえぎ》った。素早《すばや》く扉を見たキースが誰何《すいか》する前に、扉が開かれる。入ってきた人物を見て、クロードは納得《なっとく》した。

ヴィーカだ。宰相《さいしょう》のエルンストもいる。笑顔で頭をさげられた。

「すみません、こちらだと聞いて。姉様、ディアナが呼んでるよ。話があるって」

「ディアナが？　また何か怒《おこ》らせたんじゃないだろうな、ヴィーカ」

「私はそんなつもりはないんだけどね」

自分と同じ顔が穏《おだ》やかに笑っていると不思議な気分になる。赤い目が合ったりすると、なおさらだ。向こうも同じだろうか。

「だが、私は今、クロード様を案内している最中だ」

「いや、そろそろ僕は部屋に戻《もど》ろうと思う」

最低限の顔合わせと挨拶《あいさつ》は終わっている。到着《とうちゃく》したその日に城内をうろうろするのも失礼だろう。ここは魔物に苦しめられた国だ。そしてクロードは魔王。やましいところはなくとも、いらぬ疑いはかけられたくない。

「案内をひとりつけてくれれば戻れる。片づけはお願いできるだろうか」

「もちろんです。案内は、部屋の外にいる衛士《えじ》に声をかけてください。エルンスト」

ヴィーカに目配せされたエルンストが、素早く外に出る。お茶の片づけをする使用人を呼ぶのだろう。宰相だというのに細やかな気遣《きづか》いができる男だ。

「……では、お言葉に甘えて。クロード様、先ほどの話はまたあとでご連絡《れんらく》します」

カトレアが立ち上がり、一礼して去った。最後まできびきびとした所作だ。

「姉と何かお約束を？」

カトレアが座っていた椅子《いす》に座って、ヴィーカが脚《あし》を組んだ。ああ、とクロードは頷く。

「壁の向こうを視察したい、とお願いした」

「駄目《だめ》だ、と私が言ったら？」

ぱちりとクロードはまばたく。だがテーブルに両肘《りょうひじ》を突《つ》いたヴィーカは笑顔だ。

鏡が目の前にあるのに、同じ動作をしない。不思議な気持ちで、言葉を選ぶ。

「君がそう言うならば、もちろん控《ひか》える。ただ魔王として魔物をどうにかしてくれ——という要請《ようせい》にも応じられないことになるが」

「……冗談《じょうだん》ですよ。言ってみただけです。どのみち、私にあまり発言権はないので。子どもの頃《ころ》からの傀儡皇帝《かいらいこうてい》ですから」

「とてもそうは見えないが」

にこにこしていたヴィーカの表情が消えた。そこで初めて、向き合えた気分になる。

キルヴァス皇帝ヴィーカの表向きの情報については、一応、義兄《ぎけい》たち——主にミカエルから報告を受けている。先代皇帝が急逝《きゅうせい》し、わずか十歳で皇帝となった少年。既《すで》にワルキューレとなった姉のカトレアは戦場におり、佞臣《ねいしん》たちに囲まれた少年は傀儡皇帝となった。

魔力《まりょく》はあるし黒髪《くろかみ》赤目ではあるが、魔物を御《ぎょ》すわけでもなく、姉と違《ちが》い戦場を翔《かけ》ることもしない。大変不吉《ふきつ》な、見目のよいお人形。そう評されていると聞いた。

だが今、正面にあるそっくり同じ顔がお人形だとは、クロードにはとても思えない。

「……そう言ってくださるのはあなたとエルンストだけかもしれません、クロード兄様」

カップを取り落としそうになった。だが膨《ふく》れ上がったなんとも言えない感情は突風《とっぷう》となり、がたがたと窓硝子《まどガラス》を揺《ゆ》らす。

「……兄様、とは」

「従兄弟《いとこ》ならおかしくないですよね？」

「なるほど……！」

まさかの盲点《もうてん》だった。なんてことだろうか。セドリックの言う「兄上」とはまた違う味わい深さがこみあげてくる。

「遠慮《えんりょ》なく兄様と呼んでくれ、ヴィーカ」

「……喜んでいただけたみたいで私も嬉《うれ》しいです」

窓際《ぎわ》のつやつやしだした花を眺《なが》めながら、ヴィーカがつぶやく。クロードの体質を知っていることがうかがえた。そこも高得点だ。

「早速《さっそく》だが何か困ったことはないか、ヴィーカ」

「クロード兄様は優《やさ》しいですね。でも私より姉を助けてやってもらえますか」

じっと見つめると、見つめ返された。答えはわかっているとでも言いたげだ。似ているというのも考えものである。クロードが何も答えない間に、ヴィーカは立ち上がった。

「では私はこれで失礼します。エルンスト」

待ち構えたように扉の外から宰相が顔を出す。話は終わったとばかりに立ち去る背に、クロードは声をかけた。

「助けるのは、妻ではないんだな？」

婚礼《こんれい》はまだだが、確認《かくにん》したいことは伝わっただろう。ヴィーカが振《ふ》り返る。

「ええ。そうですよ」

鏡で見たことのある表情で短く答え、ヴィーカはエルンストを伴《ともな》い出ていってしまう。かわりに片づけのための使用人と、扉前で案内のために待機していた衛士が入ってきた。

「おふたりとも、なかなかのくせ者ですねえ」

部屋から廊下に出たところで、キースが声をかける。クロードは肩《かた》をすくめた。

「僕と同じ顔で軟弱《なんじゃく》だったら、気持ち悪いじゃないか」

何がおかしかったのか、キースは噴《ふ》き出した。失礼である。

キルヴァスの滞在《たいざい》予定は婚礼を含《ふく》んだ前後一週間だ。もちろんメインイベントは婚礼だが、前後に夜会や茶会などの催《もよお》しはもちろん、会談や視察も予定されている。後者はクロードが主にこなすことだが、前者はアイリーンも無関係ではいられない。限られた時間と限られた機会で、誰《だれ》と会い顔を売っておくか。特にクロードが入れない、貴婦人の世界で──その取捨選択《せんたく》が必要だ。

だが、キルヴァスでは勝手が違いそうだ。

玻璃《はり》でできたシャンデリアの下、音楽が鳴るのもダンスの形もほとんど同じ。だが煌《きら》びやかなドレスを着ている女性と、騎士《きし》服を着ている女性が、同等数だ。着飾《きかざ》っている女性たちは来賓《らいひん》──他国の人間もまじっていることを考えると、キルヴァス帝国《ていこく》内の比率としては騎士服の女性のほう、すなわちワルキューレのほうが多い。

この路線で正解だったかもしれない。開いた扇《おうぎ》の下で、アイリーンは目を細めると、手を預けている夫がそっとささやいた。

「体調は？」

「問題ありませんわ」

にこりと笑い返すと、クロードがアイリーンの全身を一度見てから、感想を述べた。

「……今夜の君は、またいつもと違って新鮮《しんせん》だな。何か心境の変化が？」

さすが、言葉の選び方が大変うまい。

「お気に召《め》しません？」

「いや、そういうことではないんだが……こう……とてつもなく嫌《いや》な予感がする」

さすが、勘《かん》も大変よろしい。

「気分転換《てんかん》ですわ」

今夜のアイリーンの装《よそお》いは、淡《あわ》い色合いを基調にしたものだ。ゆっくり歩けばふわりと広がるドレスの裾《すそ》、襟《えり》にも細かなフリルがたっぷり使われている。胸下をゆるく絞《しぼ》る真珠《しんじゅ》のあしらわれたレースのリボンは、妖精《ようせい》の羽のようにも見えるだろう。ヒールも低く、髪《かみ》も結《ゆ》いあげずおろした。吊《つ》り目がちの目尻《めじり》は柔《やわ》らかく化粧《けしょう》で縁取《ふちど》りし、口紅は初々《ういうい》しい桃色《ももいろ》で。皇后よりはご令嬢《れいじょう》、美しくよりは可愛らしく。贅沢《ぜいたく》に着飾られた愛される女性像を目指した。

久しぶりの可愛らしい装いだ。当然、振る舞《ま》いやちょっとした仕草も衣装《いしょう》に合わせる。不安はあるが、レイチェルには「素《す》に戻らなければ大丈夫《だいじょうぶ》です」と太鼓判《たいこばん》を押された。

「せっかくだから、エルメイアではなかなかできない装いをしようと思いましたの。いつもより締《し》めつけずにすんでますわ。そう、体のことを考えての装いです」

「……今思いついた言い訳だな、その言い方は」

「クロード様、アイリーン様。お楽しみですか」

端麗《たんれい》な眉《まゆ》を限界までよせていたクロードが、素早く表情を戻した。アイリーンもしとやかにクロードのかたわらに寄り添《そ》って、微笑《ほほえ》む。

「ええ、カトレア様。素敵な夜会ですわ。ディアナ様も、ごきげんよう」

「……どうも」

ディアナが素っ気なく返す。だが、身にまとう衣装はとても優美だ。何枚もの絹を重ね、銀糸で縁取られた美しいドレス。宝石で彩《いろど》られた小さな髪飾《かみかざ》りにだけ色がついているのが、静謐《せいひつ》さを際立《きわだ》たせている。無表情なところが神秘的にさえ見えた。

「ディアナ様、素敵なドレスですわね」

ワルキューレ。戦乙女《いくさおとめ》の神聖さを見せつけるには、いい衣装だろう。素直にほめたアイリーンに、ディアナがアイリーンを見て返す。

「あなたも可愛《かわい》いですよ。お似合いです」

「有り難《がと》うございます、ディアナ様。カトレア様は、お召し替《か》えはまだですの？」

肩紐《かたひも》やマントの房《ふさ》は増えているが、騎士の装いだ。カトレアは胸に手を当てた。

「私はディアナとヴィーカの護衛ですから、このままです」

「残念ですわ。カトレア様のドレスを楽しみにしておりましたのに……」

「アイリーン様はドレスがお好きなんですね」

「ええ、お化粧もドレスも大好きですわ。結婚《けっこん》式も楽しみです」

ディアナが小さく肩をすくめ、カトレアは苦笑いを浮《う》かべた。

「結婚式のときは私もドレスを着る予定です。お眼鏡《めがね》にかなうかわかりませんが」

「まあ、楽しみですわ。ね、クロード様」

「あ、ああ……そうだな」

アイリーンに腕《うで》を貸したまま、クロードがぎこちなく頷《うなず》き返す。視線を動かして、カトレアが眉根《まゆね》をよせた。

「クロード様、どうされましたか。表情が硬《かた》いような……」

「いや……美しい女性たちに囲まれて緊張《きんちょう》しているだけだ」

「嫌ですわ、クロード様。美しいだなんて。わたくしなんて子どもっぽくて、おふたりとくらべられてはかすんでしまいます」

うふふ、と扇の下で頰《ほお》を染めて笑うと、夫はこの世界でいちばん不味《まず》い物を口に突《つ》っ込まれたような顔をした。だが賢明《けんめい》な夫は何も答えず、妻からぎこちなく顔をそらす。

ちょうどその視線の先から慌《あわ》ただしくエルンストがやってきた。だが、ヴィーカがいない。

「……そういえばディアナ様、ヴィーカ様はまだですの？」

「そろそろくるのでは？」

あっさりした返しに、アイリーンは口をつぐむ。

この夜会の主催者《しゅさいしゃ》はヴィーカ、本来ならディアナはヴィーカにエスコートされてやってくるべきだ。だが絶対ではないし、マナー違反《いはん》でもない、あくまで見栄《みば》えの問題である。ヴィーカが先に行かせたのかもしれない。何事も例外や事情がある。

だがアイリーンが引っかかるのは、まったくその点をディアナやカトレアが気にしていないことだ。

もちろん、アイリーンもクロード主催の夜会でクロードが遅《おく》れるようなことがあれば、先に会場入りをして取り仕切る。だが、それはクロードがおらず、アイリーンが皇后だからだ。

ヴィーカがいるならば、彼とディアナがファーストダンスをすませなければ、夜会は始まらない。それともこの国では、まだ妃《きさき》ではないディアナや皇女のカトレアが取り仕切るのが当たり前なのだろうか。

「カトレア、ディアナ、少しいいか。ヴィーカが」

エルンストは遅れてクロードとアイリーンに気づいたようだった。敬称《けいしょう》をつけずに呼んだあたりから焦《あせ》りもうかがえる。アイリーンがそっと腕を引くと、クロードが心得た顔をした。

「では僕らは、またあとで」

エルンストが申し訳なさそうに軽く頭をさげた。何も聞いていませんという顔でクロードとふたり歩き出す。

その場から離《はな》れるなり、クロードが深く長く、苦い息を吐《は》き出した。

「君はいったい何をたくらんでいるんだ……心臓に悪い」

「まあ大変、旅の疲《つか》れが出たのではありません？」

「……ドレスと化粧だけでこの僕をこれだけ動揺《どうよう》させる女性は、広い世界をさがしても君だけだろうな」

その評価は悪くない。ちょうど近くに、キルヴァスの有力貴族を見つけたアイリーンは目で尋《たず》ねるクロードに頷き返し、機嫌《きげん》よく送り出す。さて自分はと首を巡《めぐ》らせたそのとき、会場の中央に、カトレアとディアアナを伴ってエルンストが進み出た。

「ご来場の皆様《みなさま》、申し訳ございません。皇帝陛下《こうていへいか》が体調を崩《くず》されたため、大事をとって欠席することとなりました。深くお詫《わ》びいたします。ですが、皆様にはそのまま楽しんでいただきたいと言付かっておりますので、カトレア皇姉殿下《こうしでんか》からご挨拶《あいさつ》を——」

婚礼は明日だ。体調不良とは大丈夫なのだろうか。

(ヴィーカが結婚式に欠席だなんて、ゲームではありえない展開だけれど……)

嫌な予感がする。ふと目をやると、ワルキューレが慌ただしく会場から出ていった。

何かあったのだ。

目を細めたアイリーンの懸念《けねん》を裏付けるように、カトレアの表情もディアアナの表情も、どこかこわばっていた。


「大体、お前の兄貴の見立てどおりだな」

翌日、リュックの午前中の検診《けんしん》を受けたあとやってきたアイザックの分析に、ジャスパーも同意した。

「壁《かべ》の向こうの魔物《まもの》とワルキューレの戦いは、ハウゼル女王国による人体実験。キルヴァス帝室は支援《しえん》ほしさにそれを黙認《もくにん》し、言われるがままワルキューレを量産し続けた。魔物はハウゼルを通じてエルメイアからもたらされたものって噂《うわさ》になってる」

「噂ですんでいるの？」

信じる人間の数によって、内乱の機運が左右される。アイリーンの懸念を、アイザックは正確に読み取って答えた。

「半々だな。ワルキューレやそれに近い人間は信じてるが、それ以外は壁の向こうの戦いは知ってるが我関せず、って感じだ。よな、オッサン」

アイリーンの体調をカルテに記録しているリュックの机に腰《こし》かけて、ジャスパーが答える。

「ああ。帝室を疑うにはまず皇女様がワルキューレだし、皇帝も傀儡《かいらい》だって有名だからな。わかりやすい悪役がいないんだよ。ハウゼルが墜《お》ちてから魔物の侵攻《しんこう》が落ち着いたのを状況《じょうきょう》証拠《しょうこ》にしてる奴《やつ》もいるが、落ち着いたならそれでいいじゃないかって奴らのほうが多い」

「あとは今回の結婚だな。ワルキューレでもとびきりの戦果を持ってる女が皇帝と結婚するってことで、和解っぽく落ち着いた感じはある」

カトレアが取り持った政略結婚は正しく作用している。だが眉間《みけん》のしわはほどけない。

「ハウゼルやエルメイアに対する不信が拭《ぬぐ》えたわけではないのよね……」

「今は疑惑《ぎわく》をいったん横に置いておきましょう、って姿勢だからな。国内がこのまま平和におさまりゃいいけど、そうじゃなきゃ外に矛先《ほこさき》を向けるってのも政治的に十分あり得る。お偉《えら》いさんの常套手段《じょうとうしゅだん》だ。――で、なんなんだよ。お前のその格好。何と戦ってんだ」

昨夜からレイチェルはアイリーンにつきっぱなしなので、ジャスパーと情報収集のため街の宿に泊《と》まったアイザックはディアナとのやり取りを知らないはずだ。なのにアイリーンの化粧が変わった理由を、気まぐれなどではなく臨戦態勢だと察したらしい。

さすが自分の片腕《かたうで》だ。アイリーンは両足を組んで微笑む。

「決まっているじゃない。女の戦いよ」

「わかった。口出さねーから、情報だけよこせ」

他《ほか》はいらない、と両手をあげているアイザックにリュックが机に向かったまま小さく笑う。

そのアイザックの妻であるレイチェルは、リュックやジャスパーにお茶を配っていた。

「ディアナ様はこちらを敵視しているわね。皇帝のヴィーカ様に敬意を払《はら》っているようにも見えない。ただ……カトレア様までヴィーカ様を軽視している節があるのが気になって」

「巷《ちまた》じゃ仲のいい姉弟《きょうだい》って話だったぞ。実は不仲なのか？」

「そうではないわ。弟として可愛がっているのはなんとなく伝わるの。でも、皇帝として敬っている気がしないのよ。ディアナ様とは仲がいいようだけれど」

「今、ディアナってワルキューレの機嫌を損ねるのは悪手だしな」

腕を組んでアイリーンは唸《うな》る。

「そうなのよね……判断は保留にしておいて。まだ調査中だから」

「まさか、それでその格好なのか……誰《だれ》か止めろよ……」

ちらりとアイザックに横目で見られたレイチェルが、にっこり笑ってお茶を差し出した。

「お疲れ様です」

アイザックは黙《だま》ってお茶を受け取る。侍女《じじょ》の顔を崩さない妻に、誰も止められないと悟《さと》ってくれたようだ。

「で、実際どうなんだ？　皇帝さんは、あんまり頼《たよ》りにならない感じか。魔王《まおう》さんと顔そっくりってアイザック坊《ぼっ》ちゃんから聞いたけど」

「わたくし、ヴィーカ様とはまだほとんど接触《せっしょく》してないの。アイザックと同じ状況《じょうきょう》よ」

「無能じゃないほうに俺は一票。魔王様と同じ顔で無能とかただのホラーだろ」

お茶をすすりながら渋《しぶ》い顔をするアイザックに、リュックが噴《ふ》き出してから、声をかけた。

「ともかく体調だけは気をつけてくださいね、アイリーン様」

「安心して。今のわたくしは何もしないほうが、らしいでしょう？」

「何かあれば強制送還《そうかん》ですからね。この件に関しては魔王様への報告も怠《おこた》りません」

にこやかにリュックに言われると怖《こわ》い。

「そんな顔をなさらないでください。結婚式への出席は許可しますよ」

「そういえばヴィーカ様の体調はどうなのかしら」

「昨夜の夜会、欠席したんだったか、皇帝さん。なーんか城もばたばたしてるしなぁ」

「意地でも強行するだろ。他国から賓客《ひんきゃく》招いてるってのもそうだが、ただの結婚《けっこん》式じゃないんだから」

この結婚式が破綻《はたん》すれば、また内乱の危機だ。

「――ともかく、エルメイアに矛先を向けられることだけはさけなきゃいけないわ。ふたりとも、引き続き調査をお願い。些細《ささい》なことでもかまわないわ」

「おう、りょーかい。なんかいい記事のネタがありゃいいんだけどなー」

「そういや魔王様はどうしたんだ？　仕事か」

「あなたたちがくる少し前に、エルンスト様に呼ばれてキース様と出ていったわ。魔物の話をしてるんじゃないかしら」

「なんかキナ臭《くさ》いよな……また魔香《まこう》とかじゃなきゃいいが」

「そろそろお支度《したく》の時間です、アイリーン様」

時計を見てレイチェルが声をかける。アイリーンが頷《うなず》くと、アイザックたちはそれぞれ盆《ぼん》に紅茶のカップを置いて退室し、すぐさまアイリーンの身支度が始まった。

髪先《かみ》は柔《やわ》らかくカールして、愛らしい形にする。可愛《かわい》いはとにかく手間をかけろ、というのがアイリーンの持論だ。

「クロード様のほうは支度、大丈夫《だいじょうぶ》かしら。まだ戻《もど》ってないわよね」

「大丈夫でしょう。キース様がおられますし、時間は把握《はあく》されておられるはずです」

「アイリーン様、おられますか」

噂をすれば、キースだ。ちょうど全身鏡で格好を確認《かくにん》していたアイリーンは、鏡ごしにレイチェルに目配せする。レイチェルは素早《すばや》く扉《とびら》をあけ、キースを招き入れた。

「アイリーン様。申し訳ありませんが、一緒《いっしょ》にきていただけますか」

「どうしたの。結婚式までまだ時間はあるはずだけれど」

「実は我が主《あるじ》がピンチです。アイリーン様の出番かと、お迎《むか》えにあがりました」

振《ふ》り向いたアイリーンに、キースはにっこりと笑った。


何も説明せず、キースはただ廊下《ろうか》を歩いた。アイリーンもこのときばかりはできるだけ早足でその背を追う。

天鵞絨《ビロード》の絨毯《じゅうたん》が敷《し》かれた宮殿《きゅうでん》の廊下では、使用人たちが慌《あわ》ただしく行き交《か》っていた。だが庭の回廊《かいろう》を突っ切り、奥の宮殿に入った瞬間《しゅんかん》に、静かになる。どうやら、人払《ひとばら》いがされているらしい。

そのおかげで、廊下に入って少し歩けば、奥の部屋からの諍《いさか》いがはっきり聞き取れた。

「お願いします、クロード様」

「無茶だカトレア、俺は反対だ！」

「だがこれしか手はない、エルンスト。ディアナもわかるだろう」

「……カトレアがそう言うなら、私は別にいいけど」

キースに目配せすると、部屋の扉の前で身を横に引かれた。自分で見て判断しろ、ということらしい。

先頭に立ったアイリーンは、わずかにあいたままの扉に手をかけて、顔をしかめる。扉があいているのではない。しまらないのだ——壊《こわ》れていて。

「ヴィーカの身代わりがつとまるのは、クロード様しかいない」

開いた扉の先の部屋の惨状《さんじょう》と、耳に入った言葉、両方に衝撃《しょうげき》を受けてアイリーンは目を瞠《みは》った。ぎょっとエルンストとカトレア、続いてディアナも振り向くが、挨拶《あいさつ》を後回しにしてアイリーンは押し入り、首を巡《めぐ》らせる。

硝子《ガラス》の割れた窓、ずたずたに引き裂《さ》かれたカーテン。倒《たお》れた椅子《いす》や棚《たな》、散乱した書類と本。壊れた花瓶《かびん》の水も放置されたままになっている。

まるで、強盗《ごうとう》にでも押し入られたような有り様だ。

「……どういう状況ですの、これは」

「キース。どこに行ったのかと思ったら……なぜアイリーンをつれてきた」

「アイリーン様を外野にしてできるお話ではないですからね。皇帝《こうてい》の身代わりなんて」

クロードが何か言う前に、カトレアがアイリーンの前にやってきた。

「アイリーン様。……見られてしまった以上、しかたありません。協力してください。クロード様に、ヴィーカになってもらいたいんです」

素で首をかしげてしまった。焦《あせ》りを隠《かく》さず、カトレアがまくしたてる。

「ここはヴィーカの私室です。昨夜、何者かに襲撃《しゅうげき》を受けたようで、私たちがエルンストに呼ばれてきたときは、もうこの状態でした。あちらを」

カトレアに言われるままに視線を動かすと、窓のほうに向かって床《ゆか》に細い血痕《けっこん》の筋ができていた。引きずられたような跡《あと》だ。

「……ヴィーカ様のものですか、まさか」

「わかりません。今、全力で行方《ゆくえ》を捜《さが》させています。ですが手がかりがなくて」

「手がかりはあります」

「エルンスト！　それは――」

「本気で身代わりを立てるつもりなら、彼女に隠し立てするべきじゃない。カトレア」

近くにやってきたエルンストが、手に持った包みを開く。砕《くだ》け散った水晶《すいしょう》のようだった。一部には血痕がついている。

見覚えのある欠片《かけら》だった。かつてハウゼル女王国との戦いで、何十本と叩《たた》き落とした神剣《しんけん》にはめ込まれていたものと同じだ。

「これは……ひょっとして神石ですか」

「よくご存じで。そうです。窓際《まどぎわ》に血痕とまざって落ちていました。――この国では、ワルキューレの魔槍《まそう》に使われているものです」

顔をあげると、エルンストはじっとアイリーンを見つめていた。わかりやすい誘導《ゆうどう》だ。アイリーンはありがたく胸のあたりで手を握《にぎ》り、小さく尋《たず》ねてみる。

「……では……その、ワルキューレの方々が犯人だということですか……？」

「馬鹿《ばか》言わないで。何も知らないくせに」

ぴしゃりと割って入ってきたのはディアナだ。

「エルンストも、そんなものは早く始末して。もしワルキューレが犯人なら、わざわざそんなもの現場に残さない。少し考えればわかることでしょ。それともあなたは、国のために尽《つ》くしてきたワルキューレを疑うの？」

いやに早口だ。実は動揺《どうよう》しているのかもしれない。

戸惑《とまど》うふりをしながら、アイリーンは三人の会話に耳をすませる。

「そういうわけじゃない。だがここに砕けた神石があるのが事実だ。そしてヴィーカを襲撃するなんて、ワルキューレにしかできないのも事実だ」

「それはあなたたち男が私たち女に戦いをすべて投げてきたからでしょ！」

「ふたりともやめるんだ、問題はそこじゃない。ヴィーカが今、いないことだ。もうすぐ結婚式が始まる、これ以上結論は引き延ばせない」

とりあえず、状況が読めてきた。

昨夜のヴィーカの欠席は、このせいだったのだ。そして動揺をさけるためひとまず事情を伏《ふ》せて捜索《そうさく》しているものの、ヴィーカの足取りがまったくつかめなかったのだろう。なのに結婚式の時間が差し迫《せま》っている。すなわち、ヴィーカの行方不明を公開するかの判断を今、迫られているのだ。

カトレアがアイリーンに向き直った。

「アイリーン様。お願いです、クロード様をヴィーカ様の身代わりにさせてください。ひとまず結婚式だけはこなしてしまわないと、民《たみ》が不安がります」

カトレアが必死になるのはわかる。この結婚式は、国の平穏《へいおん》がかかっているのだ。エルンストが苦い顔をした。

「結婚式《けっこん》を強行すれば、ヴィーカがどうなるかわからないんだぞ」

「だがこのタイミング、どう考えても結婚式の妨害《ぼうがい》が目的だ。もし結婚式が中止なんてことになったら、それこそ犯人の思うつぼだろう」

「ワルキューレに嫌疑《けんぎ》がかかるようにしてるしね。私も結婚式をするのには賛成」

さて、どうしたものか。

もめる三人に戸惑う素振《そぶ》りで、素早く計算する。国の内部分裂《ぶんれつ》を懸念《けねん》し焦っている三人には申し訳ないが、アイリーンの目的はただひとつ、エルメイアにいらぬ矛先《ほこさき》を向けさせないことだ。それは、魔物《まもの》の問題を共同で対処するなり友好を示すことで基本的には解決する——が、もちろん弱みを握ることでも解決する。

(これは好機だわ)

キルヴァスを今、動かしているのは、ヴィーカを含《ふく》めたこの四人だろう。犯人が誰《だれ》であろうが、ヴィーカのかわりにクロードを貸し出すだけで大きな貸しを作れる。そして貸しを作るときは、相手が窮地《きゅうち》に陥《おちい》っているときが最も効果的だ。

結婚式で身近に花婿《はなむこ》に接する人間など限られる。そしてクロードはヴィーカそっくりだ。ぱっと見では、絶対にばれないだろう。皇帝の振る舞《ま》いに困ることもあるまい。今から儀礼《ぎれい》的なものを叩き込むことになるが、クロードならできる。

問題は、クロードをどうやって承諾《しょうだく》させるかだ。

卑猥《ひわい》が具現化したような存在のくせに、クロードは結婚だの恋愛《れんあい》だのに夢見がちだ。アイリーン以外に妃《きさき》を迎えろなんて口にしようものなら、エルメイアでは夏でも吹雪《ふぶ》く。そんな純朴《じゅんぼく》な夫が、結婚式の替《か》え玉なんて承諾すると思えない。しかも、アイリーンが率先《そっせん》して売り飛ばそうとすればそれはもうややこしいことに――と、アイリーンはつい夫を横目でうかがってしまった。

夫と目が合った。

赤い瞳《ひとみ》がすうっと細められたあと、無表情が一瞬《いっしゅん》で笑顔《えがお》に塗《ぬ》り替えられる。その変貌《へんぼう》に、喉《のど》が鳴った。

（まずい！）

どうやって高く貸し出そうか、と算段していることに気づかれた。そのうえ、一瞬で対策を立てられた。クロードは優秀《ゆうしゅう》なのだ、先手を取られたら負ける。

「あのっ、皆様《みなさま》」

「僕でよければ力になろう」

明朗とした頼《たの》もしい声に、三人が一斉《いっせい》にクロードのほうへと振《ふ》り向いてしまった。

「ヴィーカ殿《どの》は僕の身内だ。他人事《ひとごと》ではない。それに、こんな形でこの国が荒れるのは僕としてもさけたい。魔物の件もある。エルメイアへの疑惑《ぎわく》が噴出《ふんしゅつ》しても困る」

ディアナが眉《まゆ》をひそめるが、アイリーンも唸《うな》りたい気分だ。うまい。きちんとエルメイアへの疑惑を把握《はあく》していると提示して、そのうえで力を貸すという姿勢をみせた。協力してやるからエルメイアに矛先を向けるな、という牽制《けんせい》になる。

「こちらへの滞在《たいざい》期間は延期できる。その間にヴィーカ殿の捜索と今後の対処を考えよう。もしヴィーカ殿に何かあったとしても、この結婚式のあとのほうがいい」

「どういう意味です？」

ディアナの視線は不信に満ちている。だがクロードは動じない。

「今だと、皇太子もおらず適切なまとめ役がいない。だが、結婚式が終わったあとならば？」

「……ああ、なるほど。私が皇妃《こうひ》になるから……」

「そういうことだ」

「だったらやはり、結婚式だけはすませてしまうべきですね」

ディアナの結論にカトレアも頷《うなず》く。エルンストが苦い息を吐《は》き出した。

「……その場しのぎにしかならないですよ」

「戦場ではそこから活路を見出《みいだ》すものでしょ、エルンスト」

「クロード様、申し訳ありませんが、ご協力願えますか……！」

「もちろんだ。両国の平和のために」

志をひとつにしている集団を、アイリーンは引きつった顔で眺《なが》める。

三人とも自分たちで決めたと思っているのだろうが、違《ちが》う。クロードが決めさせたのだ。クロードの人の上に立つことが当然の振る舞いが、そう錯覚《さっかく》させた。

（この天然の魔王《まおう》っぷり……！）

「だが一番の問題は、アイリーン、君だ」

「は、はいっ⁉」

クロードにそっと両肩《りょうかた》をつかまれて、笑顔を向けられて、アイリーンは思い出す。

クロードを貸し出して、キルヴァスに恩を売る。その流れを、アイリーンは自分で作ろうと思っていた。「皆様《みなさま》が困ってらっしゃるもの、だって結婚式だけでしょう？　我慢《がまん》します。わたくしだって皇后らしいことができるんです、クロード様の足は引っ張りません」とかなんとかお花畑が頭にいっぱい詰《つ》まった、愛らしくもどこかたりない女を演じて。

だがクロードのおかげで、その演技は必要なくなった。クロード本人がアイリーンに売り飛ばされかけたことに気づいて、先手を取られたからだ。

そしてクロードが理由もなく、先手を打つはずがない。

「君は今すぐ、エルメイアに戻《もど》るんだ。体調が悪くなったということで」

「え……な、なぜですか、わたくしは元気です」

「君がひとりで、そばに僕がいないのはおかしいじゃないか」

クロードがヴィーカの代わりをすれば、当然、クロードがいなくなる。参列すべきエルメイア皇帝《こうてい》の不在――その理由が必要になるのだ。

（わたくしが不調だから、エルメイアに戻ったことにするつもり⁉）

懐妊《かいにん》中の妻が不調で結婚式に出られなくなった。おかしなことではない。最初からくるな迷《めい》惑《わく》な、という感想を持つ者もいるだろうが、説得力のある理由にはなる。

「あ、あの、クロード様。……それは、ちょっと、いくらなんでも、急では……」

「頼むアイリーン。君がこの国から去れば、僕がいなくても不審《ふしん》がられない」

切実そうな顔は、とてもつらそうだ。だが、アイリーンが視線を泳がせた先では、妙《みょう》に不穏《ふおん》な強風が吹《ふ》き始めていた。ばたばたと引き裂《さ》かれたカーテンが翻《ひるがえ》っている。

「わかってくれ、アイリーン。国のためだ。何より、しかたのないこととはいえ、君に他《ほか》の女性と誓《ちか》いを立てる姿を見られたくはない」

クロードは体《てい》よく、この国から安全な自国へとアイリーンを戻す気だ。

ディアナが気の毒そうに言う。

「まあ、そのほうがいいでしょうね。あなたがいるほうが面倒《めんどう》だし」

「申し訳ありませんが、アイリーン様……ここは……」

そしてアイリーンは、いかにも身分だけの箱入りな女を演じている以上、ディアナやカトレアに理路整然と言い返すことができない。ここで化けの皮がはがれたならば、結局アイリーンがキルヴァスでできることは少なくなる。むしろディアナたちに警戒《けいかい》されて、クロードの足を引っ張りかねない。

すべて承知のうえで、ぐぐっと近づいてきた赤い目が笑っている。

「今すぐキルヴァスから出立《しゅったつ》する準備をするように」

「い、今すぐと言われましても」

「手配させていただきます。アイリーン様も危険なんです、おわかりですか？」

「……ヴィーカを襲《おそ》った犯人は、クロード様の身代わりに気づくでしょうからね」

エルンストが苦くつぶやく。こうなると完全にお手上げだ。

クロードに先手を取られた時点で、負けは決まっていたのかもしれない。

アイリーンにできるのはもはや、ドレスの下に隠《かく》れたクロードのつま先を踏《ふ》んづけてやることだけだ。もちろん、クロードは眉ひとつ動かさない。

「わかりました……おおせに従います」

悪いことばかりではない。逆に言えば、クロードの監視《かんし》からはずれる。いっそ帝城《ていじょう》から出てしまってヴィーカを捜《さが》してみるのもと考えたところで、優《やさ》しく、だが決してほどけない絶妙《ぜつみょう》の力加減でアイリーンの頬《ほお》を包んだクロードが、にこやかに言った。

「わかってくれて嬉《うれ》しい。――そうだ、キースをつけよう」

「えっ」

「君が心配なんだ。それに、僕が帰るのにキースが残るのは不自然だろう？　ああ君は何も心配しないでいい。僕にまかせてくれれば、全部いいようにしよう」

「で……でしたら、クロード様」

このまま流されてたまるか。濁流《だくりゅう》のように押し寄せるクロードの策に流されないよう、力をこめてクロードの靴《くつ》先をさらに踏みつける。

「せめてわたくしの従者をエルメイアとの連絡係《れんらくがかり》として残してくださいませ」

ディアナたちは素早《すばや》く顔を見合わせていたが、反対はしない。おそらく侍女《じじょ》か何かだと思っているのだろう。だが、クロードには誰《だれ》のことか伝わるはずだ。

アイリーンのわずかな反撃《はんげき》に、クロードはしかたないというように口元をゆがめた。

「なるほど、キースと交換《こうかん》だな。いいだろう。それで君の不安が解消されるなら」

「ク、クロード様をおひとりで残して帰るなんて、できませんもの」

「魔王にそんなことを言う女性は君くらいだ」

――もちろん、売り飛ばそうとするのも。

頬に口づけを落とす寸前にささやかれた言葉に、ひっと喉が鳴った。

「ああ、そんな顔をしないでくれ。君にはいつだって笑顔が似合う」

安っぽい口説き文句をにくたらしいほどあざやかに投げつけて、クロードは足を踏みつけられたまま美しく微笑《ほほえ》んだ。

✦第三幕✦ ただでは転ばぬ悪役令嬢

新しい夫婦《ふうふ》の誕生を祝う、荘厳《そうごん》な鐘《かね》が鳴り響《ひび》く。キルヴァスでは珍《めずら》しい青空に、白い鳩《はと》が一斉に羽ばたく様は、新しい時代の始まりを感じさせるに十分だ。

ゲームならば帝都《ていと》中に響く革命の宣言は、現実では起こらなかった。それを確認《かくにん》しにきたのだと考えれば、アイリーンの目的は達せられたと言える。だが。

「このままクロード様にやられっぱなしでたまるものですか……！」

「監視役の私めの前ですよ。荷物の積み込み、終わりましたか、レイチェルさん？」

「はい、キース様。最終確認を一緒《いっしょ》にお願いできますか。時間も人手も足りなくて。リュックさん、アイリーン様をお願いできますか」

「もちろん。アイリーン様、こちらに。出発前に軽く脈をとらせてください」

リュックが誰もいないホームの待合室にアイリーンを手招きする。

カトレアが急いで手配した汽車は、キルヴァスでも最新の豪華《ごうか》な汽車だ。聞きかじったところによると、キルヴァス帝室の専用列車らしい。駅のホームも今だけ封鎖《ふうさ》され、最低限の人数しか出入りしていない。とんぼ返りすることになるアイリーンたちへの気遣《きづか》いと、機密保持を考えてだろう。

（クロード様がこちらにいないことを見られるのもまずいってことでしょうね）

汽車で港街まで戻り、そこからは停泊《ていはく》したままのエルメイアの船で帰ることになる。

「アイリーン様はご不満でしょうが、俺としてはこのまま帰国するのに賛成ですよ」

待合室で、リュックが脈を測りながら牽制《けんせい》をかけてくる。木の長椅子《ながいす》だが、撥水《はっすい》性のあるクッションが張られていた。国でとれる素材の違いもあるだろうが、キルヴァスはエルメイアより文明が発達している。

「でしょうね。アイザックもたぶん、同意見よ」

「魔王様のお守《も》りを了承《りょうしょう》しましたからね。ジャスパーさんは青ざめてましたが」

「レイチェルに悪いと思わないのかしら」

「思わないでしょう、アイザック様なら。魔王様も結婚《けっこん》式をこなして少し様子見したら、素知らぬ顔で帰ってきますよ。一番の目的は、アイリーン様をとにかく危険から引きはがすことでしょうから」

「どうかしら」

口端《くちはじ》をあげたアイリーンに、リュックが顔をあげた。

「内容をおうかがいしたほうが？　侍医《じい》なので、俺には守秘義務もありますよ」

「そんな大層な話ではないわ。簡単よ。まず、クロード様はわたくしに見られたくないことがあるのよ」

「浮気《うわき》ですか」

鼻で笑って、アイリーンは足を組んだ。

「そういうことにしてやろうかと今、考えているわ。でも――クロード様が、わたくしから目を離《はな》しておいてこれで安心、なんて思うのかしら？」

診察《しんさつ》を終え、器具を鞄《かばん》に片づけているリュックの顔を身をかがめて覗《のぞ》きこむ。リュックが嫌《いや》そうな顔をした。それが答えだ。

「あいにくだけれどわたくしが一番自由なのは、クロード様の目がないときよ」

「……そう言われると絶望的なまでにそうですね……」

「そのクロード様が、わたくしからわざわざ目を離したのよ。まるで自由にしろと言わんばかりにね」

「そうはおっしゃっておられないと思います、絶対に」

「目を離した以上、そう解釈《かいしゃく》させてもらうわ。とにかく、クロード様は何かたくらんでいらっしゃる。でしょう、キース様」

荷物の確認を終えたのか、待合室にやってきたキースが眼鏡《めがね》の奥で笑う。

「まさか、そのような。私めはただのお目付役ですよ、アイリーン様」

「クロード様の思惑《おもわく》からはずれるような行動をわたくしが取った場合、止めるか軌道《きどう》修正するためのお目付役、でしょう？　そもそもクロード様を身代わりにするしないなんてもめている場にわたくしを呼んだのはあなた……つまりクロード様なのではなくって？」

クロードはヴィーカの身代わりになることを、とっくに決めていたはずだ。ただちょっとアイリーンが売り飛ばそうとしたことに怒《おこ》っただけで、あえてアイリーンにあの場を見せたことには意味がある。

「何かあるのなら、早めに教えていただけると嬉しいのだけれど」

「安心してください、本当に存じ上げませんよ。推《お》し量ることはできますが」

「あなたはクロード様以上にクロード様のことをご存じじゃないの」

「僭越《せんえつ》ながら、そうですねえ。ので、我が主《あるじ》の思惑はわかっているつもりですよ。――私めをアイリーン様にまた売り飛ばしやがったな、そんなに小言が嫌かあの主、とは」

こちらへの派遣《はけん》は本意ではなかったらしい。眼鏡を押しあげてキースが笑う。

「着替《きが》えもできないくせに何ができるつもりなんでしょうね。まずい茶でも飲んで反省しろ」

従者に呪《のろ》われるクロードのキルヴァス生活が心配になってきた。

（まあ、カトレア様がなんとかしそうだけれど）

ほんの少し、胸底がざらつくのはしかたない。感情とはそういうものだ。だがそれ以上に、クロードの妻としての矜持《きょうじ》がアイリーンにはある。

「さて発車のお時間ですよ、アイリーン様」

汽笛が鳴ったのを聞きつけて、キースが言う。ちょっと上目遣《うわめづか》いをしてみた。

「クロード様が心配じゃない？」

「残念ながら、少しも。痛い目みやがればいいと思いますよ」

「痛い目をみるかどうか現地でこっそり観察するというのはどうかしら」

「それは心躍《おど》らされる提案ですねえ」

「でしょう。そのうえ、わたくしたちがヴィーカ様を捜《さが》し出したら、クロード様は歯嚙《はが》みするんじゃないかしら」

「わかりやすく答えを言いましょうか。駄目《だめ》です」

わかりやすい笑顔《えがお》に、アイリーンは諦《あきら》めて立ち上がる。見れば、待合室の外ではしっかりレイチェルも待っていた。これは逃《に》げられない。

汽車へと乗りこんですぐ左を見ると、豪華な食堂車が見えた。その前の扉《とびら》でキルヴァスの女兵士——ワルキューレたちだ——が、頭をさげる。列車内にもキルヴァスが用意した警備が何人かいるが、あまり煩《わずら》わせたくはない。

「ここまできたらおとなしくするわ。どこかひとりで休める場所はあって？」

「右手のほうが個室の車両になっております。寝台《しんだい》になる座椅子《ざいす》もありますが、レイチェルさん。準備のほうはできてます？」

「用意してあります。少々手狭《てぜま》ですが、かまいませんか」

頷《うなず》いて了承を返すと、キースが案内で先頭に立つ。レイチェルはうしろ。リュックは斜《なな》め横の、完全な包囲網《ほういもう》だ。

そこまで警戒《けいかい》するか。呆《あき》れていると、がたん、と音を立てて汽車がゆれた。出発だ。窓の外で、駅のホームが流れ出す。

「こちらです、アイリーン様」

「ひとりでいいわ。狭いんでしょう」

アイリーンの答えに、三人ともあからさまに顔をしかめた。アイリーンは窓の外を示す。

「いくら私でも、もう逃げられないわよ。聖剣《せいけん》もなく列車から飛び降りるなんてしないわ」

「聖剣があれば列車から飛び降りるわけですね」

リュックの翻訳《ほんやく》に、キースとレイチェルの目が光る。眉間《みけん》に指を当てて、アイリーンは言い返した。

「ないからできないでしょう。ひとりで考えたいことがあるの。何かあればすぐ呼ぶわ」

「ですがアイリーン様」

「隣《となり》の部屋にいてちょうだい。でないと、素足《すあし》も伸《の》ばせないわ」

キースもリュックも、それぞれの職分で女性の素足を見るのはそう珍しいことではない。だが、一般《いっぱん》的に男性が女性の素足を見るのは不埒《ふらち》な振《ふ》る舞《ま》いだ。しかもアイリーンにはクロードという夫がいるとなれば。

「あとで私がお茶を運びますね、アイリーン様。眠《ねむ》っていてもかまわないので、鍵《かぎ》はあけておいてください」

レイチェルの妥協《だきょう》案に頷いたアイリーンは、自分で扉をあけ、コンパートメント型の座椅子に腰《こし》かける。思ったよりもふかふかだ。行きよりもいい列車が用意されている。

宣言どおり足を投げ出し、背中を沈《しず》めて息を吐《は》く。

どうせ今、できることは、考えることくらいしかない。

現状、ゲームどおりではないことは確認《かくにん》した。革命も宣言されていない。でもヴィーカが襲《おそ》われた件といい、釈然《しゃくぜん》としない。もちろんクロードがうまく立ち回ればエルメイアへの矛先《ほこさき》はおさまるだろうが、そんなに簡単にいくだろうか。

(今後どうなるか。何かヒントがないかしら……ゲームにでも)

少なくともあの四人は、スチルそっくりの容姿をしていた。非常に不本意だが、キルヴァス帝国《ていこく》は乙女《おとめ》ゲームと関係あると想定しよう。ゲームで起こる展開で、エルメイアが頭を抱《かか》えることになるとしたら、ヴィーカが赤い目の魔物《まもの》になってしまう展開だ。

そういえば、ヴィーカはなぜ魔物になってしまうのだろう。

ゲームでは、黒髪《くろかみ》赤目の者は魔王の生まれ変わりというエルメイアと同じ伝承と一緒《いっしょ》に、キルヴァス帝室の男子は稀《まれ》に異形――魔物が生まれる血筋なのだという説明があった。そしてゲームで魔物になるシーンは、いわゆる『正体バレ』のエピソードだ。そのせいか、ヴィーカの怒《いか》りや哀《かな》しみといった感情の昂《たか》ぶりで魔力が不安定になることが、魔物に変化する直接のきっかけとして描《えが》かれていた。

(最大の問題は、戻《もど》す方法がわからないことね……)

ゲームのヴィーカは帝都から出たら魔物になるという伝承を信じていた。だが、魔物になったヴィーカは最終的に帝都を攻撃《こうげき》している。ということは帝都に何かしらの仕掛《しか》けがあるとしても、魔物になることを直接ふせいでいるわけではない。戻すことも当然、できないだろう。

そもそもゲームでは、どのエンディングでもヴィーカは赤い目の魔物から人間に戻らない。

(――せめて、聖剣があれば……)

ふわっと、背後からの風が、寝転《ねころ》んで乱れた髪《かみ》をゆらした。

はっと起き上がった。窓は、あけていないはずだ。それが今、開いている。がたんがたんと路線を走る列車の音が、大きくなっていた。

何よりも、床《ゆか》に、アイリーン以外の影《かげ》がもうひとつ落ちている。

空気を思いきり吸うより先に、喉元《のどもと》に短剣《たんけん》が光った。

「騒《さわ》がないで。害を加える気はありません。少し、かくまってほしいだけなんです」

「あ、なた……」

視線を左右に動かすと、壁《かべ》に鏡を見つけた。部屋を出る前、ほんの少し見た目を確認するためのものだ。そこにアイリーンと、その背後にいる青年の姿が映っている。

「……ヴィーカ様」

鏡の中でアイリーンと視線を合わせた青年は、夫とそっくりの顔で、困ったように笑った。

――ヴィーカ様が襲撃《しゅうげき》されて、クロード様が替《か》え玉になることになったから、あなたたちここに残ってちょうだい、あとはよろしく。

たったそれだけの説明でこちらに面倒《めんどう》をぶん投げてくるのは果たして信頼《しんらい》か、それともただの怠惰《たいだ》か。後ろ首のあたりをかきながら、アイザックは深く息を吐き出す。溜《た》め息を吐《つ》くと幸せが逃げていくそうだが、そんなもの知ったことではない。

「最悪……」

「何か？」

先を歩いていた、姿勢のいい女が振り返る。それと一緒に魔王様がこちらを向いた。いつもと違《ちが》い黒髪を結《ゆ》いあげ、白を基調にしたキルヴァス風の豪奢《ごうしゃ》なマントを羽織っている。

「まだ寒さに慣れないいんだろう。エルメイアに早く帰りたいだろうが、我慢《がまん》してくれ」

だがやたらめったらアイザックに敵意を向けてくる物騒《ぶっそう》な赤い目の色は、同じだ。黙《だま》ってとっとと従え。わかりやすく命令が伝わる。

「クロード様──いえ、ヴィーカの宮殿《きゅうでん》は暖かいですよ。神石で宮殿内の温度調節ができるようになっているので。こちらです」

案内された宮殿は、一歩入るなり暖かかった。ただ、奇妙《きみょう》な感じだ。春の日差しをいっぱいに浴びたような暖かさではない。隣でジャスパーも居心地《いごこち》悪そうにきょろきょろしている。

ここは従者の控《ひか》えの間、ここは応接間、ここは寝室《しんしつ》。案内を受けながら構造を叩《たた》き込む。ジャスパーもメモや写真は断られていたが、美術品だのなんだのを見る素振《そぶ》りで部屋の中を回っていた。

(盗聴器《とうちょうき》だのなんだのはなさそーだな)

キルヴァスは軍事産業に力を入れており、技術力が高い。エルメイアも軍事大国と言われているが、魔王クロードが生まれ魔術や魔石の技術を先代皇帝《こうてい》が排除《はいじょ》してしまったせいで、二十年ほどの空白ができてしまった。今はかつての技術貯金が底をつきかける前になんとかしようと、クロードとアイリーンが奔走《ほんそう》している。

加えて、キルヴァスはハウゼルからの支援もあった。ワルキューレなんて制度まで取りこんでいるのがその証拠《しょうこ》だ。

（まあ一長一短か。技術も資源も他国に頼《たよ》りすぎれば、国がゆがむ）

これだから国なんてものは面倒なのだ。商売でもしてるほうがいい。

「こちらが執務《しつむ》室になります」

そして最後に案内されたこの部屋が、クロードが見たかったものなのだろう、とアイザックは思っている。

キルヴァス皇帝ヴィーカの執務室。皇帝の仕事が詰《つ》まった部屋だ。

だが黒檀《こくたん》の執務机に堂々と座っているのは、先ほど婚礼《こんれい》を終えたばかりの花嫁《はなよめ》だった。ちらとジャスパーを見ると、声には出さず口の動きだけで教えてくれる。名前は、ディアナ・ネラソフ――今はもう、ディアナ・ツァーリ・キルヴァスか。

「……どうして、君が？　晩餐《ばんさん》会の準備は」

「あんなもの、夜会好きな女官にまかせておけばいいんです。それよりも国政のほうが大事ですから。カトレア、こっちが決裁した書類」

「国璽《こくじ》を使ったのか。皇帝に断りもなく？」

決裁書類が入った箱を見て、クロードが確認する。ディアナが面倒そうな顔をした。

「その皇帝がいないじゃないですか。だから私がやるっていう話でしょう。そのために結婚《けっこん》したんですから。私の仕事です」

「なるほど。だがこのあとの晩餐会も、皇妃《こうひ》である君の仕事では？」

「私はあなたの奥さんみたいに、夜会でにこにこしてればいい女とは違うので」

聞かなかったことにしようとアイザックが視線をそらすと、慌《あわ》ただしく今度は明るい髪色の男がひとり入ってきた。またもジャスパーに目配せすると、答えが返ってくる。

エルンスト・ヘルケン・ドルフ――この国の宰相《さいしょう》だ。

「何をしてるんだ、ディアナもカトレアも！　もう晩餐会まで時間がない、早く支度《したく》を。結婚式のあとだ、不参加など認められない！」

「……じゃあその書類は、明日の会議で通しておいてくださいよ、エルンスト」

エルンストの剣幕《けんまく》に、しかたない、というふうにディアナが立ち上がる。

「カトレアと一緒に行動してくれ。皇妃がひとりでうろうろするものじゃない。クロード様は俺が引き受ける」

「魔物にはひとりで突《つ》っ込めと命令してきたくせにね」

エルンストが詰まった。馬鹿《ばか》正直か、とアイザックは思う。カトレアが嘆息《たんそく》し、ディアナの背を押して出ていった。そのあとでエルンストがクロードに向き直る。

「……申し訳ないです、替え玉を頼《たの》んでおいて手際《てぎわ》も悪く」

「色々手配しているのは君だろう。おかげで助かっている、エルンスト」

エルンストがまばたいたあとで、笑った。

「それはこちらの台詞《せりふ》です。色々な不手際にも冷静に対処してくださって……エルメイアであなたに仕える臣下は、幸せですね。心穏《こころおだ》やかにすごせそうです」

一拍《いっぱく》あいてから、きりっとクロードが真面目《まじめ》な顔をした。

「そうあってもらえるよう努力している」

ここまで堂々と嘘《うそ》をつかれると、突っ込む気も失《う》せる。横でジャスパーは半笑いだ。

「さて、晩餐会の準備だったな。衣装《いしょう》はそちらに置いておいてくれ。魔法《まほう》で着替《きが》える。他《ほか》に必要なことは？　アイザック」

いきなり呼ばれて、眉《まゆ》をひそめた。

「俺はただの連絡《れんらく》要員だぞ。オッサンもな」

「まさか、エルメイアに帰りたくないのか」

わざとらしく驚《おどろ》いた顔をされて、頬《ほお》が引きつった。

「改めて紹介《しょうかい》しよう、エルンスト。アイザックと、ジャスパーだ。彼らは僕の妻の部下だが、とても頼りになる。だがこのことは、他の者には内緒《ないしょ》にしてくれ」

「は、はい。別にかまいませんが、なぜ。城内での動きが制限されてしまいますよ」

「そのかわり僕はこの決裁書類の中身を確認しよう」

エルンストが真顔になった。その反応の早さがエルンストの優秀《ゆうしゅう》さの表れだ。さっきのいけすかない女に国政を好きにさせない――クロードはそう言っている。

答えのない間に、クロードは黒檀の執務机に腰《こし》かけてしまった。そしてかがむ。なんだと思ったらゴミ箱を見つけたらしい。しわくちゃの書類を広げ、そして口元で笑った。ちらと見あげられたアイザックの背中を、嫌《いや》な予感が走り抜《ぬ》けていく。

「これをどう思う？」

エルンストが止める気配はない。何かを見定めているような顔だ。ああもう、と半ばやけくそでアイザックはクロードが差し出した書類を見る。横からジャスパーも覗《のぞ》きこんだ。

「予算か。ここ数年の？　税収……こ、これって見ていいもん⁉」

「いいんだろう、こんなゴミ箱に無造作に放《ほう》りこまれているんだから。そしてこれが皇妃が決裁したという書類だ」

箱の中身を一枚取り出して、クロードが机にのせる。そこにある数字を見てアイザックは頭を抱《かか》えたくなった。

「もうちょっと隠《かく》せよ！　おかしいだろ、この軍事費の増加の仕方は！　もっと数字をいじるとか、こう、せめて誤魔化《ごまか》す努力をしろ……！」

「あーこれはオジサンでもおかしいってわかるなー……魔物《まもの》の襲撃、おさまってんだよな？」

「悪いことをしていないのだから、隠すつもりもないんだろう」

「増加分はどこを削《けず》ってんだよ！　予算がいきなり増えてるぞ、数字が合わないだろ。税収増やす予定か、国債《こくさい》でも発行すんのか？」

「……ハウゼルとエルメイアから賠償《ばいしょう》金として取れる、と説明されたら？」

突然《とつぜん》のエルンストの謎《なぞ》かけに、アイザックは額に手を当てて天井《てんじょう》を仰《あお》いだ。いやいや、とジャスパーが手を横に振《ふ》る。

「ハウゼルはもうないって。それにエルメイアにこんな金額……払《はら》える？　魔王様《まおう》」

「エルメイア皇室の財産のほとんどを売り払い、税率を今の倍にして、賠償額の利率はゼロなら十年ほどでなんとか。あるいは魔物を使えば五年くらいで」

「冷静に計算してんじゃねーよ、そもそも賠償金ってところからおかしいんだよ！」

クロードは肩《かた》をすくめているが、これで色々はっきりした。だが頭痛がするのは、そこではない。

「なんってこんなに杜撰《ずさん》なんだよ、書類管理も手続きも！　しかも、こんなことたくらんどいて、よくこの魔王様を替《か》え玉にしようとか思ったな……なめられすぎて逆に怖《こわ》い……」

「まったくだ。だが実際、彼女たちが軍事力を掌握《しょうあく》している。ヴィーカ殿《どの》はそれで手が打てなかったんだろう。立場も弱そうだ」

もはや遠慮《えんりょ》もなくアイザックは決裁された書類が入った箱と、戻《もど》される――いわゆる没案が入った箱に手を突っ込む。

「これ、ヴィーカって皇帝の字か？」

「……そうです」

「ふぅん……」

その筆跡《ひっせき》で書かれた書類は、ほとんどが没の箱に入っていた。それらのいくつかに目を通したアイザックに、執務机の上で手を組んだクロードが楽しそうに声をかける。

「君から見てどうだ、僕の従兄弟殿《いとこ》は」

楽しそうだ。アイザックはすべての書類を戻して言い返す。

「俺の感想と判断、必要か？　命令すりゃいいだろ」

「アイリーンではなく僕に仕えてくれるのか。びっくりだ。だが君の生命を守るためにはおすすめしない。君はあくまでアイリーンの部下だから生きていられる」

「どういう脅《おど》しだよ。……答える前に確認《かくにん》だ。ヴィーカって皇帝は、どれくらい強い？　戦闘《せんとう》するほうの意味で」

「魔力量《まりょく》は膨大《ぼうだい》だが、魔力を使えないようだったな。何か制限があるのかもしれない」

む、とアイザックは眉をよせる。それだと仮説が成り立たない。

「じゃあ、ワルキューレに襲《おそ》われても連れ去られちまうか……」

「どうだろう。エレファス三十体くらいは強い」

「わかんねーよ、その単位！」

「そう言われても、そもそもワルキューレの強さが正確に僕にはつかめない。……言い方を変えよう。あの子は、魔力が無尽蔵《むじんぞう》には使えない僕だ」

ジャスパーが首をかしげた。

「魔力がそんなに使えないって時点で、魔王様じゃない感じがするんだが」

「違《ちが》うだろ。魔王様ってのは、魔物が従うってことだ」

膨大な魔力量はおまけにすぎない。クロードが面白《おもしろ》そうに語る。

「僕はここの魔物たちが呼びかけに応《こた》えないのがずっと気になっていた。だが、もしヴィーカ殿が魔王だと言うならば、納得《なっとく》はできる。本人を見て、可能性は十分あると感じた」

魔王であるクロードの命令が及《およ》ばぬ魔物たちの、王。

それは確かに、クロードとは別の魔王だ。

「彼を敵に回したくない。ワルキューレより厄介《やっかい》だ」

「それが最低ラインの方針だな。わかった、そっちに文句はない。そのうえで、この国はヴィーカって奴《やつ》に仕切ってもらうのがいい」

「……なぜ、そう思う？」

ずっと身じろぎもせず会話を聞いているだけだったエルンストに尋《たず》ねられた。クロードを見たが、素知らぬ顔をしている。アイザックに答えさせたいらしい。それが自分の従兄弟への評価だというのだろう。ジャスパーも親指を立ててこちらに押しつけてくる有り様だ。

しかたなく、アイザックはエルンストと向き合った。

「優秀だから。少なくとも、あの女たちよりは国を治める器《うつわ》がある」

「……！」

エルンストが驚いて目を瞠《みは》るあたりで、ヴィーカに対する周囲からの評価が知れた。傀儡皇《かいらいこう》帝《てい》、お人形といった散々な言われようは、この宰相の耳にも届いていたのだろう。その中でずっと、そうではないと耐《た》え続けていたのなら、大した忍耐《にんたい》力だ。

「けどこのままじゃ傀儡皇帝のままだ。今までは年若い故《ゆえ》の基盤《きばん》のなさで。これからは、ワルキューレの皇妃《こうひ》に軍事力を牛耳《ぎゅうじ》られるせいで。だからといって、結婚《けっこん》しないという選択肢《せんたくし》もとれなかった。今、内乱を起こされたら負けるからだ。違うか」

エルンストは頷《うなず》かないが、アイザックから目をそらさない。

「現場にはワルキューレの武器に使われてる神石が落ちてたって話だが、そもそもそれができすぎだ。でもあからさまに疑いを向けるほうが、身に覚えのないあのふたりの動きを封《ふう》じられる。そう計算したんじゃないのか、あんたたちは」

「……何が言いたいのかわからないな。君も言ったとおり、ヴィーカとディアナの結婚は、この国のために絶対に執《と》り行われなければならなかったんだ。それが今、こんなことに」

「それはこの、のこのこやってきた魔王様が悪いんだろ」

わざとらしく嚙《か》みついてきたエルンストは、目を丸くした。クロードも首をかしげる。

「どういう意味だ。まるで僕が悪いみたいに」

「替え玉の件だよ。あんたたちはこの魔王様を見て、使えるって思った。だから賭《か》けに出たんだ。違うか」

「ん……んん？　待て、ってことはつまり、キルヴァス皇帝《こうてい》さんが行方《ゆくえ》不明ってのは……」

「自作自演だよ。こいつと、皇帝本人の」

この国最大の戦力であろうワルキューレに連れ去られるほど弱くはないヴィーカ。ワルキューレの誘拐《ゆうかい》を示唆《しさ》する都合のいい証拠《しょうこ》を見つけたエルンスト。

答えは簡単に出る。

「はー……いや、でもなんのためにだよ？」

「さあ。でも、エルメイアを巻きこむためだってのはわかる。内で対処できないから強い外に助けを求めるってのは、常套手段《じょうとうしゅだん》だ。助けてくれないなら、巻きこむのもな」

「──俺は、反対したんだ、一応」

はあ、と観念したようにエルンストが声を絞《しぼ》り出した。

「下手をすればエルメイアからの内政干渉《ないせいかんしょう》まで抱《かか》え込むことになる。だが、あいつは大丈夫《だいじょうぶ》の一点張りで聞きやしない。確かにヴィーカには人を見る目がある。でなければ生き残れなかった。賭け事まがいの立ち回りも得意──いや、それ以外に手がなかったからしかたないとはいえ……胃が痛い」

「僕は従兄弟殿と君のお眼鏡《めがね》にはかなったか」

クロードがそれだけ確認した。ためした、だましたと怒《おこ》る気はないらしい。そのあたりもヴィーカは読み切った上での行動だろう。

(こえーな、賭け事がうまくて行動力の高い魔王様とか)

想像しただけで寒気がする。エルメイアにいる臣下が聞いたら卒倒《そっとう》するだろう。

「巻きこんでおいて何をと思われるかもしれませんが、謝罪させてください。説明もなく、申し訳ございませんでした。どこまでお話しすべきか、ためらっておりました」

「興味本位で聞くんだが、もし僕が替え玉を承知しなかったらどうなっていたんだ？　君は替え玉に反対していたし、別のシナリオがあったんだろう」

「もちろん、ワルキューレの勢力を削《そ》ぐ一手にしました。それで終わればよし。終わらなければ、エルメイアに矛先《ほこさき》が向く一手です。現状、後者のほうが確率が高かったでしょう」

しれっと告げるこの男も、馬鹿《ばか》正直なのか優秀《ゆうしゅう》なのか、くせ者だ。

「他《ほか》にも、ヴィーカがクロード様を頼《たよ》って行動した別の理由があります。ヴィーカは基本、この帝都《ていと》から出られない身なんです。この国を守る壁《かべ》を維持《いじ》するために」

「壁……魔物《まもの》からの侵攻《しんこう》を防いでいる、あの壁か？」

「はい。あの壁はそれ自体に魔術が組み込まれていて、ワルキューレにも手に負えないような強い魔物は決して通さない仕組みになっているんです」

汽車から長々と見たものだ。大した技術だと思っていたが、そう聞くと話が違ってくる。

「……っつーことはひょっとしてあの壁は、ハウゼルが作ったのか」

「そうです。そしてあの壁を維持する魔術は、帝都にあります。帝城を中心に巨大《きょだい》な魔法陣《まほうじん》になるよう組み込まれているのだとか。そして、その魔力を供給していたのがヴィーカです。維持と言っても、帝都にいる限り自動で魔力が吸われる仕組みだそうですが」

ん、とアイザックは地面を見た。クロードも下を向いて、つぶやく。

「……今、ヴィーカ殿が帝都にいない……となるとまさか、今、供給しているのは」

「はい」

エルンストが神妙《しんみょう》に頷き返した。アイザックは一拍《いっぱく》おいて、尋ねる。

「……魔王様、なのか」

「はい」

「はい、じゃないだろ！　それって魔王様が帝都を離《はな》れたらやばいんじゃねーのか⁉」

「壁の魔力が消失し、ワルキューレでも手に負えないような魔物が壁をこえてくる可能性はありますね」

けろっとこんなことを正直に言うこの男はくせ者どころではない、策士だ。クロードも目をぱちぱちさせている。

「……さすがにそこは想定してなかった。ヴィーカ殿《どの》が膨大な魔力を持っているのに使えないと感じたのは、壁の維持魔術に魔力をとられているからだったんだな……」

「いや感心してる場合じゃねーだろ。ってことはあんた今、転移とか魔物たちとの連絡《れんらく》とかできないんじゃないのか」

クロードがまばたいた。そして地面を見て、顔をあげて、首をひねる。

「……本当だ、できない。使おうとするそばからなくなる」

この魔王様はあまりに強者すぎて意外と間抜《まぬ》けなのだ。アイザックは唸《うな》る。

「もっと早く気づけよ！　まさか、いきなりのエレファス以下か！」

「待ってくれ。僕は剣《けん》は使える。エレファスよりは」

「どんぐりの背比べだよ、魔力の有無《うむ》にくらべたらな！　どーすんだよ、いざというときとんずらとか完全に不可能だよなあ、この展開！」

「そちらも腹をくくっていただきたい」

開き直りなのか、エルンストが力強く言った。

「この国を見捨てる。それもあなたがたにとってはひとつの手でしょう。むしろそうされることを俺は心配してました。ですが、あなたはしない。魔物を気にかけ、何よりヴィーカを評価したあなたは、ヴィーカに協力したほうがいいとわかっているはずだ」

「君は僕にことを押しつけ自由を得たヴィーカ殿が、このまま逃《に》げるとは思わないのか？」

「思いません。そんな人間なら、俺は仕えない」

クロードが苦笑いを浮《う》かべたのは、エルンストの瞳《ひとみ》に、自分に向けられるのと同じ忠誠を見たからだろう。

「それで、ヴィーカ殿は今、何を？」

「魔物を制御《せいぎょ》する方法をさがしに向かいました。確証はないようですが……」

「ねーのかよ。行き当たりばったりか」

「僕も思いつくと行動してしまうタイプだから、強くは責められないな」

うわあ、とジャスパーが体ごと引いている。アイザックは呆《あき》れて付け足した。

「で、あとから従者とか護衛にめちゃくちゃ怒られるんだろ」

クロードがそうっと目線をそらした。エルンストが初めて口端《くちはじ》に笑《え》みをのせる。

「俺もそうしますよ。とりあえずは戻《もど》ってきたら腹に一発。何せ俺も『魔王様に私のかわりをやってもらってその隙《すき》に色々つかんでくるよ』としか説明されてませんので」

「じゃあ、神石は自己判断かよ？」

「ヴィーカがわかりやすく残していったので、使っただけです。そうすればディアナもカトレアも替《か》え玉案に流れる。俺が公表したがってると思わせれば、警戒《けいかい》して反発するに決まってますから」

「あー、ちょっと話が脱線《だっせん》するが。あんたらは仲悪いのか、あのワルキューレふたりと」

ジャスパーがはっきり尋《たず》ねた。エルンストが視線を落とす。

「……どう、なんだろうな。仲が良かったはずなんです。なのに、いつのまにか……」

「よくあることだ」

軽《かろ》やかに、クロードがそう片づけた。エルンストも目を一度閉じて、感傷を切り捨てる。

「ヴィーカから……いえ、皇帝陛下より、こちらでの判断は私に一任されています」

それはヴィーカからの信頼《しんらい》の証《あかし》であり、同時に、エルメイアへの譲歩《じょうほ》でもある。利用して何も土産《みやげ》を持たせないなんてことはしない、という意味だ。

「そうか。ではもう一度聞こう。僕はこの決裁書類をどうすればいい？」

この茶番につきあうとしても、どこまで、何を渡《わた》すのか。エルンストは不敵に笑った。

「もちろん、ご確認《かくにん》を。あなたの仕事です皇帝陛下。晩餐《ばんさん》会への出席もです」

それはヴィーカのかわりに動き回っていい、というエルンストからの協力の申し出だ。

「ただし、帝都から出ることも魔物の視察も諦《あきら》めてください。……あまり想像したくないですが、カトレアとディアナは場合によっては許可を出すかもしれません。あなたが何も知らないことをいいことに」

ありえる、とアイザックは内心で計算した。それはワルキューレ以外にまともな軍事力のないこの国で、ワルキューレの価値を釣《つ》り上げる最良の方策だ。

「そのときは先ほどの俺の話を承知の上で、ご判断を」

「色々、複雑そうだな。……ところで、僕は自分を優《やさ》しいと思っているが、いつも部下からは人使いが荒《あら》いと言われる」

ためすように見つめるクロードに、エルンストは胸を張って頷《うなず》いた。

「なんなりと。あなたがヴィーカを、この国の皇帝《こうてい》にふさわしいと言ってくださるのなら」

一方的に利用されるだけではない、一蓮托生《いちれんたくしょう》。――悪くはない。見捨てていつの間にかワルキューレの軍艦《ぐんかん》がエルメイアの海岸に迫《せま》ってくるよりは。

「しかたない、頑張《がんば》ろう。僕はヴィーカの兄様だからな」

発言に深入りしない。アイザックの仕事はもともと、そこではないのだ。

「じゃあ利害が一致《いっち》している限りはお仲間ってことで。――どこまでやる？」

ジャスパーとエルンストがまばたくが、魔王様には伝わったようだ。

「そうだな。現状維持、膠着状態《こうちゃくじょうたい》――というのも、芸がない。もちろん逃げ出すなんて無様な真似《まね》はしないが、帰れないというのも癪《しゃく》だ。どうせなら、帰ってくれと頭をさげられたい」

「性格悪ぃな」

「反対か？」

「いーや、最善だ。話は早いほうがいい。オッサン、情報収集の内容、絞《しぼ》るぞ」

ジャスパーは今でもアイリーンの情報収集役だ。そしてこの流れなら、自分の役割をちゃんと把握《はあく》してくれる。

「ワルキューレの醜聞《しゅうぶん》に、皇妃《こうひ》の評判。次に刃向《はむ》かう貴族の汚職《おしょく》情報ってところか？」

「ご明察。記事にするものはこっちで指示する。決定打にはならないだろうけど、嫌《いや》がらせにはなるからな」

焦《あせ》りや苛立《いらだ》ちで人はミスを犯《おか》す。政治慣れしておらず、正しければ結果が伴《ともな》うはずと思っていそうなあの女たちなら、なおさらだ。

「お望みどおり、頼《たの》むから出て行ってくれって頭さげさせてやるよ。ついでに二度とこっちに刃向から気もなくさせてやる」

「……。できれば、その。お手柔《てやわ》らかに」

エルンストが複雑そうに言うが、知ったことではない。はあっとジャスパーが溜《た》め息と一緒《いっしょ》に脱《ぬ》いでいたベレー帽《ぼう》をかぶる。

「アイリーンお嬢様《じょうさま》と従者さんがいないと良識に期待できないんだよな、このコンビ……」

「アイリーンを帰して本当によかったな」

アイザックもそこは魔王様に同意する。アイリーンに何かあれば、レイチェルも否応《いやおう》なく巻きこまれる。今あちらには、頼もしくて良識がある魔王様の従者がいるわけだし、と嫌みっぽく考えてから、何かおかしい気がした。

果たしてアイリーンとキースに、安心していいような良識があっただろうか。

（……まあ聖剣もないアイリーンには、打てる手もそうないはず……身重だし……）

おとなしくキルヴァス帝国《ていこく》から去ってくれれば、それこそ良識の塊《かたまり》のような臣下たちが迎《むか》え入れてくれる。あとはこっちにまかせておいてほしい、と切に願った。

落ち着くために、深呼吸をする。

ヴィーカ・ツァーリ・キルヴァス。『魔槍のワルキューレ』のラスボスキャラだ。両親を早くに亡《な》くし年の離れた姉に頼《たよ》りきりの、帝都に引きこもる子ども。帝都から出れば魔物になるという言い伝えに脅《おび》え、皇帝としての役割を果たせず、魔王になることもできない。事実、彼は赤い目の魔物だ。だがヒロインのディアナに勇気をもらって、自分の姿と立場を自覚し、ようやく皇帝として、魔王として、国や魔物と一緒に滅《ほろ》ぶ覚悟《かくご》をするキャラだ。

（──エンディングではそれでも魔物たちが襲撃《しゅうげき》してくるけれど）

彼はどのルートでも死ぬことになるが、それでもキルヴァス帝国を襲《おそ》う魔物はいなくならない。彼はキルヴァスの魔物たちを従える。だが魔物が襲い来る元凶《げんきょう》はハウゼルとエルメイアであるから、そちらを倒《たお》さねばならないのだ──というのが、ゲームでの回答である。

要は彼は無駄死《むだじ》にするのだ。その理不尽《りふじん》さが鬱《うつ》ゲーと評価される所以《ゆえん》なのだろう。本人にしたらたまったものではない。とにかく雑に死ぬ悪役令嬢《れいじょう》アイリーンと同じ、いやそれ以上にひどい。その点においては同情できる。

だが、それはあくまでゲームの話。今は帝城に着いたとき、顔を見ただけの存在だ。傀儡皇《かいらいこう》帝《てい》という評価は聞いているが、それすら本当なのか見極《みきわ》めていない。

「……無事だったのね」

鏡の中でまばたきしたあと、ヴィーカが苦笑いを浮かべる。

「ご心配をおかけしました」

「あの襲撃は、自作自演かしら。それとも襲撃は事実だけれども、何か事情があって戻れなくなった？」

ヴィーカが短剣《たんけん》を持ち直した。警戒させてしまったらしい。

「驚《おどろ》いた。姉様やディアナの話では、可愛《かわい》いだけのお妃様《きさき》だと聞いていたんですが、まさか演技だったんですか」

「あら、可愛い女よわたくしは。こんなふうに脅《おど》されてしまっては、あなたのお話を聞かないと、どうすればいいかわからないくらい」

「とても脅されてる女性の態度じゃない。脅してる私が言うのもなんですが」

「あなたもただの傀儡皇帝に見えないわ」

アイリーンは視線を斜《なな》めに落とす。ちょうど日が窓から差し込む向きだ。影《かげ》はできている。

クロードがアイリーンを監視《かんし》――もとい守るためにかけてくれた、魔物が出入りできる魔法のかかった影。鏡ごしにアイリーンを見ているヴィーカも、つられて視線を動かす。

その瞬間《しゅんかん》、腕《うで》を力まかせに振《ふ》りほどいて扉《とびら》に向かった。

「アーモンド、出てきなさい！」

「──ああ、何かの術がかかってるのか」

だん、とヴィーカがアイリーンの影を踏《ふ》みつけた。同時に、鍵《かぎ》のかかっていない扉に触《ふ》れた手が弾《はじ》かれる。しんと静寂《せいじゃく》が広がった。

クロードの魔法が発動しない。扉も封《ふう》じられた。唇《くちびる》を噛《か》んでゆっくり振り向く。

「何が目的なのかしら。交渉《こうしょう》の余地はありそう？」

「……ちょっと脅せばすむと思ったんですが……困ったな。そこの、窓から忍《しの》び込もうとしている従者さんも、本当にただの人間ですか？」

気づいていたのか。隣《となり》の個室で騒《さわ》ぎに気づいたのだろう。あいたままの車窓に足を引っかけて、キースが狭《せま》い部屋に滑《すべ》り込む。

「私めはただの人間ですよ。魔王《まおう》の従者をやれる程度のね。……私めが一分以内に戻《もど》らなければ、ワルキューレを呼ぶように手配しました。どうしますか」

「今は魔力が自由に使えるから問題はない。飛び降《に》りて逃げるかな」

「そうはいきません。私め、ただの人間ですが魔王より格別のご信頼をいただいておりましてね。魔王が動けないときに、私めがその力を使える。魔王の代行権、というやつです」

「代行……魔王のかわりに力が使える、というわけか」

「ええ、魔王のかわりに魔物たちに命令することができます。……今、我が主《あるじ》の魔法が発動しなかった。たとえあなたが何かしたとしても、そう簡単に封じられるものではない。何かありましたね、クロード様に。そしてそれにあなたは無関係ではない。話してもらいますよ」

ヴィーカは考える素振《そぶ》りで動かない。アイリーンは声をかけた。

「クロード様に何かあれば、エルメイアの魔物たちも黙《だま》っていないわ。わたくしも動かせるものをすべて動かす。敵に回すのは得策ではないわよ」

アイリーンの忠告に、ヴィーカが両手をあげた。

「……わかった、事情を話しましょう。ただかくまってほしいと頼むだけでは、貴女《あなた》たちには失礼だったようです。まいったなあ。この列車を選んだのは、人目につかず帝都を出られるからだけだったのに、とんだ誤算だ」

「帝都から出たかったということは、あの襲撃は自作自演ね。わたくしたちをはめたの？」

「どうだろう。クロード兄様なら見抜《みぬ》いてそうだけど」

クロード兄様。その呼び名に、アイリーンは深く嘆息《たんそく》した。

「クロード様があなたに親切な理由はそれね……クロード様は弟属性に弱いのよ……」

「でも私の気が変わった理由は貴女ですよ、アイリーン皇后。ずいぶん頭が回る。情報を引き出せるかもなんて姉様とディアナの見立ては、とんだ筋違《すじちが》いだったわけだ。貴女はクロード兄様を売ったりしない」

「自分の夫を売り飛ばす妻のほうが、よほどでしょうに」

「じゃあ私は、よほどの妻を持ってしまったのかもしれないな。婚礼《こんれい》には出ていないけれど」

あげていた両手をおろし、ヴィーカが座椅子《ざいす》に座る。まだ帝都を出たばかり。時間はありそうだ。背後の扉に触れても、反発はなかった。アイリーンは扉の向こうに声をかける。

「レイチェル、いる？　お茶は用意できて？　喉《のど》が渇《かわ》いたから多めでお願い」

すぐに声は返ってきた。キースに言われて待機していたのだろう。

「もうお持ちしております。扉をあけてよろしいですか」

「すぐあけるわ。……キース様はどうなさる？」

「我が主が何やら関係する話のようですので、こちらにおりますよ、当然」

戻る気はないと示されて、ふうとアイリーンは嘆息した。狭いが、緊急《きんきゅう》事態だ。

扉をあけて、レイチェルの顔を見る。目で無事か否《いな》かを問われて、頷《うなず》き返した。

「お盆《ぼん》はそこに置いて。ワルキューレの方々に気を遣《つか》わせたくないわ。しばらくこの部屋で休んでいるわね。夕食の時間になったら起こしてちょうだい」

「かしこまりました、鍵をお忘れなく」

ワルキューレに気づかせるな。アイリーンの真意を受け取ったからこそ、レイチェルが先ほどと真逆のことを言って出ていく。その様子を見ていたヴィーカが笑った。

「本当に予想を裏切られるな、貴女には。私がワルキューレたちに見つかりたくないと、わかるんですか」

「ディアナ様をよほどの妻、と言ったのはあなたじゃないの。お世辞は結構よ。話を進めてちょうだい。あなた、ディアナ様に命を狙《ねら》われているの？」

「まだ狙われてませんよ。ただあの襲撃を、彼女たちワルキューレがいつか起こす可能性はあります」

やはり婚礼を挙げてめでたしめでたし、にはなっていないらしい。ディアナの態度から薄々《うすうす》感じていた嫌《いや》な予感が当たりそうだ。笑顔《えがお》を絶やさぬまま、ヴィーカが続ける。

「お察しかと思いますが、僕を廃《はい》しディアナを立てる——要はワルキューレの国にしよう、という動きがあります。今回の婚礼はまあ、その前準備というやつでしょう。姉の仲介もありましたしね。私がおとなしく傀儡皇帝のままでいれば、争いは起こらずにすむ」

「でも、あなたはおとなしく従う気がないわけですね。なぜです？」

この狭い個室の中、レイチェルが持ってきた盆で器用にお茶を用意しながらキースが尋《たず》ねる。

「なぜ？　おかしなことを尋ねますね。私は皇帝ですよ」

「国をわらないため、かつて我が主は身を引きました」

「ああ、存じてますよ。その気になれば魔王として魔物を率いて国を支配することもできただろうに、とても高潔な行いだと、姉からよく聞かされました。お前もそのような民《たみ》を守る皇帝であれ、とね。あなたも私にそうおっしゃいますか、魔王の従者殿《どの》。本物をそばで見てきたあなたから、聞いてみたいな」

アイリーンにはレイチェルが用意した茶器で、ヴィーカには個室に備え付けられていたマグカップで、キースは多めに用意されたお茶をうまくわける。

「我が主が身を引いたのは、そのほうが国が立ちゆくと考えたからです。ドートリシュ家を筆頭に、国を動かす人材もそろっていた。セドリック皇子も、決して無能ではない。――だからですかね、私めは我が主と同じ顔のあなたの行いを、こう見てしまいます。身を引かぬのだとしたら、それは引けぬ理由があるのだ、と」

キースからマグカップを受け取り、ヴィーカは一呼吸置いて、話し出した。

「ハウゼルが斃《たお》れ、突然《とつぜん》、我が国への魔物《まもの》の襲撃《しゅうげき》が止まりました。因果関係は不明ですが、キルヴァス帝国《ていこく》はハウゼルにいいように使われていたのだ、というワルキューレたちの説をある意味補強したことになります。私も一理ある、と思っています。キルヴァス帝室も積極的に加担したのか、ハウゼルに利用されたのかはともかく、何かの取引はあったんでしょう」

「あなたは何も知らないということ？」

「あいにく、傀儡皇帝として生きるのが精一杯《せいいっぱい》で。何かないかと調べようとしても、何も残っていない。帝都から出ることもできませんでしたから」

――ということは、ひょっとしてヴィーカはまだ、赤い目の魔物になったことがないのだろうか。

（あるいは自覚がない、とか……）

でなければディアナがワルキューレになった経緯《けいい》がわからなくなる。

ただ、ゲームでもディアナが魔物とワルキューレの実験に気づいたのは、ハウゼル女王国でだった。キルヴァス側に何も残っていないというのは、不思議ではない。

「ちなみに私はこれらの件について、エルメイアも決して無関係ではないと思っています。何せ、ハウゼルを墜《お》としたのはエルメイアだ。私はハウゼルとの通信手段を持っているワルキューレ——姉たちから結論を聞いただけですが、そもそも正常なことではない。魔王を討《う》とうとした女王国を討ち返すなんて、物語なら読者から批難される展開ですよ」

「字面《じづら》だけなら、かの国に正義があったでしょうしね。でも、あなたもご覧になったのではなくて？　空に浮《う》かび、世界中に刃向《はむ》かうなと脅《おど》したあの国のやりようを」

エルメイアがハウゼル亡《な》きあとも各国から批難されないのは、アシュメイルという隣人《りんじん》の存在と、ハウゼルの見せた態度が各国に恐怖《きょうふ》を与《あた》えたからだ。また、エルメイアがハウゼルに成り代わろうとしなかったことも大きい。

「不思議ですよね。そもそも、既《すで》に世界を牛耳《ぎゅうじ》っていたに近いかの女王国が、なぜあんな対応に出たのか。そんなに魔王が脅威《きょうい》だったのでしょうか。私にはとてもそうは思えない」

だがヴィーカは優秀《ゆうしゅう》であるが上に、疑問を持ってしまうのだろう。決してその疑惑《ぎわく》は筋違いではないと、アイリーンは頷き返すことで誠意を示した。

「それだけの事情があります。ですが話すと長くなりますわ。お互《たが》い時間もないことですし、先に核心《かくしん》をお聞かせ願えません？　逃亡《とうぼう》者のあなたに選択肢《せんたくし》は多くないでしょう」

「やはり貴女は、情報を引き出すのがお上手だ。私にも貴女のような妻がいてくれれば、ずいぶん助かったんだけどな」

愚痴《ぐち》めいた言葉だが、まったく悲観的ではない。

「端的《たんてき》に言います。私の望みは、魔物を制御《せいぎょ》することです」

「……クロード様に応《こた》えないという、キルヴァスの魔物たちね。でも制御って、あなた魔王にでもなりたいの？」

「手っ取り早くワルキューレと対等になる手札としては、悪くないでしょう？　クロード兄様がおられるのに僭越《せんえつ》ですが、うちにも黒髪《くろかみ》赤目は魔王の証《あかし》という伝承があります。私もそれでずいぶん色々言われました。言われた分くらい、回収したいと思ってます」

にこにこしているヴィーカは、ゲームよりもずいぶん図太い性格のようだ。

「まず、ハウゼル女王国に行きたいんです。おそらくあそこに、魔物たちがおとなしくなった原因があるんじゃないかと。それがわかれば、魔物を制御できたのと同じですから」

「あそこにはもう何もないわ。空中宮殿《きゅうでん》も行方《ゆくえ》不明よ」

中心だった王城は空中宮殿として浮かび上がってしまったため、島に大きな穴があいた。地盤《じばん》が徐々《じょじょ》に崩《くず》れつつあり、ハウゼル女王国の中心であった大きな島は今、沈《しず》みつつあると報告を受けている。高台はいくつか残るだろうが、大半はいずれ沈んでしまうというのがエルメイアで出した見立てだ。

「ですがまだ、ハウゼルがキルヴァスに残した魔術の数々は生きています。たとえば、帝都にかけた壁《かべ》を維持《いじ》する魔術。魔物たちを外に出さない壁の魔術は帝都で維持しているんです。魔力の供給源は私がやってましたが、魔術はハウゼルが作ったものですから」

ゲームでも壁――戦乙女《いくさおとめ》の長城に、ワルキューレ逃亡防止もかねた監視《かんし》の魔術がかけられており、それを管理する魔法陣《まほうじん》が帝都にあるとかなんとか設定があった。魔物も防いでいるという説明があったので、同じものだろう。

（確かにハウゼルの魔術が動いているなら、どこかに何かある可能性は……）

つい考えこんだアイリーンの横で、キースが顔色を変えた。

「お待ちください、魔力の供給源はあなたがやっていた？　どうやってですか」

「わかりません。代々、キルヴァス帝室男子の魔力を自動で吸う仕組みだとしか」

「──はめましたね、あなた。クロード様を」

キースの言葉に、ヴィーカが笑顔になる。遅《おく》れてアイリーンも気づいた。

今は魔力が自由に使える──そう先ほどヴィーカは言った。

「ひょっとして今の供給源は、クロード様なの？」

「クロード兄様は私の従兄弟《いとこ》ですからね。キルヴァス帝室の男子と判定されたみたいです。安心してください、命に関《かか》わるようなことではありません。魔力がろくに使えないだけで」

「でも壁の維持はクロード様にかかってるってことでしょう。あなた、クロード様が断ったらどうするつもりだったの。よくもそんな危険な賭《か》けをしたわね」

「念のため、無事婚礼《こんれい》が挙げられるかは帝都で見届けましたよ。それに、賭け事にはわりあい強いほうで、人を見る目もあるんです。クロード兄様は、きっと引き受けてくださる。今頃《いまごろ》エルンストが事情の説明もしてるでしょう」

アイリーンはカップを受け皿に置いて、両肩《りょうかた》を落とす。

「エルンスト様も替《か》え玉に反対していると見せかけて、誘導《ゆうどう》したわけね。とんだくせ者だわ」

「私にすれば貴女《あなた》のほうがくせ者だと思いますが。女性は怖《こわ》いな」

「ならハウゼルに行けば、魔物を制御できるというのは根拠《こんきょ》あってのこと？　それともまた賭けなのかしら？」

話を戻《もど》したアイリーンに、ヴィーカは人当たり良く頷《うなず》く。

「根拠はあります。ワルキューレの手術が行われていた場所ですから、魔物について何か残っていてもおかしくはない」

ワルキューレ関連のことはすべて青い国が取り仕切っている。ゲームでもそう説明されていたし、実際怪我《けが》をしたディアナもそこへ運びこまれていたから、的外れではない。

「でも……それは結局、空中宮殿でしょう」

「いいえ。キルヴァスにとってハウゼルの叡智《えいち》とは空ではない。地下です」

アイリーンは瞠目《どうもく》した。それなら、確かに残っている可能性がある。

「とはいえ、船に乗って直接行くわけじゃありません。案内板が出てるはずもないですし。でも壁の向こうに、ハウゼルとの交信と移動に使っていた施設《しせつ》があるのはわかってます。そこから転移できるんじゃないかなあと見てます」

「そこは憶測《おくそく》なの？」

「まあ、行けば何とかなりますよ、きっと」

なんともあやふやな作戦だ。キースが呆《あき》れつつつぶやく。

「行き当たりばったり感までそっくりですね、我が主《あるじ》と」

「それに、魔物も見てみたいんです。私は一度も、見たことがないので」

無邪気《むじゃき》なヴィーカの笑顔《えがお》に、ついキースと目を見合わせた。思い出していることはきっと同じだ——魔物たちと穏《おだ》やかにすごす、クロードの姿。

「ということで一周回ってお願いは単純です。この汽車は、壁が見える場所まで近づくでしょう。そこまでかくまってほしいんです。何せ自由に魔力が使えるのが初めてなので、できるだけ温存していきたい」

「——しかたないわね。わたくしもついていくわ」

「はい？」

目を丸くしたヴィーカの前の席で、堂々と両腕《りょううで》と足を組む。ヴィーカがまず目を向けたのはキースだ。その視線を受けて、キースは眼鏡《めがね》の奥に視線を隠《かく》してしまう。

「……そう言うでしょうねえ、アイリーン様なら。ですが条件がございます」

「あなたもつれていけ、というのでしょう。わかっているわ。独断行動もしない。レイチェルたちはこのままエルメイアに戻ってもらうけれど、伝言を託《たく》して手を回してもらう。わたくしたちがいなくなれば、ワルキューレたちにあやしまれるもの。それでどう？」

「そこまでわかってらっしゃるなら、よろしいでしょう。お供しますよ。この様子ですと我が主ってば帝都から出られず、何をしでかすかわからない」

「は？　いえ待ってください、止めないんですか。彼女は身重なんでしょう。しかも目標は壁の中、魔物の棲息圏《せいそくけん》のすぐそばですよ。何があるかわからない」

慌《あわ》てるヴィーカの顔に、アイリーンは人差し指を突《つ》きつけた。

「だからこそよ。もし、ここであなたをひとりで行かせて、魔物《まもの》を掌握《しょうあく》し損《そこ》ねたら？　あるいは魔物に殺されてしまったら？　すべてエルメイアのせいになりかねない。だってクロード様は今、あなたの替え玉をしてるんだもの」

すべてヴィーカを廃すため、クロードが仕組んだこと――そうなってもおかしくない。そうすれば戦争を仕《し》掛《か》ける大義名分を得るのは、ワルキューレだ。

「……ですが、貴女は今はおなかの子どものことを考えるべきでは」

「気遣《きづか》ってくださるのは嬉《うれ》しいけれど、わたくしは魔王の妻で、この子は魔王の子。どうしてそれが周囲に許されているのかわかる？　クロード様が立派なエルメイア皇帝《こうてい》だからよ」

あのひとは魔王だが、立派な人間の皇帝だ――そのあやうい立場を守っているから、アイリーンの立場は保証されている。おなかの子どもも同じだ。クロードが人間に害なす存在であるとみられれば、たちまち人間社会からの排除《はいじょ》対象になる。

「わたくしはこの子のためにも、皇帝であるクロード様を守らなくてはならない。それがこの子を守ることでもあるの。だからあなたのことも見逃《みのが》せない。心配しないで、手を引く場面は見誤らないわ」

「……ですが、クロード兄様はきっと私についてくるなんて承知しませんよ」

ヴィーカの忠告に、アイリーンは不敵に笑う。

「あら。どう思って、キース様？　わたくしを追い返し、あなたも手放し、まんまと帝都《ていと》から動けなくなったクロード様は反対なんですって」

「どの口で言うんでしょうねえ、ははは」

にこやかに笑い合うふたりをそれぞれ見つめたあと、ヴィーカは頰《ほお》をかいてから「……そうですか」と諦《あきら》めまじりの同意をした。

✦第四幕✦悪役令嬢とラスボスの良識

ばん、と会議室の長い机の端《はじ》を、ディアナが叩《たた》いた。

「いいから、この予算を通してください」

周囲が目配せし合う。煮《に》え切らない態度に、ディアナがもう一度机を叩いた。

「通さない理由はなんですか。私が女だから？　ワルキューレだから？　馬鹿《ばか》にして」

「──その、今は各国の貴賓《きひん》たちが残っておいでです。各国の皆様《みなさま》と交流をもてるまたとない機会。皇妃殿下《こうひでんか》におかれては、会議より茶会の催《もよお》しなどに参加されたらどうでしょう？」

「は？　そんなの夜会だけで十分でしょう。それとも、皇妃が会議に出席しちゃ不都合でもあるんですか。男たちの世界に入ってくるなって？」

「そ、そのような。ですが、二大陸会議開催《かいさい》の根回しも必要ですし茶会は有意義──」

「いいから答えてください。どうしてこの予算を通せないって言うんです？」

「数字が間違《まちが》っているからだ。だから、通せない」

クロードの説明にディアナがしかめっ面《つら》になる。この少女はいつも不機嫌《ふきげん》で大変そうだ。

「馬鹿にしないでください。私が何も知らないと思ってるんですか？　いつもあなたたちがやってることでしょ、不正なんて。私はだめとか、筋が通らない」

「数字が合わないものは、会議では通らない」

たとえ水面下でなんらかの取引があり、現実が乖離《かいり》していたとしても、建前はある。不正とは法律や規則を一見守っているから厄介《やっかい》なのであり、最初から守ろうともしないのは不正ですらないただの間違いだ。だがこの皇妃には、その違《ちが》いがわからないらしい。鼻で笑われた。

「ああそう。じゃあ、適当に数字を直して通しておいてくださいよ」

「誰《だれ》が？」

尋《たず》ねたクロードにむっと眉《まゆ》をよせたが、ディアナはすぐに吐《は》き捨てる。

「誰でもいいですよ。でもワルキューレへの支援《しえん》費はこの数字ですから、絶対」

「皇妃殿下、それですと他《ほか》との兼《か》ね合いが……」

「言い訳はいい、どうにかして。数字をいじるだけなんだから」

「──では、僭越《せんえつ》ながら自分が。よろしいですか、皇帝陛下」

エルンストが狙《ねら》い澄《す》ましたように挙手する。クロードは頷き返した。

「では頼《たの》む。会議が終わるまでに間に合いそうか？」

「はい。休憩《きゅうけい》時間に確認《かくにん》して、会議の後半に多少質疑の時間をとっていただければ」

「……間違った数字を直せばいいだけなのに、大袈裟《おおげさ》でしょ」

「数字を変えるなら、各所へ再調整が必要だ。俺が話をつけたほうが早い。それでよろしいですか、ディアナ──いや、皇妃殿下」

敬称《けいしょう》を付け直したのは彼なりの皮肉か、たしなめだろう。だがディアナは宰相《さいしょう》の取りなしも舌打ちで返す。

「戦場で戦うより簡単でしょうに、大変な仕事みたいに。すっかり宰相様ですね」

「――戦場でも俺は同じことをしていたつもりだが。兵站《へいたん》の補強、軍備の内訳。特に軍費の振《ふ》り分けの決定は、上官の仕事だ。ここをおろそかにしては、現場が詰《つ》む」

「私たちの功績で出世したのに、えらそうに説教しないで」

「その恩に少しでも報《むく》いるため、この国を少しでも豊かに、平和にする。それが俺の今の仕事で、責任だと思っている」

エルンストはもともとワルキューレたちを率いる上官だったようだが、その働きを認められてヴィーカに宰相にと望まれたらしい。クロードから見てまだ脇《わき》の甘いところがあるが、それは代々宰相を務める家系の嫡男《ちゃくなん》として教育を受けた天才肌《はだ》の自国の宰相と比べてだ。実直な性格が足を引っ張ることもあるだろうが、それもやがて人望となって彼を支えるに違いない。

「ならせいぜい報いて。私たちを散々こき使ってきたんだから」

「皇妃殿下のお許しはいただきました。次の議題に移りましょう、皇帝陛下」

皮肉を許可にして、エルンストが議題を変える。クロードは机の上で、指を組んだ。

「では次だ。簡単に私から説明しよう。隣国《りんごく》との国境付近の防衛費の分担についてだ。国境をまたがって山賊《さんぞく》が現れるため、隣国のほうから共同戦線を申し込まれた。とはいえ、まだ隣国の王妃《おうひ》からやんわり示唆《しさ》された段階で――」

話の途中《とちゅう》で、ディアナが立ち上がった。踵《きびす》を返す皇妃に、エルンストが声をかける。

「会議の途中で、どこへ行くんだ」

「あとは勝手にやっておいてください。私、軍備の点検があるので暇《ひま》じゃないんです」

「待ってくれ。今の話は君にも関係ある。隣国の王妃が皇妃の君にお茶を申し込んできているんだ。わかるだろう、根回しだ」

「なんですか、さっきから根回し根回しってうっとうしい。それこそ、この会議にでも出席させて本人に意見を言わせればいいんじゃないですか？」

「他国の王妃を、そのように扱《あつか》うことなどできない」

「女でもまともな頭を持ってるなら、ちゃんと意見を言えますよ。それとも招待状のカードと挨拶《あいさつ》の手紙しか書けないんですか、お隣《となり》の王妃様は。それもこれもワルキューレが魔物から国を守ってるからですよね。戦乙女《いくさおとめ》の長城が落ちれば隣だって魔物がなだれこむのに、お気楽でいいですよほんと。——ああそうだ、あんたの娘《むすめ》」

いきなり振り向いたディアナが、会議机の真ん中に座っている中年男性に指を向けた。確かキルヴァスでも古い家系の伯爵《はくしゃく》だ。

「社交界でずいぶん人気のご令嬢《れいじょう》じゃないですか。男共にちやほやされて嬉しそうにしてるの見ましたよ、夜会で。ちょうどいいんじゃないですか、王妃様の接待役。男をあれだけ侍《はべ》らせられるんだから、おためごかしは得意でしょ」

伯爵から表情が消えた。この会議に出席しているだけあって何も言い返さない。だが心情は頬の引きつりで伝わる。大人の対応に感謝しながら、クロードは声をかけた。

「皇妃のご指名だ。お願いできるか。あなたのご令嬢なら、隣国の王妃相手でも立派に話し相手をつとめてくれるだろう。エルンスト、この際、皇妃へのお茶会の申し込みはすべて断っておいてくれ。いちいち煩《わずら》わせるのも申し訳ない」

目的語をわざとはぶいたクロードの真意を問いただすように、伯爵に目を向けられた。クロードは小さく頷《うなず》き返す。不満はわかっている、と伝えるためだ。

「……承知しました。娘も国同士の橋渡《はしわた》しとなるお役目、喜ぶでしょう」

ただひとり、わかっていないディアナが溜《た》め息と一緒《いっしょ》につぶやく。

「最初からそうしてください。じゃあ、私はカトレアを待たせてますから。ああそうだ、次の会議はカトレアも出席するので、今回みたいに決議が通らないとかやめてくださいね。ちゃんと準備しておいてください」

最後まで悪びれもせずディアナが出ていったあと、会議室の空気が弛緩《しかん》した。そこを見逃《みのが》さず、クロードは全員を見回す。

「君たちの気遣《きづか》いに感謝する。まだ宮廷《きゅうてい》の作法に慣れていないんだ。ワルキューレなりの戦い方なのだろう」

ああ、と失笑《しっしょう》に似た空気が満ちた。

「なんというか……こう、今日のヴィーカ様は頼もしく見えますな。やはり結婚《けっこん》すると、責任感が出てこられるのでしょう」

「彼女にはワルキューレという実績があるから、負けていられないと思う」

皆《みな》は今、こう考えている。――軍事力を牛耳《ぎゅうじ》っているとはいえ皇妃はあの性格だ、使えそうもない。これ以上、力を持たせるべきではない。なんだ、あの態度は。あれで他国との関係を悪化させられたらたまったものではない。

それにくらべて、皇帝《こうてい》はまだ話がわかる。

「だが彼女たちが我が国を守ってきたのは事実。そのうえで、軍の再編制を提案したい。ワルキューレの制度の見直しだ」

エルンストに目配せすると、心得たとばかりに書類を配り出す。ゴミ箱に捨てられていたヴィーカの議案だ。クロードが目にすればうまくやってくれると信じて残したのだろう。なかなか自分の従兄弟《いとこ》はたくましい。

「軍事費を増やせと皇妃からもお達しがあった。ちょうどいいだろう」

察しのいい一部が、噴《ふ》き出すのを誤魔化《ごまか》そうとして咳払《せきばら》いをする。

物事を進めるには手順がある。尽力《じんりょく》も金も人脈も必要だ。根回し、各所調整、それもせず自分の要求が通るべきだと叫《さけ》ぶだけですむなんて、ずいぶんワルキューレは楽で万能《ばんのう》な魔法《まほう》のお仕事らしい――などとは言わない。それは品のないことだ。

この会議に出席している面々は、ヴィーカを傀儡《かいらい》にしてきた。だが、それはそれだけ狡猾《こうかつ》であるということだ。だからヴィーカも残したのだろう。

共通の敵を作れば、彼らは味方になるとヴィーカは判断した。そして今、その思惑《おもわく》は実を結ぼうとしている。

「──では、次だ。二大陸会議の内容について詰めよう」

初手としてはうまくいっている。ぜひともワルキューレたちに国から出ていってくれと頭をさげてもらうため、できるだけ従兄弟と同じようにクロードは愛想《あいそ》良《よ》く笑った。

魔物《まもの》たちをキルヴァス最北の地に閉じこめるための壁《かべ》。戦乙女の長城と呼ばれるそれは、近づくほど上が見えなくなる、高く分厚い壁だ。

「アイリーン様、ここからは徒歩だそうです」

「わかったわ」

生地《きじ》のしっかりした雪国用の服の上に防寒用の帽子《ぼうし》、分厚い靴底《くつぞこ》のブーツに足を通し、最後に分厚い毛皮のコートを着込む。馬車の天幕から顔を出すと、息が白く変わった。キルヴァスには秋がない、というのは本当のようだ。ずいぶん北にきてしまったらしい。逃走《とうそう》準備を整え、深夜、夜陰《やいん》に紛《まぎ》れて列車から飛び降り、近くの村で朝まで休ませてもらってから、馬車を借りて進んでまだ半日だというのに、別世界だ。魔物たちの影響《えいきょう》もあるのだろうか。

ちらちら舞《ま》いだした雪が、地面をぬかるませている。

「今、ヴィーカ様が入り口をさぐってます。無理は厳禁ですよ。リュックさんもいない」

レイチェルとリュックは、アイリーンがエルメイアに帰ったという偽装《ぎそう》工作のため、列車に残ってもらった。レイチェルが体調を崩《くず》したアイリーンのふりをし、リュックがその面倒《めんどう》を看《み》るという配役だ。

「そろそろ港に着いた頃《ころ》かしら。無事、出港できていればいいけれど……」

ワルキューレたちの警護はアイリーンたちが船に乗るまでだ。だが、途中でアイリーンが消えたことがばれたら、どう出るかわからない。あちらも危険はある。

唯一《ゆいいつ》アイリーンについてくることになったキースが周囲を警戒《けいかい》しながら言う。

「まずは御身《おんみ》をご心配ください。私め、アイリーン様がこのような状況《じょうきょう》になってるのは完全に主《あるじ》のせいだと思ってますが、何かあっては困ります。……せめて、魔物たちと連絡《れんらく》がとれたらよかったのですがね。レイチェルさんたちにまかせるしかない」

「ここの魔物と交流がとれたら助かるけれど……クロード様に応《こた》えないとなるとね」

「我々では見込みは薄《うす》いです。ここの魔物たちにも王がいるなら、話は別ですがね」

「アイリーン様、キースさん。お待たせしました」

小走りでヴィーカが戻《もど》ってきた。途中で目立たないよう粗末《そまつ》な服に着替《きが》えたヴィーカだが、逆に目立っている気がした。クロードと同じ顔なのだ。泥《どろ》がはねた革《かわ》の長靴《ながぐつ》に、アイリーンはむずむずしてしまう。キースも唇《くちびる》を変な形に引き結んでいるので、同じ気持ちだろう。

だが、こんなに汚《よご》してなどと、小言を言える立場でもない。

「近くに壁の中に入る出入り口がありました、入りましょう」

「でも警備がいるでしょう」

「外で凍《こご》え死ぬほうがよっぽど怖《こわ》いですよ。それにさっき出入り口を見張ってたワルキューレを強制転移できたので、それで対処します。眠《ねむ》らせるとかもやればできそうです。あ、この馬車も村に返しておきますね」

そう言ってヴィーカがぱちんと指を鳴らす。それだけで馬車が馬ごと消えてしまった。

帝都《ていと》ではほとんど魔力《まりょく》を使ったことがなく何もかも初めてと聞いたが、教えられずとも息をすることを子どもが覚えるように、あっさり魔力を使いこなしている。走る列車から飛び降りる際も、魔力を駆使《くし》して安全に運んでくれた。壁の中に転移できないのは壁にかかっている魔術への警戒と、帝都の外を知らないからでしかない。

この調子だと帝都に戻るのも一瞬《いっしゅん》だろう。頼《たの》もしい。

「強制転移したワルキューレはどこに？　騒《さわ》がれたら厄介《やっかい》ですよ」

「ああ……そういえばどこでしょう。ただどこか遠い場所って思ったので……ここからだと帝都かな、私が知ってる遠い場所は」

前言撤回《てっかい》、まだまだあぶなっかしいようだ。いつも魔道士のエレファスがクロードに「魔力の使い方が雑」と嘆《なげ》いている姿を思い出してしまった。

「……魔力を使うのは最低限でいきましょう。強制転移も、ワルキューレが次々帝都に現れたらあやしまれる。何より配分も使い方もあやふやなまま魔力が枯渇《こかつ》されると我々、いきなり大ピンチになってしまいますので」

キースの意見に、わかりましたと素直《すなお》にヴィーカは頷き、先頭に立って案内を始めた。ぬかるんだ地面が雪で覆《おお》われる前に、進まなければならない。

だがヴィーカが案内した出入り口は、既《すで》に数名、ワルキューレが集まっていた。

「防寒具を持ってくる間にいなくなっていて……交替《こうたい》の時間もすぎてるわ」

「雪も降ってきているのに、防寒具なしで見回りも考えられないな」

ちょうど陰《かげ》になる区画に隠《かく》れて、ヴィーカが両腕《りょううで》を組む。

「──交替時間か。運が悪かったですね。困ったな」

キースが嘆息《たんそく》した。

「困ったなじゃないです、だからいつももうちょっと考えて動けと……いえすみません、つい我が主と同じ小言を」

「とりあえず全員、眠らせましょうか」

「それだと時間経過と共に困ることになると思うのだけれど」

ひとりならともかく三人いる。みんな偶然《ぐうぜん》そろって居眠《いねむ》りしてしまったね、なんて笑い話にはならないだろう。間違《まちが》いなく敵襲《てきしゅう》を疑われ、警戒が厳しくなる。

だがヴィーカはふんわりと笑った。

「まあ、なんとかなりますよ」

「大雑把《おおざっぱ》なところほんとそっくりですね！　他《ほか》の手を考えますよ、少なくとも中に入るまでは姿を見られたくない。我々の目的はここの突破《とっぱ》ではなく、中の調査なんですから」

「そう言われても、姿を消すなんてでき──るかな？」

ヴィーカが顎《あご》に指を当て、上を見てからこちらを見た。と思ったら、突然《とつぜん》、その場から姿が消えた。

「今、見えます？　私の姿」

声だけは同じ場所から聞こえてくる。キースが落ち着いた様子で答えた。

「見えません。声は聞こえてますが。――目を騙《だま》す魔法、あるいは外界遮断《しゃだん》の結界ですか？」

「透明《とうめい》な膜《まく》で包むイメージなので、たぶん、後者かな。よくご存じですね」

「我が主に昔、私めの目を盗《ぬす》んで下町に遊びに行くためによく使われましたので」

「なるほど、そう使うわけですね。勉強になります」

「違《ちが》います、覚えてはいけません」

ぴしゃりとキースが叱《しか》るが、ヴィーカはもう覚えてしまっただろう。今後のためにも、クロードの余計な行動を教えないでおこうとアイリーンはひそかに誓《ちか》う。

「ワルキューレに目くらましをするより結界のほうが安全かな。キースさん、アイリーン様、私と手をつないでください。それで外からは見えなくなると思います。声は聞こえるみたいなので、音には気をつけてくださいね」

右手にアイリーン、左手にキースの手を取って、ヴィーカが前に踏《ふ》み出した。

「とりあえず壁内をさがそう。隊長にも報告だ」

ひとり、ワルキューレがこちらを向いているが、一歩一歩近づいてくるアイリーンたちに気づいた様子はない。息を殺して、アイリーンたちはワルキューレたちの横を通り、鉄柵《てっさく》のあがった壁の中を目指す。

「じゃあ、私は予定どおりここで見張りにつくわ。無事見つかったら知らせて」

「了解《りょうかい》。もし本人が戻ってきたら、行き違わないようこっちにも報告してくれ」

「魔物が通ったなら警報が鳴るはずだし、大丈夫《だいじょうぶ》だと思うけど、油断は禁物――」

ビーッと突然けたたましく鳴り始めた警報音に、アイリーンたちはおろかワルキューレたちも固まった。だがすぐに険しい顔で周囲を見回す。

「なんだ、魔物か⁉」

「――そうか、魔力を使えばそういう判定に」

咄嗟《とっさ》にアイリーンはヴィーカの口をふさいだが、もう遅《おそ》い。

「誰《だれ》だ、そこにいるのか⁉」

「いいから報告だ、敵襲――っ！」

走り出そうとしたワルキューレの背中を、素早く結界から飛び出したキースが殴《なぐ》りつけて気絶させる。

ヴィーカと手を放したせいで、突然現れたキースに残りのふたりがぎょっと身を引く。その隙《すき》に、ヴィーカがふたりを気絶させていた。

だが、警報は鳴り止《や》まない。足音が左右の方向から聞こえてくる。キースがアイリーンを抱《だ》きかかえ、ヴィーカに叫《さけ》んだ。

「ヴィーカ様、挟《はさ》み撃《う》ちされる前に逃《に》げますよ！」

「あ、はい。あっちに壁の向こう側への出口があるはずです。構造、覚えてるので」

「アイリーン様、私めで恐縮《きょうしゅく》ですがしばらく我慢《がまん》してください！」

頷《うなず》く前にキースが走り出した。その正面から、ワルキューレたちが数名、向かってくる。ヴィーカがとんと軽くはねた瞬間《しゅんかん》、アイリーンを抱くキースごと体が浮《う》いた。天井《てんじょう》すれすれを通って、ワルキューレたちの集団を跳《と》び越《こ》える。あっけにとられていたワルキューレたちだが、すぐに方向転換《てんかん》した。

だがその前に、今度は見えない壁《かべ》が立ちはだかる。

「今のうちに」

「結界か!?　こしゃくな！」

ワルキューレのひとりが槍《やり》を突《つ》き出した。結界にぶつかった瞬間、柄《つか》に埋《う》めこまれた神石が光る――魔槍《まそう》だ。ばあんと音を立てて結界が破裂《はれつ》した。だが同じものを走りながら振《ふ》り向いたヴィーカがもう一枚、先に仕掛《しか》ける。

「くそ、何者だ！」

「おい、長城内に伝達しろ！　侵入者《しんにゅうしゃ》だ、いざとなったら奴《やつ》らを使って――」

キースに抱《かか》えられたままワルキューレの動きを見ていたアイリーンは、結界が破られた音で消えてしまった言葉の続きを考えて、眉《まゆ》をひそめる。

「ここです、壁の向こう側への出口。いったんこちらに抜《ぬ》けて隠れましょう」

「――待ってください、足音が聞こえる」

出口を出たところで、キースが急に足を止めた。ヴィーカも数歩先で、足を止める。ちょうど、相手は蹴躓《けつまず》いて転んだところだった。

人間だ。こんな寒い中、裸足《はだし》で、ぼろぼろのすり切れた服を着ている。一度足を止めたヴィーカが、制止する間もなく駆《か》けよった。

「大丈夫か。――なぜ、人間が」

「お、お、お前……なぜ、ここに、男が」

歯の根が合わないのか震《ふる》えながら顔をあげてそう言う人間こそ、男性だった。そしてキースに抱きかかえられたアイリーンを見てひっと声をあげる。

「ワ、ワル、ワルキューレ……！」

「――わたくしは違います。ただの人間ですわ」

「嘘《うそ》をつけ！　お、お前たちにはもうだまされない！　だま、だましやがって」

唾《つば》を飛ばして叫ぶ男に、キースが警戒《けいかい》してアイリーンを抱える腕《うで》に力をこめる。

ヴィーカは逆に、男に手を差し出した。

「話はあとだ。私たちもワルキューレに追われている。とにかく君も、ここを離《はな》れよう」

「……な、なにもんだ。ワルキューレじゃないなら、なんでここに……っまさか、あんたもワルキューレたちの助けになろうと志願しちまったのか……!?」

「いや、私は――」

「いたぞ！」

先ほど出てきた場所から、ワルキューレが叫んだ。追いつかれた。

「おい、脱走者《だっそう》もいるぞ！」

ひっと男が尻餅《しりもち》をついたまま、あとずさる。その手をヴィーカがつかんで、立ち上げた。

「事情はわからないが、行こう。私はそこそこ強いから、魔物《まもの》たちの中でも守ってやれる」

「――だめだ、俺から離れろ！」

男がヴィーカを突き飛ばした。同時に、背後でワルキューレたちが何か投げた。

鼻を突く甘いにおいに、アイリーンは瞠目《どうもく》して叫ぶ。

「……っ吸わないで、キース様、ヴィーカ様！　これは魔香《まこう》よ！」

魔物すら理性を失う、人間には害しかないものだ。同じ匂《にお》いを嗅《か》いだヴィーカがしかめっ面《つら》で問い返す。

「なんですか、それは」

キルヴァス帝国《ていこく》には存在しないのか。だが説明はあとだ。クロードほど魔力のあるヴィーカならば平気だろうが、絶対ではない。これで魔物化した半魔をアイリーンは知っている。聖剣《せいけん》を持たないアイリーンもただの人間であるキースも、もちろん脱走者と呼ばれた男も危険だ。

だが振り向いたアイリーンを、大きな影《かげ》が覆《おお》った。

めきり、と何かがひび割れる音が、繰《く》り返される。骨格が変わり、全身が砕《くだ》かれては再生される音だ。ヴィーカがその前に、呆然《ぼうぜん》と立っている。

「お、前……」

「ヴィーカ……皇帝《こうてい》……？」

噛《か》みしめられた歯から漏《も》れたその声は、まだ男のものだった。

だが既《すで》に全身が灰色の鱗《うろこ》に覆われて顔が見えなくなっていた。びきびきと音を立てて顎《あご》が、首が、太く長く伸《の》びる。折れ曲がった体から尻尾《しっぽ》が生えだした。かぎ爪《づめ》の四つ脚《あし》で地面を踏みしめ、魔物が吼《ほ》える。一瞬《いっしゅん》だけ光った目に、殺意が宿っていた。

(これが、キルヴァスの魔物……っ！)

エルメイアと違う、という兄の評価がわかった。竜《りゅう》に似た形だが、翼《つばさ》は生えていない。

駆け出した魔物が、邪魔《じゃま》だとばかりに正面に立っているヴィーカに爪を振り上げる。アイリーンを抱えたまま、キースがヴィーカの腕をつかんでその場から引きはがした。

「しっかりしてください！　こっちにはアイリーン様もいるんですよ！」

キースに叱咤《しった》されて頷いたものの、ヴィーカは魔物から目を離さない。

「……どういう、ことだ。人間が、魔物になった……？」

魔物はそのまま壁を目指して突進《とっしん》した。だが、出入り口は既にワルキューレたちに塞《ふさ》がれている。アイリーンたちをここに置いておけば、いずれ魔物にやられると見越《みこ》してだろう。

あの魔物の意識は壁に向かっているが、こちら側は魔物の世界だ。魔香もまだ甘く匂っていた。早くこの場から離れなければ、他《ほか》の魔物たちもよってくる。

「とにかく、また別の出口から壁の中に戻《もど》らないと、危険——」

突然《とつぜん》、ギャオォと甲高《かんだか》い声が上がった。魔物の悲鳴だ。壁に頭突《ずつ》きをして、弾《はじ》き返されたのだ。壁にかけてある魔術のせいだろう。なのにすぐさま起き上がり、今度は体当たりをして弾き飛ばされ、悲鳴をあげる。

アイリーンもキースも、逃げる足を止めてついそちらを見てしまう。魔王《まおう》の妻と、従者であるが故《ゆえ》に。

「……外に出たがっているだけだ」

魔物のほうを見つめたまま、ヴィーカは動こうとしない。

「どうして、こんなことを……まさか……姉様と、ディアナが……」

「……ヴィーカ様？」

様子がおかしい。キースがその肩《かた》をつかむ。

「落ち着いてください、ヴィーカ様！　あなたが心を乱してはいけない。あなたは――」

「……私も」

前髪《まえがみ》の下でゆれたヴィーカの瞳《ひとみ》が、赤く光っている。

「私もいつか、あんなふうになるのか」

キースから飛び降りたアイリーンは、ヴィーカの正面に回りこんで片手を振り上げた。

「――ごめんあそばせ」

頬《ほお》を張る乾《かわ》いた音が響《ひび》いたあとで、優雅《ゆうが》に微笑《ほほえ》む。

開きっぱなしだった目を、ヴィーカがとじて、あけた。もう赤く光っていない。

「正気に戻りまして？」

「――は、い」

「よろしくてよ。さあ、今のうちに別の出入り口をさがしましょう。そして調べるのです。さっきのはなんだったのか、いったいここで何が起こっているのか。魔王を目指して魔物になるのは、それからでもよいのではなくって？」

唇《くちびる》をまげて笑うアイリーンにまばたきを繰り返してから、ヴィーカが真顔になる。

「ご存じなんですか。キルヴァス帝室《ていしつ》に流れる異形——魔物になる、という血筋について」

「えっ……ま、まあ、ええ、だってわたくし魔王の妻ですもの」

焦《あせ》ってゲームの設定を口走ってしまった。咳払《せきばら》いで誤魔化《ごまか》し、アイリーンは踵《きびす》を返す。

「さあ、他の入り口を案内してくださいな。わたくしが身重だとお忘れ？」

「いえ。——ああ、すみません、少しだけ」

ヴィーカがもう一度、壁に体当たりを繰り返す魔物に振り返る。

「——やめるんだ、怪我《けが》をしてしまう」

小さな、祈《いの》りのような声だった。聞こえるはずがない。魔物は壁に向かって唸《うな》っている。

「……駄目《だめ》か。クロード兄様なら、できたんだろうか……」

両肩を落として、ヴィーカがこちらに振り返る。そして唇を噛んでから、振り切るような笑《え》みを浮《う》かべた。

「お待たせしました。こっちです。急ぎましょう」

振り向かず、ヴィーカは歩いていく。アイリーンもキースの手を借りて、自分の足で歩き出したが、一度だけ振り向く。

体当たりをやめた魔物が、こちらをじっと見ていた。そしてぱっと身を翻《ひるがえ》し、雪がうっすら積もり始めた地平線の向こうへ駆け出して、見えなくなった。

どういうことですかと妻が飛び込んでくる光景に、わりあいクロードは慣れている。

「私、言いましたよね。この間の会議、この予算を通しておいてくださいって！」

「ディアナ、落ち着いて」

執務室《しつむ》に怒鳴《どな》り込んだディアナのうしろから、困った顔でカトレアが止めにかかる。エルンストは素知らぬ顔で、宰相《さいしょう》のくせに従者のようにお茶を淹《い》れている。キースとはまた違《ちが》うおいしいお茶を待ちながら、クロードは作業の手を止めた。

「お望みどおり、予算は通ったはずだが」

「だったらなんで軍費がこっちに回らないんですか。しかも聞けば、もう他に予算を使ったからないって！」

「使えばなくなる。当然だろうな」

うんうんと頷《うなず》くと、エルンストが不自然な咳払いをした。どうも噴《ふ》き出しそうになったのを誤魔化したらしい。青筋を立てたディアナが執務机ごしにわめく。

「取り返してください！　エルメイアに請求《せいきゅう》してもいいんですよ」

「皇帝陛下、お茶です。あとは先日の事業についての報告書です」

「ありがとう。助かる」

「――ちょっと待ってください、なんですかこの報告書。この事業だって、なくせって私、言いましたよね。こいつが中抜《なかぬ》きしてるから」

「それは中抜きに対処すべきであって、事業は継続《けいぞく》すべきだ。学校で子どもたちに無料で昼食を提供するのは、やめるべきではない」

「こいつに金が取られるだけですよ！　何を勝手にやってんですか！」

「ディアナ、冷静に話そう。クロード様はあくまで替《か》え玉なんだから」

「そうだ、君たちにも意見を聞こうと思っていたんだ。ワルキューレの退官について」

「はい？」

ディアナを押さえながら、カトレアも目を丸くする。深く椅子《いす》に腰《こし》かけて、クロードは書類を差し出した。

「ワルキューレたちの記録をすべて見直した。前線から退《ひ》きたい者、年齢《ねんれい》的に限界な者も多く見受けられる。だが見たところ、この国ではワルキューレの退官制度がない」

「……そうですよ。この国の男共は私たちを使い潰《つぶ》すことしかしないから」

「そこで、希望者にはまず、今後編制する軍の教官になってもらってはどうか、と思う」

うるさかったディアナが、表情を消した。カトレアも真顔になっている。

「最大の理由はハウゼルの瓦解《がかい》だ。もうこれ以上、ワルキューレを増やすことができない。これからキルヴァスは、男女区別なく魔物《まもの》と戦う軍を作っていくしかない。まだワルキューレが多くいるうちに、手を打つべきだ」

「男女区別なく？　男共が今更《いまさら》、戦うって言うんですか」

「募集枠《ぼしゅうわく》が少なかっただけだ。それに今までもエルンスト含《ふく》め、男の兵士もいただろう」

「それは……」

だからなんだと噛《か》みついてくると思ったのに、ディアナは視線を泳がせた。何か男の兵士たちに、彼女たちをひるませる事情があるのか。だがカトレアがすぐにディアナをさがらせ、前に出る。

「クロード様。替え玉を頼《たの》んでおいて言えた義理ではないのですが、軍にまで手をかけられるのはさすがにいきすぎです。ヴィーカもいない状態で、困ります」

「これはヴィーカ殿《どの》の案だ。なぜかゴミ箱に捨てられていたのを僕が見つけた。間違《まちが》いなくヴィーカ殿の案だとエルンストの確認《かくにん》もとれた。そうだな？」

「はい。この案についてつい最近話し合ったので、間違いありません。おそらくゴミ箱に捨てられたのは手違《てちが》いでしょう」

「だ、そうだ。なら、ヴィーカ殿の替え玉として推《お》し進めて何か問題があるだろうか？」

カトレアが眉《まゆ》をひそめて、顎《あご》を引く。ディアナがカトレアのうしろからエルンストを睨《ね》めつけた。

「エルンスト。これ、内政干渉《ないせいかんしょう》ってやつじゃないの。止めないの」

「替え玉など目論《もくろ》んだ時点で俺たちが強く言えた義理ではないさ。むしろ、なぜ反対するのかわからないね。ハウゼルがなくなった今、ワルキューレはいなくなるいっぽう。兵の補充《ほじゅう》は、今後も魔物が出る可能性がある以上、決してさけられない問題だ」

「ワルキューレに近い給与《きゅうよ》条件で希望者を募《つの》った。応募《おうぼ》者は既《すで》に五百をこえている。この国の男性もそう捨てたものではないと思うのだが」

エルンストに嚙みつこうとしていたディアナが振《ふ》り返った。

「私たちと違って手術せずにすんで近い給与なら、そりゃ群がるでしょうよ。信じられない、予算をそんなくだらないことに使ったんですか？　そもそも使い物にならない、足手まといを作るために」

「確かに手術すれば即戦力《そくせんりょく》になれるワルキューレと違い、彼らは厳しい訓練が必要になるだろう。だがワルキューレたちが安心して退くためにも、必要な処遇《しょぐう》だと僕も思うが」

「なんにも現実を知らない、ただの替え玉のくせに」

ディアナの口調に侮蔑《ぶべつ》がこもっていた。なだめるようにカトレアがその肩を叩《たた》く。

「クロード様を替え玉にと望んだのは、私たちだディアナ。だがエルンスト、さすがにこの案はワルキューレたちの気分を害する。調整に時間をくれ」

「申し出はありがたいが、俺が調整する。そのための宰相だ」

「えらっそうに」

「それより、ヴィーカの捜索《そうさく》は？　ワルキューレにまかせろ、という話だったが、本当にまかせて大丈夫《だいじょうぶ》なのか」

すっとぼけた笑顔でエルンストが話題を切り替える。ディアナが眉を吊《つ》り上げた。

「まさかまだ疑ってるんですか、ワルキューレを？」

「事実確認だ。戦場でも俺は連絡《れんらく》を密によく言っていたはずだろう」

「ワルキューレすべてに伝達して鋭意《えいい》調査中です、エルンスト隊長。時期が時期です、他国の干渉《かんしょう》も考えられるので、国境付近も網《あみ》を張りました」

カトレアが皮肉とも仲裁《ちゅうさい》ともとれる口調で、エルンストに報告した。結論として、まだヴィーカは見つかっていないらしい。

クロードは執務机の書類の山から一枚、書類を取った。

「早く見つけてくれると僕も助かるな。妻たちはもう出港したのだったか」

「はい、そのように昨日報告を受けております。途中《とちゅう》、アイリーン様が体調を崩《くず》されて、ずいぶん慌《あわ》ただしい出港になってしまいましたが、無事お見送りさせていただきました」

体調を崩した。初耳の情報に、むっとクロードは眉根《まゆね》をよせる。

だが出港したなら海の魔物もいるし、魔物の情報網《じょうほうもう》を使えばエルメイアに連絡をとることは可能だ。そうすれば優秀《ゆうしゅう》な臣下たちがなんとかしてくれる。キースもついているし、下手はうつまい。ここでクロードが動くほうが、余計な火種をエルメイアに持ちこむだろう。

（──優秀な臣下がいる、というのは大きいな）

自分が恵《めぐ》まれているとわかる分、ヴィーカの苦労が忍《しの》ばれる。ハウゼルという厄介《やっかい》な大国を挟《はさ》んだ隣国《りんごく》同士、仲良くしたいものだ。

「クロード様を一刻も早く解放するため、私も全力でヴィーカを捜《さが》します。……もう行方《ゆくえ》がわからなくなって三日以上たちますが、あの子は絶対に無事です」

生真面目《きまじめ》に告げたカトレアに、できるだけ優《やさ》しくクロードは微笑《ほほえ》み返す。

「わかった。僕も精一杯《せいいっぱい》、替え玉をつとめよう」

「だったらおとなしくこっちの話を通すだけにしなさいよ」

「ディアナ、まかせよう」

カトレアがそう言い切ったのは、意外だった。ディアナは不満そうな顔を隠《かく》さずにいるが、口をつぐむ。

一礼し、ディアナをつれて退室しようとするカトレアに、エルンストが声をかけた。

「カトレア。……何かあるなら、報告を頼む」

「もちろんです。どうしたんですかエルンスト、急に」

カトレアは戸惑《とまど》っているように見えるが、ディアナは何が言いたいのかとばかりににらみつけている。エルンストが何か言おうとしてやめ、振り切るように胸を張った。

「――一刻も早く、ヴィーカを助けてやってくれ。彼はこの国の皇帝《こうてい》だ」

カトレアは苦笑いを浮《う》かべたあと、しっかり頷いた。

「当然です。それにヴィーカは私の大事な弟で、親友のディアナの夫ですから」

「そうか。……そうだな」

一礼してカトレアはディアナと退室する。静かになった部屋で、一応クロードは尋《たず》ねた。

「今のは？」

「……カトレアは、目を見て嘘《うそ》をつけるんですよ」

彼女が出ていった扉《とびら》から目を離《はな》さないその男は、おどけたように笑った。

「ディアナは、嘘をつくのが苦手で目が泳ぐんですけどね。──だから今のが嘘なのか本当なのかは、わからないな」

「ディアナ嬢《じょう》だけではなくカトレア嬢も、実はヴィーカ殿を疎《うと》んじているとでも？」

「いえ。ただ……カトレアにとってヴィーカは皇帝というより弟なんですよ」

それは悪いことではないはずだ。一方で、皇帝のヴィーカを支えたいエルンストの言いたいこともわからないでもなかった。弟と皇帝は、立場に大きな解離《かいり》がある。

「ただの興味本位で聞くんだが、君たちは仲が良かったのでは？」

「……俺とヴィーカは乳兄弟《ちきょうだい》、カトレアとは幼馴染《おさななじ》みです。なので、あなたに会いに行ったカトレアの話も聞いていますよ。聡明《そうめい》で落ち着いた、素晴《すば》らしいひとだったたって。文通してたのも知ってます。何かにつけてのカトレアの理想があなたなので、憎《にく》らしかったですよ」

思いがけない話にまばたく。エルンストはすまし顔で胸に手を当てた。

「俺も十分、優秀だと自負していたので。ヴィーカも同じじゃないかな。まあ所詮《しょせん》、子どもの時分の笑い話ですがね」

「……それはそれは、知らないところで恨《うら》みを買っているものだな。だが今は妻一筋だ、見逃《みのが》してほしい」

おどけて返すと、エルンストも笑った。

「見逃すも何も、俺とカトレアの間には何もありませんよ。せいぜい、ワルキューレになる彼女の助けになれればと男のくせに士官学校に通い、将官として戦場に出たくらいです」

「……十分、それは答えなのでは」

エルンストは侯爵家《こうしゃくけ》の三男だ。エルメイアと同じなら相続権は持たないだろうが、生まれも育ちも立派な貴族に違《ちが》いない。しかも戦場での活躍《かつやく》を認められ、宰相《さいしょう》の座をつかみとった異例の経歴の持ち主だ。文武両道の天才肌《はだ》なのだろう。

そんな人物が、わざわざ危険な戦場を選んだ。皇女への忠誠心を示すだけなら、他《ほか》の道もあったはずだ。

「優秀な彼女に、自分も優秀だと証明したかっただけですよ。子どもの意地です。彼女たちワルキューレを最前線に立たせて守られているだけでは、何も言えない。だから彼女たちとは戦友、というのがいちばんしっくりくるかもしれません。そうでありたいとも思っていましたから。……ハウゼル女王国が斃《たお》れてから、だいぶ互《たが》いの立場も変わってしまいましたが」

「……ハウゼル女王国が斃れたのは、どこにとっても大きいな」

「斃したあなたが、他人事《ひとごと》のようにおっしゃる」

「あれは僕だけの力ではない」

「ああ、いいですね。俺もこの国を、そんなふうにしたいんですが」

羨《うらや》ましそうに目を細めたのに、エルンストはすぐに視線を落とした。聡《さと》い彼は、既に歯車がくるい始めていることを、きちんと自覚しているのだ。

「……もしこの先、何か困ったことになれば、君もヴィーカもうちにくるといい。治めるのに困っている領地というものは、案外ある」

思いつきだが、口にしてみるといいかもしれないと思った。

だがエルンストは一笑《いっしょう》し、椅子《いす》に座るクロードを斜《なな》め下に見下ろす。

「我がキルヴァス帝国《ていこく》はエルメイアの属国になどなりませんよ。なめないでいただきたい、エルメイア皇帝」

そういう意味ではなかったのだが、そう受け取られてもしかたない言い方をした。お前の会話の仕方は魔王《まおう》のものだ直せ、という親友の忠告が耳に蘇《よみがえ》った。

「失言だった、すまない」

「いえ、俺のほうこそいらぬ愚痴《ぐち》を聞かせました。では、こちらの仕事から――」

さらにどっさりと書類を追加されそうになったところで、執務《しつむ》室の扉が叩かれた。エルンストがすぐに応じる。なお、書類は追加で置かれてしまった。

「今、いいか。急ぎだ」

エルンストの返事を待たず、アイザックが早足でこちらにやってくる。そのうしろから、周囲をうかがうようにしてベレー帽《ぼう》を脱《ぬ》いだジャスパーも入ってきて、すぐ扉を閉めた。

「皇帝が壁《かべ》にいるかもしれない」

静かなアイザックの報告に、エルンストが鋭《するど》く振り向く。アイザックは、扉に背を預けてふさいでいるジャスパーに目配せした。声量をしぼって、ジャスパーが答える。

「城下町にあるワルキューレたちの詰所《つめしょ》を見張ってたら、壁の見張りをしてたのに、気づいたら帝都のど真ん中にいたって混乱したワルキューレがやってきたんだよ」

「……強制転移されたのか？」

「そんなことができる奴《やつ》、そうそういないだろ。どうだ」

ヴィーカなら可能なのか。アイザックに問われたエルンストが首をゆるく横に振《ふ》る。

「わかりません。ヴィーカは帝都にいる間、魔力をろくに使えませんでしたから」

「――ならなおさら、本人のような気がするな。使い方がよくわからずに、帝都に強制転移させてしまったのかもしれない」

魔力の扱《あつか》いにまだ慣れていないはずだ。でなければ、見張りのワルキューレを帝都に飛ばすなんてことは普通《ふつう》、しない。ジャスパーが咳払《せきばら》いして話を続ける。

「そのワルキューレも状況《じょうきょう》がわかってないみたいだな。ただ、少なくとも壁で何かあったのは間違《まちが》いないと詰所が詳細《しょうさい》を確認《かくにん》した。ワルキューレは壁との連絡《れんらく》手段があるらしい」

「それもハウゼル製か」

「おそらく。で、壁に侵入《しんにゅう》者がいるってわかった。身元はまだ不明だが。――ここまでの話、こっちのワルキューレのお姉さん方も既《すで》に知ってるはずだが、聞いてないか？」

「何も」

短くエルンストが返す。動揺《どうよう》は見られない。何か報告があれば、そうカトレアに投げかけたときから覚悟《かくご》はしていたのだろう。一応、クロードは口添《くちぞ》えをする。

「まだワルキューレにも詳細がわからないからでは？　君たちも僕に報告を控《ひか》えていた」

「どう状況が動くかわかんねーからオッサンとの見張りを優先したんだよ」

「ま、まあまあ。確かに皇帝さんだと決まったわけじゃない。ただ、壁の侵入者がだな、どうも複数みたいで……その……」

ジャスパーが言いよどみ、アイザックに目配せする。アイザックは前置きなしに言った。

「侵入者は三人。おそらく皇帝の他に、アイリーンとあんたの従者が一緒《いっしょ》だ」

エルンストがまばたく。

一拍《いっぱく》おいたあと、クロードは執務机の上に両手を組んだ。いつもの従者がいないのだ。しかも今はヴィーカの身代わり。落ち着かなければならない。子どもに向けるような笑顔《えがお》を作る。

「そんな馬鹿《ばか》なことがあるはずがないだろう、彼女たちはもう出港したと聞いた。体調が思わしくないから、急いで…………………」

ふと思い当たってしまってクロードは押し黙《だま》る。アイザックが舌打ちした。

「レイチェルが偽装《ぎそう》してリュックが付き添《そ》って誤魔化《ごまか》したんだな。おそらく皇帝の奴、あんたが替《か》え玉になってくれるか帝都で見届けてから出たんだ。それならあんたが魔力が使えなくなった時間帯とも合う。アイリーンの乗った列車は魔王様がいないことを誤魔化すために、人目につかないようにしてた。ワルキューレの警備はあるが、それも最低限だ。他の列車より乗りこみやすかっただろうよ」

「……。いや、だがキースが許すはず」

「皇帝と接触《せっしょく》したなら向こうも知ってるはずだ。今のあんたはエレファス以下だって」

非常に反論したいところだが、問題はそこではない。それを知ったアイリーンとキースがどう考え、どう動くかだ。

想像は難しくない。まあ大変クロード様を助けて差し上げないといけませんわ、そうですねえ我が主《あるじ》ってば意外と間抜《まぬ》けですからね——笑い声と一緒に聞こえる声は幻聴《げんちょう》だろうか。

両肘《りょうひじ》を突《つ》いて、口元のあたりで指を組む。

「——状況は、理解した。僕の妻は相変わらずお転婆《てんば》だ。そして僕の従者は魔王の従者らしくなかなかやり方が悪辣《あくらつ》だ。その想定は十分、あり得る。……信じた僕が悪かった」

「ま、まだ確定ではないのでは？　それに皇后陛下ともあろう御方《おかた》が、そんな……」

「やるんだよ、あの女は」

アイザックの答えに、エルンストがなぜか焦《あせ》っている。

「ですが、周囲だってそのようなこと許すはずがないでしょう……！」

「やるんだよ、俺の嫁《よめ》さんは」

苛立《いらだ》つ声をあげるアイザックの気持ちが、非常によくわかる。

「魔王の従者ならと思ったんだが、読み違えた。あの従者、あんたのためならアイリーンも使うタイプだったな。クソ、二度と魔王側の奴ら信用しねー」

「——そんなふうに言わないでくれ、悲しいじゃないか」

今度は自然に浮《う》かんだ笑顔を向けたのに、ジャスパーが扉《とびら》にしがみついた。もちろん逃《に》げ出すなど許さない。

「状況は、よく、理解できた。ああ、とてもよくだ。これはもう、出ていってくれと泣いて請《こ》われるだけではたりないな。一刻も早く、ワルキューレを使い物にならなくしよう」

今まではあくまでヴィーカの替え玉として時間稼《かせ》ぎに従事していたが、もう悠長《ゆうちょう》なことは言っていられない。アイリーンを人質《ひとじち》になど取られたら、その時点で戦争である。

「しかし、軍の人員について見直しなど、すぐにはできません」

「そんなに時間はかけずともいい方法がある。そうだろう、アイザック」

「種ならまいといたぜ。明日《あした》から一斉《いっせい》にワルキューレ叩《たた》きが始まるはずだ」

「……ワルキューレ叩き、というのは」

ぴんとこないらしいエルンストに、ジャスパーがベレー帽を被《かぶ》り直した。

「まあ、色々な。うん、オジサンこれでも記者なんで……」

「それだけでは物足りないな。せっかくだ、僕のこの顔を使ってみるのは？」

さわやかに提案すると、ジャスパーが扉にぴったり背を貼《は》り付けた。驚《おどろ》いているらしい。

だが視線を向けたアイザックは目を輝《かがや》かせている。

「いいんだな」

「いいわけがないだろう。非常に不本意かつ屈辱《くつじょく》的だ。だが君ならば、これ以上なく的確に僕の顔を使えるだろう。それはもう僕の名誉《めいよ》も矜持《きょうじ》も無視して」

「まかせろ」

そこは力強く請《う》け負わないでほしかった。

「一体何をなさる気ですか。俺もできる限りのことはしますが……」

エルンストはやはりぴんとこないのか、ひとり困惑《こんわく》している。その顔をちらと見て、アイザックが言った。

「魔王様のせいで判定厳しめになってたけど、お前もいけるな」

「あー、ワルキューレ内でも宰相《さいしょう》になるまではファンクラブがあったって話だったぞ。ディアナが出てくるまではカトレア皇女と人気を二分してたっぽいな」

手帳をぱらぱらめくるジャスパーに、はっきりエルンストが眉根《まゆね》をよせた。

「ふぁ、ふぁんくらぶ……とは、なんですか」

「宰相になって人気を落としたわけか……逆にいけるな」

「いい口実もあるぞ。ワルキューレの退職制度についての視察だ。まずは帝都内から。これなら帝都から出る必要もない。そしてなぜか皇妃殿下《こうひでんか》たちは退職制度に反対だ」

クロードの口添えにアイザックがにやりと笑った。

「へー。そりゃやりがいがあるなあ……」

「だろう」

「あ、あの、何をするのか教えていただけないと不安なのですが」

「心配すんな、ただの仕事だよ。お膳立《ぜんだ》てはこっちがやる。何、魔王の顔がありゃ勝ちは最初から決まってるしな」

「いえあの、だからなぜ顔……」

エルンストを置いてクロードは決断する。

「さあ、競争だ。アイリーンと僕たち、どちらが早くワルキューレを仕留めるのか。大丈夫《だいじょうぶ》、何が起こっても僕たちのせいではない」

「だな」

アイザックが同意する。彼も妻の仕事ぶりを好ましく思いつつも、許せないものが普段《ふだん》からあるのだろう。今だけは同志だ。

「今から起こることはすべて、僕の顔を放置した妻のせいだ」

きっぱり言い切ったクロードに、ジャスパーが合掌《がっしょう》する。

エルンストはまだ困惑しているが、ここでもう一回り成長してもらわねばならない。

世の中、軍事力だけが武器ではないのだ。


アイリーンたちが潜入《せんにゅう》した区画から、ハウゼルに関係すると思われる区画まで、それなりに距離《きょり》がある。なら、確実に警備が厳しくなった壁《かべ》の中を進むより、いっそ外を進むほうが安全だ。魔物《まもの》に出くわすかどうかは運――魔物に出会ったほうが情報を得られる可能性もある。

そう考えてアイリーンたちは遠目に壁を見ながら日暮れ前まで進んだが、結局あれきり魔物に会うこともなかった。ワルキューレが追ってくる気配もなかった。アイリーンたちが壁の内側にいる限りは、閉じこめているのと同じことだからだろう。弱らせてから始末する作戦も考えられる。

だが、ヴィーカの魔力があれば、寒空の下見つけた小屋の中で休むこともたやすい。火をつけることも、なんなら小屋ごと結界で目隠《めかく》ししてしまえるのだ。しかも小屋は使われていたものらしく、水や保存食まであった。それらを使い、キースが夕餉《ゆうげ》を作ってくれる。衣服の汚《よご》れもヴィーカの魔法で一瞬《いっしゅん》で綺麗《きれい》になる。

現時点での問題は、寝台《しんだい》がひとつしかないことくらいだった。

「我々は長椅子《ながいす》で寝《ね》ますので、アイリーン様はどうぞこちらで」

キースが寝台の前にコートやマントを広げて吊《つ》り下げながら言う。衝立《ついたて》代わりだ。

「お体に何か問題はございませんか？」

「ないわ。……心配なのは、むしろあちらね」

吊《つる》した毛皮のコートの隙間《すきま》から見える、ヴィーカの横顔を目で示す。赤々とした暖炉《だんろ》の火に照らされたヴィーカは、ぼんやりと窓の外を見つめていた。声をひそめているとはいえ、こちらの会話に気づいている様子もない。

「魔力の使いすぎということはないと思うけれど……なんだかあぶなっかしいわ」

「でも反抗期《はんこうき》のクロード様よりはしっかりしてらっしゃいますよ」

目をあげると、キースが笑い返した。

「我が主にもありましたからね、思春期も反抗期も」

「……想像できないわ」

「でしょうねえ。ただ、さすがに私めも魔物との関係については想像しかできません。我が主とすべて同じというわけでもないでしょうし……あんなことがあってはね」

キースもヴィーカが心ここにあらずな原因は、昼間見た魔物にあると考えているのだ。

人間が魔物になった。魔香《まこう》はきっかけにすぎないだろう。魔香の効能で人間が魔物じみた力を持つことはあるが、あくまで人間のまま、魔物にまではならない。魔物になるのは、クロードやゼームスのようなもともと魔物になる素養がある者だけだ。

だがあの人間は、魔物になったのだ。

「我が主に応《こた》えなかった理由も、魔王が誰《だれ》かよりも、あれが根本原因なんでしょうね」

元が人間だから、魔王であるクロードには従わない――確かに筋は通る。

「いずれにせよ、まだ何もわかっていないに等しいです。あの魔物になった人間を基本として考えればいいのか、例外なのかすら」

「……そうね。早とちりは禁物だわ」

「私め、追加の薪《まき》を取ってまいりますね。ヴィーカ様はおまかせします」

眉《まゆ》をひそめるアイリーンに、キースは片眼《かため》をつぶってみせた。

「アイリーン様のほうが適任ですよ。あなたは、魔物に堕《お》ちそうになった人間を人間側に引き戻《もど》すのが得意な御方ですから」

「それはあなたのほうでしょう。クロード様を人間に引き止めていたのは、あなたよ」

「買いかぶりです。私めは、最後の最後で一緒《いっしょ》に堕ちてやる側の人間なので」

反論できないうちに、キースは防寒具を被り直し、出ていってしまった。

残されたアイリーンはしかたなく、毛皮のコートでできた衝立から出て、ヴィーカが座っているテーブルに近寄る。ヴィーカの手元にあるカップの白湯《さゆ》は、すっかりさめていた。

「気分がすぐれない？」

「……いいえ。そういうわけではないですが……魔物の声が、聞こえないかと思って」

それでずっと窓の外を見ているのか。アイリーンはヴィーカの斜《なな》め前の椅子《いす》に腰《こし》をおろす。

「でも、だめですね。……帝都《ていと》から出たら、あるいは一度でも魔物に会えば、と期待してたんですが……魔王の生まれ変わりというのはやはりクロード兄様で、私ではないようです」

「残念そうね。……あなた、実はワルキューレに対抗《たいこう》するために魔物を制御《せいぎょ》したかったわけではないの？　本当に、魔王になりたかった？」

「さあ……どうでしょう。……私はもともとあまり味方が多くありませんでしたし、ワルキューレたちは、はっきり言えば敵です。だから魔物は仲間のような気がしていたのかもしれません、勝手に」

仲間をさがす目——そう思えば、ヴィーカの切なげな表情も頷《うなず》ける。だが、彼がそちら側にいくのは困る。

「お姉様やエルンスト様、国は心配ではないの？」

「エルンストは優秀《ゆうしゅう》ですから、心配してません。姉は……私よりクロード兄様がそばにいるほうがいいんじゃないかな」

「あら、わたくしの前で堂々と匂《にお》わせるのね」

「お気づきでしょうに」

「なんのことかしら。わたくし、カトレア様とクロード様が仲良しでとっても嬉《うれ》しいのよ。クロード様もあまり人間のお身内に恵《めぐ》まれなかったものだから。親戚《しんせき》づきあい、大歓迎《だいかんげい》だわ」

ヴィーカが興味を引かれたようにこちらに視線だけをよこす。だが、すぐにまた窓の外へと向いてしまった。

「……今となっては姉に可哀想《かわいそう》なことをしたと思いますよ。あなた相手ならば圧勝だと思ったんですがね。エルンストも、古傷をえぐっただけかもしれないな……」

「さっきから他人の話ばかりだけど、あなた自身はどうなの？　好きな女性とか、いなかったのかしら」

ヴィーカがこちらを向いた。思いがけない反応のよさに、アイリーンはまばたく。

「あら、いるのね？」

「……いる……んですかね。まだ自覚が薄《うす》くて……自分の気持ちに自信がないんです」

考えこんでいる様子が妙《みょう》にあどけなくて、普通《ふつう》の青年のように見える。これは、本気なのではないか。野次馬よろしく、アイリーンは身を乗り出す。

「今は私的な場だもの。新婚《しんこん》早々、だなんて野暮《やぼ》なお説教はしないわ。続けて」

それに、このままだとディアナとの関係は破綻《はたん》する可能性が高い。ヴィーカもそこに言及《げんきゅう》することなく、おかしそうに笑って答える。

「でも、嫌《きら》われてるんですよ」

顔良し、身分良し、頭の回転もいいし行動力も決断力もある。クロードより人当たりも愛想《あいそ》もいい。雑にまとめると『若くて茶目っ気のある優《やさ》しそうなクロード』だ。こんな好青年に迫《せま》られて落ちない人間などいるのか——いや、いない。

「にわかには信じられないわね。あなたの気持ちが伝わっていないだけではなくって？」

「それはそうかもしれません……ね？」

「ほら、その煮《に》え切らない態度」

自覚が薄ければ、きちんと口説くこともできないだろう。

「あなたにないのは自信ではなく、勇気ね。せっかくの顔を存分に使ってはどうなの」

「と言われても、この顔でも無理なものはありますよ」

「顔がいい自覚があるんじゃないの。いい？　見つめるだけで振《ふ》り向いてもらえるなんて、そんなに都合よくはいかないわ。いえ、その顔ならありえるかもしれないけれど、それはただの傲慢《ごうまん》。甘えというものよ。きちんと意中の女性には誠実なアピールを——」

「こんなふうに？」

頬杖《ほおづえ》を突《つ》いたヴィーカが、小首を傾《かし》げてアイリーンの顔を下から覗《のぞ》きこんできた。

しばらく至近距離で見つめ合ったのち、アイリーンは静かに頷き返す。

「そうよ。やればできるじゃないの」

「でもほら、貴女《あなた》は意識してくれない」

「わたくしを誰の妻だと思って？」

本当は心臓が早鐘《はやがね》を打っているが、それを隠《かく》せる程度には慣れている。ヴィーカがアイリーンの内心を知ってか知らずか、くすりと笑った。

「まあ、所詮《しょせん》この程度です。あまり活用したこともありませんし」

「そ、そうね。そのほうがいいわ」

「さっきと言ってること逆ですよ。まさか、動揺《どうよう》なさってる？」

「いいえ！　見た目ではなく中身も大事だと思い出したのよ！」

拳《こぶし》を握《にぎ》って力説すると、ヴィーカが声を立てて笑った。無邪気《むじゃき》な笑い方だ。

ただでさえクロードそっくりなのだ。加えてクロードにはない子どもっぽさが、危険きわまりない。アイリーンは咳払《せきばら》いをした。

「それで、あなたの想《おも》い人はどなたなのかしら。わたくしが知っている女性？」

「まだ自信がないので黙秘《もくひ》します。本当に、よくわからないんですよね、自分の気持ちがどういう類《たぐ》いのものなのか……優しい気持ちとは言いがたくて」

「あら。彼女を見ると苛々《いらいら》するとか？　それは気にかかってしょうがない反発の表れ――」

「いえどちらかと言えば、泣かせたいですね」

アイリーンは口を止めて、まじまじとヴィーカを見返す。真顔だった。

「なんなら、屈辱《くつじょく》にゆがんだ顔が見てみたい」

だん、とアイリーンは両の拳をテーブルに叩《たた》き付け、唸《うな》る。

「なぜそうなるのっ……そういう運命なの……!?」

「ですよねえ。やっぱり恋《こい》ではない――むしろ私も彼女を嫌っているのではと」

「いいえそれは恋よ！　その話、聞いたことがあるもの、わたくし……！」

両手で顔を覆《おお》って嘆《なげ》く。そうして不思議そうにしているヴィーカの手を取った。

「いい、いつでもわたくしに相談なさい。でなければお相手の女性が気の毒よ……！」

「あ、有り難《がと》うございます。ですがあいにく、獲物《えもの》は自分で狩《か》る主義で」

「そ、そう……」

照れ笑いを浮《う》かべるヴィーカから、絶望的な気持ちでアイリーンは距離《きょり》を取る。

クロードは大人だ。自覚をもってその魅力《みりょく》を使う分、たちが悪いが加減がきく。だがヴィーカはその気になったら、相手の事情もおかまいなしに全力でいくのではないか。そう考えるとただただ恐ろしい。

「……でも、安心したわ。その女性がいる限り、あなたは人間を選ぶわね」

ヴィーカが首をかしげて、唇《くちびる》だけで笑う。

「嫌われているのに？　片想いなんですよ」

「ご自分の顔を見てご覧なさいな」

鏡はないので、カップの中でゆれている水面を指す。ヴィーカが視線を落とした。

そこに、魔物《まもの》と人間の狭間《はざま》でゆれる物憂《ものう》げな青年はいない。

生き生きと輝《かがや》く瞳《ひとみ》と、獲物を前にしたようなおさえきれない笑《え》み。自分の望む未来を楽しみにする顔——恋に生きている人間の顔だ。アイリーンに仕置きしようとたくらむクロードとそっくりに見えるのは、幻覚《げんかく》として処理しておく。

「そんな顔で狙《ねら》われる女性が可哀想よ」

そっぽを向いてつぶやくと、ヴィーカは笑い、やっと白湯《さゆ》を口にした。

ぶるっと足元から冷えがきた。隣《となり》にいたエルンストが気を遣《つか》って、携帯《けいたい》用の瓶《びん》からお茶を出してくれる。カップにも使える蓋《ふた》に注ぎ込まれたお茶が、優しい湯気をあげた。魔石を練り込んだ金属で作られた保温瓶だ。やはり、キルヴァスのほうが技術が進んでいる。

(戦争するとなると、やはり勝ちは厳しい気がするな。魔物を総動員して、引き分けといったところか……)

アシュメイルを巻きこめば勝ち目はあるかもしれないが、聖王は激怒《げきど》するに違《ちが》いない。そうだ、今度会ったとき軍事同盟を結ぼう。そうすればアシュメイルを巻きこめる。

温かいお茶を飲んで、ほっと息を吐《は》き出す。足元からくる寒気が引いた。

「ありがとう。安心するな。誰《だれ》かが僕の悪口を言っているような寒気がしていたんだ」

「謙遜《けんそん》するなよみんなだろ、誰かなんかじゃねーって」

「……」

「あそこだな。ワルキューレたちの詰所《つめしょ》」

クロードに見つめられてもまったく動じず、地図を確認《かくにん》したアイザックが先を示す。

帝都の郊外《こうがい》、人気のない区画にその建物はあった。帝都の四方に配置されたワルキューレたちの詰所のひとつだ。そのうち最もさびれた場所である。左遷先《させんさき》、ともいう。

だがきっちり門には見張りが立っている。向こうも警戒《けいかい》しているはずです。難しい顔でエルンストが切り出した。

「……あんな記事が出たばかりだ。向こうも警戒しているはずです。俺はあちらの部隊に知り合いはいないですし……ワルキューレの詰所は基本的に許可のない者以外出入り禁止、男性は特に警戒されます。やはり、門前払《もんぜんばら》いされるだけでは？」

「そうならないようにちゃーんと手順教えてやっただろ」

「手順と言われても……善意につけこむような策は感心しない。やはり、ここは皇帝《こうてい》か宰相《さいしょう》として正規の手順を踏《ふ》んで訪問すべきだ」

「だからそれじゃ時間もかかるしもっと警戒されるっつってんだろ、不意をつくから意味があるんだよ。うだうだ言うな、行け。ほら、魔王様も行け」

「待ってくれ、心の準備が必要だ。いくら僕でも複数の女性を相手にするとなると緊張《きんちょう》」

「謙遜するなよ絶好調だろ、緊張なんかじゃねーって。いーからさっさと行け、おら」

げしっと勢いよく尻《しり》を蹴《け》っ飛ばされた。

あまりのことにクロードは身構えることができず、建物の陰《かげ》から出てそのまま石畳《いしだたみ》の地面に転ぶ。顔面からの着地はさけたが、そういう問題ではない。

　魔王が、ただの人間に蹴っ飛ばされて、転んだ。あり得ない。現実であるはずがない。

（今の僕は、本当にエレファス以下なのか……⁉）

　そんなわけはない。今のはそう、油断しただけだ。だがしかし、転んだのは紛《まぎ》れもない事実であった。石畳に突いた手を握りしめる。あまりの衝撃《しょうげき》と屈辱に震《ふる》えていると、慌《あわ》ててエルンストが駆《か》けよった。

「だ、大丈夫《だいじょうぶ》ですか……⁉」

「どうした、怪我《けが》でもしたのか。それとも具合が？」

　門番のワルキューレが、なかなか起き上がらないクロードを気にしたのか、こちらにやってきた。アイザックはこれを狙ったのだ。

　ワルキューレの手が目の前にきてから、クロードは顔をあげる。

「すまない……大したことではないんだ……」

　親切なワルキューレも、なぜか横にいるエルンストまで固まった。

　ゆっくりと起き上がり、膝《ひざ》をついたクロードは儚《はかな》く微笑《ほほえ》む。

「少々、立ちくらみがしてしまって……すまない、みっともないところを」

「そ、そうですか……た、立てますか。怪我は」

「ありがとう、親切なひとだ。だが、迷惑《めいわく》をかけるわけにはいかない……」

「私はワルキューレ。守るのが仕事です。あなたは――あっ」

そこでやっと皇帝の顔と記憶《きおく》を一致《いっち》させたらしいワルキューレの唇に、クロードはそっと人差し指を当てた。

「すまない。騒《さわ》がれたくないんだ」

「――っそ、そう、ですねっ⁉」

声がひっくり返っている。彼女が動揺している今のうちだ。ちらと視線を向けると、はっとエルンストが背筋を伸《の》ばした。

「す……すまないが、詰所で休ませてもらえないだろうか」

「そ、そう……言われましても……一般《いっぱん》の方を入れるのは、許可が必要で」

「彼は一般人ではない。無理を言ってすまないが……頼《たの》む。君にしか頼めない」

――何か押し通したいときは、相手の目をじっと見て真剣《しんけん》に、頼《たよ》れるのはそこしかないと苦《く》悩《のう》しながら頼み込め。

アイザックのアドバイスをそのまま忠実にエルンストは実行した。本人はあまりよくわかっていないのだろうが、ワルキューレの頬《ほお》の赤らみが濃《こ》くなるのがはっきり見える。苦悩する好青年の姿へのときめきと、頼られているという高揚《こうよう》だ。

つまり、善意につけこんだ外道《げどう》のやり口である。なお、顔がいい場合に限る。

「そ、そこまで言われるの、でしたら……！」

「そうか。助かる。さ、ヴィーカ様」

こちらを振《ふ》り向いたエルンストを、クロードは減点した。ほっとして自然にほころんだ頬がいい笑顔を作っているのに、こちらに向けてどうする。ここは目の前のワルキューレに見せて好感度をあげるところだ。

とはいえ、出だしとしては上々だろう。

ワルキューレに案内されながら、そっとクロードはうしろを振り返ってみる。建物の陰からしかめっ面《つら》のアイザックがしっしと手を振り払《はら》うのが見えた。クロードを労《いたわ》る気持ちはまったくないようだ。妻の下僕《げぼく》たちは本当に命知らずである。

だが、彼もこのあとジャスパーたちと連絡《れんらく》をとり、動く予定だ。まだ始末はできないというがっかり感を体調の悪さにすり替《か》えて、詰所に入りこむ。

突然《とつぜん》の皇帝と宰相の訪問に、動揺《どうよう》が走った。疑惑《ぎわく》と批判的な目が半分、だが弱っているふうのクロードに直接敵意を向けてくるような猛者《もさ》はいない。門番のワルキューレが正義感を発揮してくれたのも幸いした。何より、クロードは弱った様子を見せるだけで城を建てる金銀財宝を確保できる自信がある。

最初にこっそり暖炉《だんろ》の薪《まき》がたされ、礼を言うと毛布が運ばれた。次に温かいハーブティー、クッション、クッキーに果実水、シチューにひたす白パンが出されるまであっという間だ。

「これが……顔の威力《いりょく》……」

「何を言う。ワルキューレたちの優《やさ》しさだ」

「そう……ですね……勉強になります……」

目をそらすエルンストも困り果てた姿に同情され、しっかり菓子《かし》を差し入れられている。いつもなら堅物《かたぶつ》らしく断るらしいが、今回はアイザックからありがたく受け取って礼を言え、なんならそれ以上に頼れ甘えろと厳命されている。生真面目《きまじめ》に堅苦しい感想を述べたあげく不器用に紅茶を頼んで、ぽかんとしたワルキューレに笑われていた。素質はあるのだから、さっさと武器にしてほしい。

だがワルキューレたちも、顔だけですべてだまされてくれる女性たちではない。

「皇帝がまたタイミング良く具合が悪くなったもんだねえ。宰相まで一緒《いっしょ》に」

ワルキューレたちから呼ばれたのだろう。背の高い女性がひとり、奥からやってきた。驚《おどろ》いてエルンストが立ち上がる。

「イレーナ！　どうしてあなたが帝都《ていと》の、こんなところにいるんだ」

「人事異動ってやつだよ。今は魔物《まもの》もおとなしくしてるし、壁《かべ》にいなくていいからね」

「……知り合いか？」

尋《たず》ねると、エルンストは頷《うなず》いた。

「俺がひよっこだったときにお世話になりました。階級は俺のほうが上ですが……豪傑《ごうけつ》と呼ばれる、現在のワルキューレでも五本指に入る方です」

「ただの古参兵だよ。体調が戻《もど》ったらさっさと出ていっとくれ。こっちも忙《いそが》しくてね」

笑っているが、クロードたちの訪問をあやしんでいるのは言い回しで伝わった。

エルンストが声をひそめて尋ねる。

「それは、今朝出た記事のせいだろうか」

はっと周囲のワルキューレたちが息を呑《の》んだ。それを見て、イレーナはクロードの正面にある、背もたれのない椅子《いす》にどっかり座りこむ。

「ああ。ひどい記事だよ。帝都の見回りで、石を投げられたって子もいる」

今朝方、帝都を賑《にぎ》わせた記事は、新しい皇妃《こうひ》――ディアナの資質を疑うものだった。他国の賓客《ひんきゃく》への横暴な振る舞《ま》い、傲慢《ごうまん》な物言い、あげく世継《よつ》ぎを作ることも含《ふく》めた皇妃の仕事を放《ほう》り投げて、軍事費を使い込んでいるという疑惑が暴露《ばくろ》されたのだ。

それにともなう、一部のワルキューレたちへの厚待遇《こうたいぐう》も批判された。魔物との戦いで帝民《ていみん》が貧困にあえいでいるのに、贅沢《ぜいたく》をするワルキューレといった具合だ。

「とはいえ、ああいうのは放置しとけばそのうち落ち着くさ」

「そうか……こちらも皇妃殿下《でんか》が急ぎ対処してくれているところだ」

「……それはそれは、有り難《がた》い話だね」

イレーナが眉間《みけん》のしわを揉《も》む。少しも有り難く思っていないことが知れた。

ディアナは怒《いか》り、各新聞社に抗議《こうぎ》しにいった。カトレアもそれに付き添っている。おかげでこうしてクロードたちは自由に動けているのだが、ディアナのことだ。好き勝手暴れて、夕刊も盛り上げてくれるだろう。イレーナも同じことを想像している。

彼女はおそらく話がわかるほうだ。クロードは体を起こした。

「よかったら君たちの話も聞きたいのだが」

「エルンスト。厄介《やっかい》ごとはごめんだよ。さっさとその坊《ぼう》やをつれてお帰り」

「特に君たちの境遇《きょうぐう》や、階級について実情を知りたい」

今度こそはっきり、こちらに聞き耳を立てているワルキューレたちに動揺が走った。イレーナはエルンストからクロードに視線に移す。

「有能な者が取り立てられる。それだけの話さ」

「つまり君たちは、無能だからここにいるのだ、と?」

周囲を見回すクロードに、誰《だれ》かが身を乗り出すのを、腕《うで》を出してイレーナが押さえる。

ワルキューレは国の犠牲《ぎせい》になった。だから報《むく》われるべきである。それがディアナの主張だ。

だが、ワルキューレは大所帯だ。それだけ人間関係が存在する。何より、戦績に伴《ともな》う階級があり、待遇も比例する。となれば必ず勝ち馬に乗れる者と乗れない者が出てくる――そこにアイザックとジャスパーは目をつけた。

ゆったり背もたれに体重を預けて、クロードは二本指を立てた。

「ワルキューレになる人物には大きく二通りの事情がある。親などに売られてワルキューレにさせられた者。そして、自分から志願した者。皇妃は前者、姉様は後者だ」

「……そうだね。それがどうかしたかい?」

「ワルキューレは被害者《ひがいしゃ》である、という思想を持つ皇妃にとって、国を守ることを自ら決めて志願したワルキューレたちは邪魔《じゃま》だ。本当は志願などしたくなかった、周囲に強制されてワルキューレになった――と言ってもらわねば困る。そう言わない者は無能。それが今のワルキューレたちの評価基準なのでは?」

実際に、ディアナは自分の主張に同意し、手足となって動くワルキューレたちの待遇を底上げしている。

そしてここのワルキューレたちは、勝ち馬に乗れなかった者たち――ディアナたちの評価基準で『使えない』と判断された者たちだ。

「……ワルキューレの待遇を変えていくためにはその程度の処世術、必要だろうさ。それにアタシらは国を守るために戦ってる。そこに矜持《きょうじ》があるんだよ」

冷静なイレーナはなかなかのってこない。だが、皆《みな》がそうではない。

矜持も尊厳も大事だ。だが、記事には給与《きゅうよ》から何からはっきり数字が出されていた。その差を目に見える形で突《つ》きつけられた他《ほか》のワルキューレたちが今、どう思っているか。

数字は暴力なのだ。まったく、アイリーンの部下たちはやり方がえげつない。

「わかっている。だからこそあの記事を見て、私は考えた。これから減っていくワルキューレたちに他の道――退官制度を作りたい」

意表をつかれたのかイレーナがまばたく。ざわっと周囲にもどよめきが走った。

「ワルキューレは大半が戦場で死亡するせいで、退官がない。だがこれからは違《ちが》う。まず、男性の兵士を増やす。ワルキューレが減る以上、その道はさけられない。君たちと同じ、国を守るために軍人になった同志だ。ただ、彼らの教育には時間がかかるだろう」

「……アタシたちみたいに手術を受けた瞬間《しゅんかん》、魔槍《まそう》を使えるわけじゃないからね」

「そこで、ワルキューレたちの退官制度だ。年をとって前線がつらくなった者、怪我《けが》をした者もいるだろう。彼女たちを退官させて、後進の育成に励《はげ》んでもらいたい」

「だからディアナではなく、こっちにつけってのかい、坊や」

はっきりイレーナが切り込んできた。

「言っておくけどね、アタシらはディアナと帝室《ていしつ》なら前者のほうが理解できるんだ。あの子たちほど帝室や国や男を毛嫌《けぎら》いできないってだけなんだよ。宰相《さいしょう》になったっていうエルンストにも、ちょっぴり失望したね。所詮《しょせん》お貴族様、男の考えることだって」

「わかった。エルンスト、お暇《いとま》して次に行こう」

組んでいた足をほどいて立ち上がる。エルンストが腰《こし》を浮《う》かせた。

「へ、陛下。いいんですか」

「いやにあっさりだね……次だって？　待ちな、他にもこの話をする気かい？」

「でなければ平等じゃないだろう。皇妃は忙しいだろうし」

イレーナの見開いた両目に、クロードは笑顔《えがお》を焼き付ける。

「投げられた命綱《いのちづな》をいらないというのは、そちらの都合だ。私はこうして綱を投げたという事実だけでいい」

ディアナは自分に忠誠を誓《ちか》わないワルキューレたちに、疑心を深める。疑心は分断を呼ぶだろう。クロードはここにきただけで、もう目的を達しているのだ。

「……っなるほど、アタシらを味方につけにきたわけじゃないってか」

「――いや、イレーナ。俺は、あなたに協力してほしい」

両の拳《こぶし》を握《にぎ》り、エルンストが座り直す。クロードが咎《とが》めるように見ても、エルンストはまっすぐイレーナから視線を動かさなかった。

「わだかまりをなかったことにしろとは言わない。だが、これからのことも考えてほしい。ワルキューレはいずれいなくなる。……俺は、あなたたちを反逆者で終わらせたくない」

「そうは言うけどね。ワルキューレたちが決起すれば、あんたらに勝ち目はない。反逆じゃなく、革命になるだろう。それは自業自得《じごうじとく》ってもんだよ」

「では首尾《しゅび》良《よ》く革命がなせたとしよう。諸外国はどうする？　話は国内に留《とど》まらない。ディアナはハウゼルと、その背後にいるエルメイアも敵視している」

「……エルメイアに攻《せ》めこんで戦禍《せんか》を広げるってんなら、さすがに止めるさ」

「ワルキューレ同士で戦うのか？　なら結局、あなたの最後は反逆者になってしまう」

ぐっとイレーナが詰《つ》まる。エルンストはたたみかけた。

「万が一止められたとしても、エルメイアが攻めこんできたらどうするんだ？　ヴィーカはエルメイア皇帝《こうてい》と既《すで》に親交がある。そのための結婚《けっこん》式だった」

「まさか、ディアナたちのことを――ワルキューレたちは危険だと警戒《けいかい》させるために、結婚式に呼んだってのかい。……本当に、皇帝がそこまで考えて？」

「俺はエルメイアを巻きこめと命令されていた」

イレーナが疑いの目をクロードに向ける前に、エルンストが断言した。

ほとんど綱渡《つなわた》りでここまできたのに大見得《おおみえ》をきったことに、クロードは感心する。なかなかの肝《きも》の据《す》わりようだ。

「ヴィーカは──皇帝陛下は、カトレアが言うような守られるだけの王ではない」

イレーナが前髪《まえがみ》をかきまぜ、苦い顔で考えこんでいる。ここは援護《えんご》すべきだろう。

「エルンスト、もういい。私は国を守るワルキューレに敬意は払《はら》うが、お前を馬鹿《ばか》にする者に払う敬意はない」

顔をあげたイレーナの瞳《ひとみ》に冷たい笑みが映ったことを確認《かくにん》して、クロードは踵《きびす》を返す。さながら、波が引いていくように。

「──待つんだ、坊や……いや、皇帝陛下」

扉《とびら》に手をかけたところで、声がかかった。

「よく、わかったよ。……確かにあんたがここにきた時点で、アタシらは詰みだ。今のディアナもカトレアも見逃《みのが》しちゃくれない。疑われる。そのうえ、あんたがワルキューレを手懐《てなず》けようとしてるんじゃなく潰《つぶ》す気なら、なおさらアタシたちに逃《に》げ場はない」

振《ふ》り向くと、イレーナも立ち上がってこちらを見ていた。

「そもそもあの記事が出たのも、あんたの策だね」

「まさか、私がそんなことをするわけがない」

真顔で言い返すと、イレーナが噴《ふ》き出した。

「あっはははは！　こりゃまいった、不意をついたつもりだったけど動じもしないのかい。なかなかの役者じゃないか。アタシもヤキが回ったもんだ。……あんたを見くびってたよ、悪かった。エルンストはいい主君を選んだ。謝罪させとくれ」

エルンストが目を輝《かがや》かせる。イレーナは頷《うなず》いた。

「退官制度、大賛成だ。握手《あくしゅ》は不敬かい？　皇帝陛下」

差し出された手をヴィーカなら取る。だからイレーナの硬《かた》い手を握り返した。

「……戦い続けた者の手だ」

「それをわかってくれるのはいい男さ。何かわかれば、教えてやる。ああ、あとは誰か矢面《やおもて》に立たせなきゃいけなくなったら、アタシにしといてくれ。若い子が背負ってくにゃ重い。年のいったおばさんが若い子に嫉妬《しっと》して保守的になるのは、よくある話さ」

あっけらかんと腹をくくったことを言う女傑《じょけつ》に、クロードは握った手を取り直した。

「あなたのような女性の協力を得られて光栄だ」

感謝と敬意をこめて、その甲《こう》に軽く口づける。色めきたった声があがった。イレーナがまばたいたあと、深く嘆息《たんそく》する。

「顔がいい男ってのは得だねぇ、信じたくなっちまう。えげつない」

「誠意をみせたつもりなんだが。なあ、エルンスト」

「いえ、今のは顔の力でした」

真顔でエルンストが答える。味方に背後から刺《さ》されたクロードのしかめっ面《つら》に、腰に手を当てたイレーナと周囲のワルキューレたちが笑い出した。

まあいい。これで思ったようにことは進むだろう。挑発《ちょうはつ》した分、反発は大きいだろうが、妻たちからは目をそらせる――と考えて、クロードはふとまばたいた。これでは囮《おとり》を買って出たようだ。妻をやりこめたいのか、助けたいのかわからない。

(まったく、僕の妻は誰《だれ》をやりこめるために、何をしているのだか)

ひそかに笑ったクロードに、イレーナが苦笑いする。

「冗談《じょうだん》だよ。そんなにあくどい顔をしないでおくれ」

「――あくどい?」

「ああ、完全に悪巧《わるだく》みをしてる魔王《まおう》の顔だよ」

ヴィーカになりきろうとしているからだろう。そうひとりで結論づけ、クロードはにこやかに善処を約束した。

第五幕　悪役令嬢の華麗なる暗躍

運動は妊婦《にんぷ》には必要だ。だがあくまで適度な、である。

「大丈夫《だいじょうぶ》だって言っておいてなぜ警報を鳴らすのです、ヴィーカ様！」

「すみません、まだ魔力《まりょく》の扱《あつか》いに慣れなくて……うまくいくと思ったんですが」

「もう全部それで言い訳する気ですね。──あれじゃないですか、あの行き止まり！　アイリーン様が言っていた昇降機《しょうこう》ですよね⁉」

「そうよ、急いで中に！」

既に昇降機の扉があいていたので助かった。真っ先に駆《か》け込んだアイリーンは、まず扉を閉めるボタンを叩《たた》く。その間にキースと、最後にヴィーカが飛び込んできた。

うしろから追ってきていたワルキューレのひとりが叫《さけ》ぶ。

「待て！　あれは……っヴィーカ皇帝か⁉　なぜここにいる！」

真っ白な昇降機の扉が閉まった。行き先は決まっているのか、操作しなくても昇降機は勝手に動き始める。両肩《りょうかた》に上からのしかかるこの重力のかかり方は、下におりているのだろう。

ひとまずワルキューレから逃げられた。だが、ヴィーカは舌打ちする。

「この昇降機、魔力を無効にするんですね」

アイリーンは真っ白な壁《かべ》に手でそっと触《ふ》れてみた。昇降機の造りは広いが、壁がすべて真っ白なせいで妙《みよう》な圧迫感《あつぱくかん》がある。空中宮殿《きゆうでん》と同じ感覚だ。

「神石でできてるのね。聖なる力で動いてるんだわ。……わたくしたちの正体もわれたかもしれない」

先日の反省を踏《ふ》まえ、警報に引っかかって姿を隠《かく》せなくなっても、アイリーンたちの姿形が正確に認識できないよう、ヴィーカがワルキューレたちに魔法をかけていた。

だが昇降機に逃げ込んだことで、少なくともヴィーカの顔は見られてしまった。アイリーンは臍《ほぞ》をかむ。キースが明るい声を出した。

「ばれたと仮定して、我々はどうしますか、アイリーン様。大事なのはそこです」

深呼吸をしたアイリーンは気持ちを切り替《か》え、答える。

「決まっているでしょう。わたくしたちは卑劣《ひれつ》なヴィーカ様に脅《おど》されて、ここまで無理矢理つれてこられたのよ。つかまったら何もわからない、知らない、そう証言するわ」

「ええー……いいですけど、説得力ないですよ全然……」

「あら、それで通るはずよ？　わたくしはクロード様に甘やかされて、何も世の中のことを知らない役立たずな女。そう向こうは認識しているはずだもの」

艶《あで》やかに笑ったアイリーンに、キースがにこやかに頷き返す。

「さすが魔王の妻です。ひとを騙《だま》すことにも切り捨てることにも躊躇《ちゆうちよ》がありませんね」

「お褒《ほ》めにあずかり光栄だわ」

「褒められてるんですかね……私にはちょっ、と」

ヴィーカの声が不自然にゆらいだ。昇降機が速度を落としたのだ。到着《とうちゃく》が近い。

キースが眼鏡《めがね》をもちあげたあと、ふとこちらを見た。

「そういえばアイリーン様。なぜこの昇降機を目指そうなんて言い出したんです？」

「えっ……だ、だって地下におりるなんて技術、エルメイアにはもちろんだけど、キルヴァスにだってないでしょう？　となれば昇降機もその先の場所も、ハウゼルが作ったはずよ」

ゲームでワルキューレの手術や治療《ちりょう》など、ハウゼルと関《かか》わりがある場所に向かう際には必ず昇降機を使っていたことを覚えていただけだ。だが、適当にでっちあげたわりには説得力があった。ヴィーカが頷く。

「昇降機自体、建物の図面になかったですからね。何か隠されてるのは間違《まち》いないと私も思いますよ。さすが目ざといですね、アイリーン様は」

「そ、そうで——いえ、それは褒めているの？」

「私めもアイリーン様の慧眼《けいがん》には常々敬服しておりますよ」

失礼なことを言われた気がするが、反論はやぶ蛇《へび》なので黙《だま》っておく。それよりも階数表示もない昇降機が辿《たど》り着いた先が大事だ。

到着音と一緒《いっしょ》に、扉が開いた。

黒い床《ゆか》と天井《てんじょう》がまっすぐ伸《の》びていた。どちらにも、方向を指し示すように等間隔《とうかんかく》に光源が設置されている。どこかへ続く、回廊《かいろう》のようだ。意を決して白い箱から出る——その先に広がった光景に、アイリーンは思わず、そのままの言葉をこぼした。

「女王の青い国……」

「……これ、ひょっとして海の中ですか……？」

おそるおそる、キースが透明《とうめい》な壁をさわる。分厚い硝子《ガラス》でできているようだ。その向こうは、青で埋《う》めつくされていた。上のほうを、小さな魚の群れが泳いでいき、ふわふわと白いくらげが浮遊《ふゆう》している。それを目で追っていたヴィーカがはっと我に返る。

「待ってください。壁の周辺に海なんてないはずですよ」

「あの昇降機が転送機になっているのかもしれないわ。ここはハウゼル近郊《きんこう》なのかも……」

ハウゼルは島国だ。海も近い。感嘆《かんたん》とも恐怖《きょうふ》ともとれる息をヴィーカが吐《は》き出す。

「これが……ハウゼル女王国か……」

「怖《お》じ気づいてないで先に行きましょう。物見遊山《ものみゆさん》にきたのではないわ」

アイリーンが進み出すと、ヴィーカたちも足を動かし始めた。

天井のあかりが、不意に途切《とぎ》れた。海の中の回廊が終わるのだ。慎重《しんちょう》に足を踏みこんだ瞬間《しゅんかん》に、高くなった天井から、ぱっと明るい光が降り注ぐ。

そこは円形の広い部屋だった。中央には飾《かざ》りのついた円柱に沿う形で円卓《えんたく》があり、無造作に椅子《いす》が置かれている。四方に見える硝子の向こうも、海ではなくなっていた。灰色の壁で作られた、広い部屋だ。

そして部屋の中には、人間がいた。

全員、簡素な服を着てそれぞれ立っていたり、膝《ひざ》を抱《かか》えたり、ぼんやりしている。目はうつろで、焦点《しょうてん》が合っていなかった。アイリーンたちに気づく様子はない。声をかけても反応はなかった。こちらからしか見えないのかもしれない。

小さくヴィーカがつぶやく。

「罪人をとらえる牢屋《ろうや》……というわけではないですよね。わざわざこんな場所で」

「でしょうね。……皆《みな》さん、おそらく男性です」

キースの言葉に、全員が同じことを考えた。

目の前で魔物《まもの》になった、男性。そして気にかかるのは、奥の部屋にある手術台だ。

(ワルキューレの治療や手術に使ってた部屋、こんな感じのスチルだったような……)

だが、広々とした部屋に女性はいない。思索《しさく》に耽《ふけ》っていたら、いきなりがんと物が壊《こわ》れる音が響《ひび》いて驚《おどろ》いた。

「な、何⁉　追いつかれた⁉」

「あ、すみません。これを壊してしまったせいで――わ、わわっ」

ヴィーカが中央の円卓の下に収納されていたものを引っ張り出そうとして、周囲にばらけてしまう。円卓の下部分が棚《たな》になっているのだ。支柱の飾りだと思ったものは魔石だった。

「行動を起こす前に声をかけてちょうだい。びっくりするじゃないの――ヴィーカ様？」

棚の中から引っ張り出した冊子をめくって、ヴィーカが固まった。どうしたのかと近づいたアイリーンも、ヴィーカが持っている冊子を見て凍《こお》り付く。

「魔王生産計画……!?」

「は？　今、なんておっしゃいました？」

「これよ、キース様。この計画は、ワルキューレの手術を男性に転用することにより、魔王を人為的《じんい》に生み出すことを目的とした、予備的な計画である――」

書いてあるのはハウゼル女王国の書類によく使われる古語だ。

ヴィーカも読めるのだろう。食い入るように文字を追い、次々と書類をめくっていく。どうにか読み取れたことを、アイリーンはキースに説明する。

「……適合しなかった被験者《ひけんしゃ》は、魔物になる――転化するとあるわ」

キースが周囲を見回して、眉根《まゆね》をぎゅっとよせた。

「じゃあこの男性たちは被験者ですか。おそらく術後の……ヴィーカ様？」

「助けます」

いきなり書類を投げ捨てたヴィーカが、男たちを閉じこめる硝子に向かって歩き出した。

「ま、待ってヴィーカ様。気持ちはわかるけれど、そんなことをしたら――」

「大丈夫《だいじょうぶ》です、ここは魔力が使えるみたいです。全員、転移して外に連れ出せます」

硝子に伸ばしたヴィーカの手が、ばちりと音を立てて弾《はじ》かれた。聖なる力ではなく魔力で何か仕掛《しか》けが施《ほどこ》してあるのだろう。聖なる力は人間を閉じこめるには不向きだ。

ヴィーカは構わず、もう一度手を伸ばす。ばちばちばちっと音を立てて魔力同士が反発し始めた。周囲に風が吹き荒《あ》れる。アイリーンは声を張り上げた。

「だとしてもよ！　彼らがどういう状態がわからないのに、危険だわ！」

「じゃあこのまま放《ほう》っておけって言うんですか、私のせい……っ！」

振《ふ》り向いたヴィーカが口元を手で覆《おお》い、よろけた。

「ヴィーカ様？」

「近づくな！」

鋭《するど》い口調でヴィーカが怒鳴《どな》る。硝子に背を預け、顔まで手を持ち上げる。

その手は、黒い鱗《うろこ》に覆われ、鋭い爪《つめ》が伸び始めていた。

赤い瞳《ひとみ》がゆらぐ——諦《あきら》めと絶望の、前触《まえぶ》れ。魔物になる、前兆だ。

(どうして今⁉)

魔力を不慣れなまま使わせたせいか。ともかくアイリーンは近寄る。

「ヴィーカ様、落ち着いて。今、こんなところであなたがおかしくなったら——」

「静、かに。誰《だれ》かくる……っ！」

振り向こうとしたら体が浮《う》いた。きたのとは別の回廊にキースとふたり、押しこまれるようにして尻餅《しりもち》をつく。立ち上がろうとすると頭上に何かぶつかった。結界だ。半球を描《えが》いた薄《うす》い膜《まく》が、アイリーンとキースの周囲を覆っている。誰がやったかは明白だった。

「ヴィーカ様！　どういう——」

「体調が悪そうですね。調子に乗って魔力を使うからです」

嘲《あざけ》るような声が、向こう側の通路から聞こえた。追いつかれたのだ。しかも、先頭に立っているのはただのワルキューレではない。

どうしてここに——と思うのは、現実的ではない。この施設《しせつ》に通じていた壁《かべ》もすべてハウゼルが作ったもの。帝都《ていと》から一瞬《いっしゅん》で移動する装置のひとつやふたつ、あってもおかしくない。

ぎらぎら光る赤い瞳を持ち上げ、ヴィーカが嘆息《たんそく》する。

「……やあ……ディア、ナ……」

「こんなところで見つかるとは思いませんでしたよ。他《ほか》の侵入者《しんにゅう》はどこに？」

ぐるりとディアナが周囲を見回す。確かにアイリーンたちを見たはずだが、視線はそのまま流れていった。見えていないのだ。

（……目くらましの結界……）

ヴィーカが隠《かく》してくれているのだ。静かにして動かずにいれば、見つかる可能性は低い。

「……まあどうでもいいです。あの襲撃《しゅうげき》が自作自演だったたってことにくらべればね」

ディアナが片手をあげる。ワルキューレたちがざっと身構えた。その槍先《やり》を、自国の皇帝《こうてい》へと向ける。

「なんかおかしいと思ってたんです。でも納得《なっとく》がいきました。エルンストも共犯ですね。ワルキューレの弱みを握《にぎ》る計画ですか？　おあいにく様です。ああ、殺したりはしませんよ。まだあんた、利用価値がありますから」

「……新婚《しんこん》の夫に、ひどい、言い様だ……」

「もともと結婚式が終われば用済みだったんですよ。それでもおとなしくしてれば多少は長く生きられたでしょうに、あんたが逃《に》げ出したりするから、寿命《じゅみょう》が縮んだんです。ほんと余計なことしてくれましたね。おかげで皇帝の替《か》え玉だのなんだの、しかもカトレアが……いいですけど。替え玉皇帝にはもうこりたでしょうし」

「……クロード陛下が、何か？」

「散々です、あのスケコマシ」

緊迫《きんぱく》した空気に似合わぬ単語だ。アイリーンも眉《まゆ》をひそめる。何をしたのか、あの夫。

「でもそろそろカトレアが手を打つ頃《ころ》です。筋書きは変わりましたが、これでエルメイアに攻《せ》め込む理由もできました。この国も、ワルキューレがいなくては駄目《だめ》だと思い知る。――私たちを、無下にはさせない」

ディアナが持っていた魔槍《まそう》をくるりと回し、振りかぶった。

「転化してもらいます。そして魔物たちを率いて、キルヴァスを滅《ほろ》ぼせ。それが赤い目の魔物の運命だ」

飛び出すのを堪《こら》えるために、キースの腕《うで》をつかんだ。キースも堪えるようにアイリーンの肩《かた》を抱《だ》く。

「言い残すことがあるなら聞きますよ」

「山ほどあるけれど……姉様は、悲しむかな……」

「カトレアは優《やさ》しいですからね。でも、しかたのないことです。覚悟《かくご》はしてますよ。人生、詰《つ》みたくはないでしょうし」

「……君は？　悲しまないか」

いつもの穏《おだ》やかな笑《え》みを浮かべて、ヴィーカがディアナを見あげる。ディアナは不愉快《ふゆかい》そうに眉を動かした。

「死ね、化け物。お前のせいだ。こんなクソな人生、冗談《じょうだん》じゃない」

その言葉を受け取って、ヴィーカがこちらを見た。赤くて綺麗《きれい》な瞳。優しい色に似たそれが抱えているのは、諦念《ていねん》だ。

しかたがない。これでいい。

アイリーンは下唇《したくちびる》を噛《か》みしめた。今、出ていってはだめだ。すべてが無駄《むだ》になる。

魔槍で肩を貫《つらぬ》かれる鈍《にぶ》い音。影《かげ》になった血が飛び散る。同時に、ワルキューレたちが網《あみ》を広げて投げた。きらきら光る、水晶《すいしょう》の網。それが何か、アイリーンは知っていた。ハウゼルの魔物を捕獲《ほかく》するための道具だ。

まるで魚でもつかまえるようにヴィーカが呑《の》みこまれ、小さな水晶に変わった。

こん、と軽い音を立てて落ちたそれをディアナが拾い、鼻白む。同時に、アイリーンたちを包んでいた半円の膜が消えたことが、なんとなくわかった。

ディアナたちはまだこちらに気づいていない。そっと、海の見える硝子《ガラス》の壁に手を当てる。

ここはおそらく、ハウゼル近郊《きんこう》の海だ。クロードを慕《した》う魔物たちがすぐ近くにいる。滅んだ国の建物を壊しても、国際問題にはならない。

キースの手をつかむと、握り返された。意思疎通《いしそつう》はそれで十分だった。

瞬間《しゅんかん》、地響《じひび》きのように建物がゆれる。

「……なに？　海中で、地震《じしん》でもあるまいに」

「ディアナ様、魔物です！　魔物が、こちらに攻撃《こうげき》を」

「魔物はハウゼルには近寄らないでしょ？」

そのとおりだ。だが魔王の命令ならば違《ちが》う。

天井《てんじょう》と床《ゆか》が軋《きし》んだ音を立てる。巨大《きょだい》なイカの魔物が、硝子の壁に足をからめた。みしみしと硝子にひびが入り、海水が流れ込んでくる。回廊《かいろう》ごと折るつもりらしい。ディアナたちが急いで元きた道を引き返していく。

ばりんと音がして、分厚い硝子の壁が壊《こわ》れた。キースがアイリーンを抱く。すさまじい勢いで海中に放《ほう》り出されたアイリーンたちを、大きく口を開いたクジラの魔物が迎《むか》え入れた。

あとは海面にあげてもらうだけだ。

さすがに妊婦《にんぷ》でなくても過酷《かこく》すぎる状況《じょうきょう》だ。

クジラの頭の上までキースに抱き上げられて運ばれたアイリーンは嘆息する。

「たくましい子が生まれそうだわ……」

「それはそれは」

キースも頭からびしょ濡《ぬ》れだ。おろしてもらい、アイリーンは髪《かみ》と服の裾《すそ》をしぼる。太陽の日差しはあたたかいが、夏も終わる。おなかの子のためにも、早く体を温めねばならない。

「どうします、これから。キルヴァスは荒れそうですが……エルメイアに帰ります？　私めたちを助け出せ、という命令にしましたので、送り届けてくれますよ。どちらにでも」

隣《となり》に立って潮風を受けながら、キースが尋《たず》ねる。アイリーンは小さく笑った。

「どちらにでも、ね。……やっぱりヴィーカ様の顔は反則よ」

「ですねえ。私め、思い出してしまいましたよ。あのくらいの年頃《としごろ》、よく廃城《はいじょう》から窓の外を見ていた我が主《あるじ》の顔を」

「そう。……クロード様は、あんな顔をしてらっしゃったのね」

しかたない。それでいい。自分が諦めることで、何かを守れるのなら。

「もちろん、彼はクロード様ではありません。ので、見誤るのは勘弁《かんべん》してください。その上でおうかがいします。どちらに向かいます？」

「ハウゼルね」

「はい？」

キースがまばたく。くすりとアイリーンは笑った。

「わたくしは母になる身だという自覚がある、と何度も言ったでしょう？　今回は裏方に徹《てっ》するわ。さながら陰《かげ》の総司令官ってところかしら」

「……はあ。まったく信用ができないですね」

「失礼ね。ワルキューレは決して侮《あなど》れないわ。しかも国のことよ、エルメイアが関《かか》わりすぎるのも内政干渉《ないせいかんしょう》になる。ただでさえクロード様が囚《とら》われているのよ。魔力が使えないなんてエレファス以下……お可哀想《かわいそう》なクロード様。矜持《きょうじ》を傷つけないよう、あの顔を立てて助けてさしあげなくちゃ。妻はつらいわね」

キースが噴《ふ》き出した。アイリーンはすまし顔で続ける。

「ちょうどレイチェルたちがハウゼルに寄港して、エルメイアと連絡《れんらく》を取っている頃よ。それにヴィーカ様に帝都を攻めさせるまで、まだ時間はあるはず。勝ち誇《ほこ》って油断しているその横から殴《なぐ》りつけるのがスマートなやり方ではなくって？」

「なるほど、陰の総司令官っぽいですね。ベルさんやアーモンドさんが大喜びしそうです」

それくらいがいい。

赤い目の魔物。ゲーム通りに進行しているのだとすれば、まだディアナは知らないはずのネタバレをなぜ彼女は口にしたのか。それがはっきりするまでは、すべて手札は伏《ふ》せておく。

そして非常に不本意だが、連絡をとっておきたい相手もいるのだ。絶対頼《たよ》りにしているわけではないし、信じてもいないけれど、ヴィーカを救うためには彼女の助言が必要だ。

敵がお仲間なのだとしたら、なおさら。

「勝つために使えるものはなんでも使う。——魔王の妻らしいでしょう？」

濡れた髪を横にはらうと、きらきらと水滴《すいてき》が舞《ま》う。胸に手を当てて、キースが恭《うやうや》しく頭《こうべ》を垂れた。

開き直り、口封《くちふう》じ、隠蔽《いんぺい》——なかなかの言われようだ。クロードが目を通した新聞の見出しと同じものを見たエルンストが嘆息《たんそく》する。

「……なかなかおさまりませんね」

「皇妃《こうひ》の暴れっぷりがそれだけすごかったんだろう。さすがに今はカトレアがおさえているようで静かになったが、これでワルキューレも一枚岩ではなくなったな」

ディアナが退官制度に反対していることも記事には載《の》っている。それに対してイレーナは賛成を表明してくれた。ワルキューレは内部分裂を起こしつつある。

「世論は、皇帝よりです。……なんというか、信じられません。まだ半月もたっていないんですよ、結婚式から。こんなにあっさり……」

「見せかけだ、エルンスト。何も状況は変わっていない」

ただワルキューレたちに世間が反発するよう仕向けただけ。それだけで、最大の問題である軍事力の差は何も解決していない。

「時間があれば、批判にのる形で削《そ》ぎ落とせるんだが……そうはいかないだろうな」

さて、どうなるか。ここから先、アイザックが提示した予測は三つだ。

まず、このまま対立し続け、強硬《きょうこう》手段に出る。こうなればこの国になんらかの損害が発生するのはさけられない――が、エルメイアにまで及《およ》ぼさないことが大事だ。まずは帝都から出ていけと言われるだろうから、引き際《ぎわ》を見極《みきわ》めるのが肝心《かんじん》になる。

次に、内心はどうであれ、とりあえず引く。こちらにとっていちばん楽な道だ。あとはヴィーカに引き継《つ》いで、なんとかしてもらえばいい。

最後が、一番厄介《やっかい》なパターンだ。

(僕に、協力を求める。拒《こば》むのも了承《りょうしょう》するのも面倒《めんどう》なことになる。……アイリーンたちが捕まった場合が、最悪だな)

だが晴天が広がるこんな穏やかな日に限って、嫌《いや》な予感は当たる。

「エルンスト、すまない。皇帝《こうてい》陛下とふたりで話がしたい」

朝から書類を決裁するため執務《しつむ》室にこもっていたら、カトレアのほうからやってきた。エルンストに目線で尋ねられ、クロードは頷《うなず》き返す。拒むほうがおかしい。エルンストは不安げだったがそれはしかたないだろう。

打てる手はすべてもう、打っているのだ。

「クロード様」

ふたりきりになった開口一番、そうカトレアは呼びかけた。個人的な話をするつもりなのだろう。執務机の上で両手を組んで、クロードは続きを待つ。

「新聞社に皇妃の記事を控《ひか》えるよう通達してくださったと聞きました。有り難《がと》うございます」

「当然のことだ。帝室の権威《けんい》にも関《かか》わる。替《か》え玉とはいえ、見逃《みのが》せない」

「こちらもあまりにも手際《てぎわ》がよすぎるので調べました。どうもエルメイアの記者が動き回っていたようです。アイリーン様と懇意《こんい》の記者だとか。あなたも災難ですね」

身構えていたクロードはぽかんとしてしまった。カトレアが苦笑いを浮《う》かべる。

「アイリーン様はエルメイア国内でずいぶん聖剣《せいけん》の乙女《おとめ》とくらべられ、ご苦労されたのだと聞きました。似たような立場のディアナを見て不安になったんでしょう。記者がアイリーン様の歓心《かんしん》を買うために用意していた記事が、出回ったようです」

「……そんな妻ではないと、思うのだが……」

つい、本音が出た。おかげで真実味は十分だ。カトレアが同情に似た眼差《まなざ》しをよこす。

「アイリーン様の積極的な指示があったかどうかまで確認《かくにん》はとれていませんが……クロード様はやはりご存じなかったんですね」

「そうだな、初耳だ……想像もしていなかった展開だ」

「女性は怖《こわ》いんですよ、クロード様。特に恋人《こいびと》や夫などをとられまいと、暴走する女性は多いです。アイリーン様もその類《たぐ》いでしょう。悪意があったとは言いませんが、他国の妃《きさき》に対して軽率《けいそつ》すぎる振《ふ》る舞いです。なんとかディアナはなだめましたが……」

「迷惑《めいわく》をかけた、すまない。帰ったらよく言ってきかせる」

妻はよく暴走する。一応、その点は間違《まちが》ってはいないので、謝罪には心をこめた。

だが気になるのは、この展開だ。クロードのやったことをアイリーンの暴走にする――アイザックやジャスパーがそんなミスを犯《おか》すわけがない。そんな真似《まね》をするくらいなら、喜んでクロードをカトレア側に売るはずだ。

ならば、これはわざと流された情報だ。だが何を狙《ねら》っているのかがわからない。

「こちらもクロード様に替え玉をお願いしている身です。強く言えたことではありません。アイリーン様は内心ではご不満だったんでしょう。――クロード様。エルメイアでも苦労されているのではないですか」

何を言われても冷静に対処できる自信があったのに、頰《ほお》が引きつってしまった。

「クロード様が皇帝につけたのはアイリーン様のご実家の力が大きいとか。ですが、ドートリシュ家と言えばクロード様を廃嫡《はいちゃく》に追いやった家です。そのような即位《そくい》も、ご結婚《けっこん》も、本意ではなかったのではありませんか。おつらくはないですか。ここはキルヴァスです、誰《だれ》も聞いていません。どうか本音を――クロード様？」

「い……や……」

考えていた演技プランがすべて吹《ふ》き飛んでしまい、頭を抱《かか》えたくなったクロードは口元を押さえ、視線をそらす。カトレアには苦悩《くのう》しているように見えたかもしれない。

（これが狙いか……！）

クロードを味方につけるとカトレアに決断させるため、アイリーンの愚《おろ》かな振る舞いをでっちあげた。妻の片腕《かたうで》は、本当に自分を売り飛ばしたのかもしれない。なんならこのまま一緒《いっしょ》に始末することも考えていそうだ。下手に立ち回ったら夫の威厳《いげん》が死ぬ気がしてきた。

「……実はクロード様に、内々のお話が」

カトレアの切り出しに顔をあげる。カトレアは冷静だったが、クロードの内心をどこまで読んでいるかわからない。彼女は決して、愚かではないのだ。

「魔物《まもの》の動きが活発になっています。――ヴィーカがそばにいるせいだと思います」

「ヴィーカ殿《どの》が見つかったのか？　どこで」

「戦乙女《いくさおとめ》の長城――魔物を阻《はば》む壁《かべ》の内側です。ヴィーカは魔物に会いに行ったようです。襲撃《しゅうげき》は自作自演だと我々は見ています。おそらくエルンストも共謀《きょうぼう》しています。今、詳細《しょうさい》を聞くため私の部下に拘束《こうそく》させました」

視線をエルンストが出ていった扉《とびら》に向けたあと、カトレアに戻《もど》す。彼女はどこまでも落ち着いていた。

「巻きこんで、ご迷惑をおかけしました」

「……なら僕は、お役御免《やくごめん》か？」

「ご相談したいことはそのことです。ヴィーカが転化――魔物になりかかっています。クロード様、あなたと同じように」

「魔王は僕だ。半魔でもない人間のヴィーカ殿が魔物になる理由がないと思うが」

嫌な予感がして、クロードはできるだけ話題をそらそうとする。だが、カトレアは落ち着いた口調で淡々《たんたん》と続けた。

「ハウゼルが権威を維持《いじ》し、世界を支配し続けるためには魔王が必要です。ですがエルメイアの言い伝えを待つだけでは、百年二百年はともかく、長期間になるほど心許《こころもと》ない。……だからハウゼルは人為的《じんい》に魔王を作ろうとしたんです。ワルキューレの手術を男性に転用してね。いえ、本当は魔王を作る手術をワルキューレに転用したのかもしれない。いずれにせよその唯一《ゆいいつ》の成功例が、初代キルヴァス皇帝です」

両目を見開いたクロードに、カトレアが困ったような笑《え》みを浮かべる。

「キルヴァス帝室がハウゼルに支援《しえん》された理由が、これでおわかりですね。キルヴァス帝室の男子——ヴィーカはいわゆる、あなたの予備の魔王。壁の向こうの魔物たちを率いることのできる、ハウゼルが人工的に作った魔王なんです」

「……確かなのか。魔物から人間に戻す方法は？」

カトレアは少し驚《おどろ》いたようだった。

「手遅《ておく》れです。ここを出て魔力をだいぶ使ったようで体にも無理がきてます。こちらで捕《と》らえて、転化を抑《おさ》えていますが、もう時間の問題でしょう。——クロード様、お願いです」

執務机に身を乗り出したカトレアが、静謐《せいひつ》な眼差しを向ける。

「私たちワルキューレと一緒《いっしょ》に、キルヴァス皇帝として戦ってください」

「——それは」

「昔、私は幼くエルメイアからあなたを救えなかった。でも、今は違《ちが》います。ヴィーカが率いる魔物を、エルメイアからの襲撃にできます」

カトレアは目をそらさない。

あなたは、しあわせですか。そう問いかけたのと同じ眼差しで、今は別のことを問うてくる。

「それとも、あなたをいいようにもてあそんだエルメイアに、このまま縛《しば》られますか？　魔物が攻《せ》めてきたとなれば、必ずエルメイアに矛先《ほこさき》が向きます。このままエルメイアの皇帝でいれば、あなたがまた責められる。自国だけはない、世界中からです」

そうだろう。それをふせぐために、クロードはここにいる。

「件《くだん》の記者と一緒にエルメイアからきた者は、すべて追い出しました。あなたを縛るものは何もありません。あなたは帝都から出ないだけでいい」

「……それは、僕が帝都では魔力を使えないという話を知っていての提案か？」

「エルンストから聞いていたんですね。でも、私はあなたを疑っていません」

眉《まゆ》をよせるクロードの眼差しを正面から受け止めて、カトレアは微笑《ほほえ》む。

「イレーナたちワルキューレを味方につけようとしたのも、エルメイア皇帝としての強い責任からきたことです。あなたは何もご存じなかった。──そういうことでどうでしょう？」

彼女はきちんと逃《に》げ道をふさぎ、牽制《けんせい》をかけている。決して耳障《みみざわ》りのいい言葉でクロードを誤魔化《ごまか》せるとは思っていない。

そこにほんの少しの救いを感じて、クロードは苦笑いを返す。

「僕に選択肢《せんたくし》はなさそうだな」

「あなたは私の唯一の後悔《こうかい》です。どうか、取り返させてほしい」

ワルキューレたちが執務《しつむ》室になだれこんできた。拘束するつもりはないようだが、魔力も味方もいないクロードは抵抗《ていこう》する術《すべ》もない。

「エルンストやイレーナは無事だな？　彼らはこの国に必要な人物だ」

カトレアが一瞬《いっしゅん》、苦い顔になる。だがすぐに穏《おだ》やかな笑みを浮かべる。そう笑うのが癖《くせ》になっているのだと、ようやくクロードは気づいた。

「説得はします。……彼が理解してくれるとは思えませんが」

「それは説得の仕方が間違っているんだろう」

立ち上がったクロードに、カトレアは何も言い返さなかった。

執務室から出て、廊下《ろうか》から大きな窓の外を見れば、ちょうど帝城《ていじょう》に建築されたワルキューレたちの宿舎が見えた。散々新聞で叩《たた》かれたワルキューレたちの優遇《ゆうぐう》政策のひとつ、建て直しが始まったのだ。こっちですよね、と図面を広げている元気な少年の笑顔や、黙々《もくもく》と花壇《かだん》から花を移動している眼帯の青年の横顔に見覚えがあって、溜《た》め息が出る。

「予定どおり、建て直しは今日から着工です」

世論の動きなど痛くもかゆくもないと言いたいのだろう。おとなしくカトレアに頷《うなず》き返し、そのあとに続く。

そして騒《さわ》ぎは、皇帝の私室に入る前に起こった。よほど急いでいたのだろう、階段を駆《か》け上がってきたワルキューレが、カトレアを見るなり叫《さけ》ぶ。

「カトレア様、エルンストが牢《ろう》から消えました……！」

「消えた？」

カトレアが振《ふ》り向き、すぐにクロードに視線を戻す。クロードは肩《かた》をすくめた。

「僕はこのとおり、魔力も使えない身だ。イレーナが助けたのでは？」

「彼女は地下牢《ちかろう》ですよ。……あれでも将校だった男です。まだ私たちが知らない鼠《ねずみ》がいたのかもしれません、急ぎ追跡《ついせき》を。クロード様はこちらに」

カトレアが皇帝の私室の扉を開く。足を踏《ふ》み入れた瞬間《しゅんかん》、不快感がこみあげた。何かの仕掛《しか》けが部屋全体に施《ほどこ》されている。

「この部屋はハウゼル製です。いざというとき、魔王《まおう》を閉じこめるために作られました」

「……それはそれは。魔力がない僕を、ここまで手厚く保護してくれるとは」

「おとなしくされている分には害はありません。……夕食はご一緒しましょう」

カトレアは静かに扉を閉じる。ひとりにしてもらえたが、監視《かんし》はついているだろう。この部屋自体、おそらく出入りが制限される類《たぐ》いの結界が施されている。相当な魔法の使い手でなくては入ってこられない。

とりあえず椅子《いす》に座ったクロードは、天井《てんじょう》を見あげて嘆息《たんそく》する。

「姉を助けて、か……」

面倒《めんどう》なことを頼《たの》まれたものだ。自分に振られた役割は理解しているつもりだが、このままは癪《しゃく》に障る。幸い、考える時間はありそうだ。

(しかしまず助けるのが僕ではなく、エルンストか。誰の指示なのだか)

やはり妻の部下は始末しよう。そう誓《ちか》って目を閉じた。

自分は地下牢にいたはずだ。だが目の前にあるのはどう考えても、帝城ではない。

しかも、見覚えのある場所なので、余計に混乱する。つい最近訪《おとず》れた、イレーナたちの詰所《つめしょ》だ。ごしごしと目を腕《うで》でこするが、消えない。しかも部屋の奥で片手をあげ声をかけてきたのは、イレーナでもワルキューレでもなく、アイザックだった。

「無事で何より。って反応にぶいな。……おい陰湿《いんしつ》魔道士、なんかおかしなことしたんじゃねーだろうな」

「してませんよ。問答無用でいきなり転移したので、戸惑《とまど》ってらっしゃるんでしょう」

転移、と口の中で小さく繰《く》り返す。いきなり地下牢で自分の背後に現れて腕を引いた男が、正面に立ち、フードを落とした。

「初めまして。エレファスと申します。クロード様がずいぶんお世話になったとか」

聞き覚えのある名前に、エルンストはまばたく。

「エレファス……君が、あの」

「何があのなのかは絶対聞きませんので。──あなたを安全な場所にお連れするのが最優先だったので、説明もなく失礼いたしました」

「じゃあ……ここはイレーナの詰所であっているのか。なぜ、誰《だれ》もいない？」

ぐるりと周囲を見回したエルンストに、アイザックがあっけらかんと答えた。

「ここのワルキューレたちは昨夜《ゆうべ》しょっぴかれた。全員、今はそろって地下牢だ。どこかに護送される予定みたいだが、行き先は不明。ジャスパーのオッサンは記事の責任追及《ついきゅう》されて帝都《ていと》から放逐《ほうちく》。でもこの魔道士が保護したみてーだから無事だろ。ちなみに俺はオッサンを矢面《やおもて》に立たせて先に逃げ帰ったことにしといたんだよ。この様子だとばれてねーみたいだな」

「いや待て！　どういうことだ、イレーナたちを逮捕《たいほ》？　そんな話は聞いていないぞ。俺や皇帝の許可や命令もなく、そんなこと許されるわけが――」

「ワルキューレの人事は皇妃《こうひ》が握《にぎ》ってるんだろ。何よりお前、自分がどこにぶち込まれたのか忘れたのか。もうそれどころじゃねーんだよ」

カトレアたちは打って出たのだ。それを察して、拳《こぶし》を握る。

「それで、アイザックさん。今後の動きは？」

「間に合うかどうかだけだな。お前ほんと、なんで魔王様みたいにぱっと大勢を転移させられねーんだよ。人間兵器は使えねーし、空を飛べる魔物《まもの》しか間に合わねーだろこんなん」

「何度も言いますが、クロード様と俺を一緒にしないでください！　魔王でも聖王でもないのに転移ができる俺の存在を皆《みな》さんないがしろにしすぎなんですよ、お礼言ってくれたのジャスパーさんだけですよ⁉　今度、妻の新商品の広告出してくれるって……優《やさ》しい……！」

「ここまでくるのに休息込み二日もかかる転移を誇《ほこ》られてもな……ハウゼルからは魔物にだいぶ運んでもらったんだろ、お前」

「あの、魔物はクロード様の言うことしかきかないのでは……？」

まだなかなか思考が追いつかないが、とりあえずその疑問だけ、口にした。アイザックが壁《かべ》際《ぎわ》に設置されている椅子に座り、頬《ほお》をかく。

「基本はそうだがな。色々あるんだよ、やり方が」

「魔王様のためだってだましたりお涙頂戴《なみだちょうだい》のストーリーを語って聞かせたり菓子《かし》でつったりですね。あとは最前線に魔王の妻が立とうとしてみたり」

「……ま、待ってくれ。それはアイリーン皇后陛下のことか⁉　さ、最前線とは……い、いいのか、皇后が、そんな」

「よくねーから絶対阻止《そし》しようとしてんだろうが、周囲が。あの従者も人使い荒《あら》いし」

つまり今、彼らは従者の指揮で動いているのだろうか。今ひとつ状況《じょうきょう》が読めない。

「雑談はあとだ。いいか、よく聞け。キルヴァス皇帝がワルキューレにつかまった」

「ヴィーカが⁉　見つかったのか……！　だから俺を捕縛《ほばく》しにかかったんだな」

色々な疑問がすべて吹《ふ》き飛んだ。はっと顔をあげる。

「では、クロード様は⁉　まさかクロード様も、ワルキューレに」

「おそらくはな」

「そんな、俺たちのせいで……今すぐ助ねば、ヴィーカもどうなるか」

臍《ほぞ》をかむエルンストに、エレファスが真剣《しんけん》に言った。

「いいひとですね、このひと。クロード様の従者みたいなことしてたんですよね？」

「すげー真面目《まじめ》に仕事してたからだろ、魔王様が」

「え、ちょっと待ってくださいどういうことですか？　クロード様が逃《に》げ出しもせず無茶振《ぶ》りもせず真面目に仕事をしてた？　嘘《うそ》でしょう。だったら俺たちは普段《ふだん》何をさせられて……？」

「あとで仲間と話し合えよ。――魔王様のことは気にしなくていい。手は打っといた。今頃《いまごろ》あのワルキューレたちに口説かれてる最中だろ」

また疑問が出てきて、エルンストは首をひねる。

「それは君が言っていた、三つ目の予測か？　だがその可能性は低いと……」

「確率をあげてやったんだよ。そっちに転ぶだろ。あの魔王様は敵より味方にするほうがいいだろうからな」

「それは君の独断でか？」

クロードの指示だとは思えない。だとしたらこれは命令違反《いはん》になるのではないか。細かいことだとわかっているが、あとで梯子《はしご》をはずされてはたまらない。アイザックも苦い顔だ。

「……いや。俺の判断ではあるが、陰《かげ》の総司令官からの命令だ」

「……。すまない、それはエルメイア流の冗談《じょうだん》なのか？」

「頼むから突《つ》っ込まずに受け流せ」

苦悩《くのう》しているアイザックの横で、エレファスが笑う。

「いいじゃないですか、陰の総司令官の片腕《かたうで》とか、らしくて。どうせ名に恥《は》じぬえげつないことするんでしょう、今から」

「お前にだけは言われたくない、陰湿魔道士。むしろお前らは俺に感謝しろ、魔王様を固定ピンで留めておいてやったんだから。おとなしくあの顔でワルキューレをたぶらかしときゃいいんだよ、その分こっちが自由に動ける」

「俺は関係ないですからね。俺はクロード様の忠実な部下ですから、そんな恐ろしいこと、とても言えません。反対しましたって議事録作っておきます」

結局、誰が指示を出しているのだ。混乱するエルンストに、アイザックが目を向けた。

「それよりこれからだ。あんたの皇帝《こうてい》を見つけるのは時間的にもほぼ不可能だと思うから、その策は捨てる。──あんた、ワルキューレたちを率いてたことがあるんだよな」

首肯《しゅこう》したエルンストに向けて、アイザックが地図を広げた。

「壁《かべ》の外に出て帝都に向かう魔物《まもの》の大軍をワルキューレたちが迎《むか》え撃《う》つのに、いちばん楽で、有利な戦場はどこか教えてくれ。そのルートもだ。そこでキルヴァス皇帝を回収する」

「ヴィーカが、そこに現れるということか？　なぜ魔物と一緒《いっしょ》に──」

質問に答えられる前に、ある予感に、喉《のど》が鳴った。

「……まさか、ヴィーカは魔物になったのか？　キルヴァスの言い伝えどおりに？」

黒髪《くろかみ》赤目の男子は魔王の生まれ変わりであり、キルヴァス帝室の男子は異形──魔物になる血筋だという伝承がある。帝都から出るなとの戒《いまし》めもあわせて、よくできた言い伝えだ。本気で信じていなかった。ヴィーカ自身も魔王になれるなら楽だと笑っていたくらいだ。

だがカトレアも、いつの間にかディアナも、それを信じていた。そのせいで、ヴィーカはもちろんエルンストにも、常に引っかかりがあった。だから帝都の外に出たのだ。

でもまさか、本当だなんて。

「……このままじゃそうなると聞いてる。本当にあんたの皇帝は魔王だったってわけだ」

「だとしても、なぜ魔物になる!?　クロード様はちゃんと、人間で……っ」

途中《とちゅう》でわかってしまった。ワルキューレに捕《と》らえられて何かされたのだ。ついでに、ディアナやカトレアたちが何をたくらんでいるかまで察してエルンストは息を呑《の》む。

まさかという思いばかりが駆《か》け巡《めぐ》る。だがアイザックの眼差《まなざ》しがその甘えをふさぐ。

信じたくない。だが、彼女たちは変わってしまった。ハウゼルが墜《お》ちた、あの日から。

穏《おだ》やかに、けれど決してそらさない瞳《ひとみ》で、エレファスがこちらを見据《みす》える。

「まずこう質問すべきですよ、アイザックさん。あなたは魔王になったキルヴァス皇帝陛下に仕えますか？」

ばん、とエルンストは自分の両頬を叩《たた》いた。質問したエレファスも、見守っていたアイザックも、まばたいている。

「すまない。色々なことが一度に起こって、俺としたことが動揺《どうよう》した」

「……まー動揺するよな、普通《ふつう》。でも時間がなくてだな」

「ああ、問題ない。魔王だろうが、ヴィーカはキルヴァス皇帝だ。そしてヴィーカには俺が必要だ。魔王兼《けん》皇帝に求められ、仕える。最高じゃないか――腕がなるよ、楽しそうだ」

笑ったエルンストに、アイザックが白けた顔をする。

「魔王様側ってこういう心理で仕えてんのか」

「黙秘《もくひ》します」

エレファスは素っ気ない。エルンストは一呼吸置いた。

「ここまで巻きこんでおいて、すまない、と謝るのは逆に失礼なのだろうな」

「そうですね。俺たちは俺たちの都合で動いているので」

両膝《りょうひざ》をつかんでどっかりと椅子《いす》に座る。アイザックとテーブルを挟《はさ》んで向き合い、その目を見て言った。

「感謝する、エルメイアに。この恩は必ず返そう」

アイザックもエレファスも驚《おどろ》いたようだった。だがすぐに破顔する。

「あんま気にすんな、ちゃんと取り立てるから。それにどうせ、理由は顔だしな」

「顔……クロード様の……いや、ヴィーカか？」

「そうですね。陰の総司令官も惑《まど》わす顔が、あなた方を救うんですよ」

「……陰の総司令官とは、いったい誰《だれ》なんだ。まさか、アイザック殿《どの》の奥方か⁉」

一拍《いっぱく》あけてエレファスが爆笑《ばくしょう》し、アイザックは眉間《みけん》のしわをもみ出す。

それはいいから、と地図を押しつけられ、結局誰かは教えてもらえなかった。

✦

世界は無理解で満ちている。握りつぶした新聞を放《ほう》り投げた。帝城《ていじょう》の尖塔《せんとう》、鐘楼《しょうろう》の下から風にのったそれは、帝都《ていと》の街に流れていく。ディアナは嘆息《たんそく》した。

「……無駄《むだ》なことした」

未《いま》だに新聞は皇妃《こうひ》について面白《おもしろ》おかしく書き立てている。

ディアナは正しく抗議《こうぎ》しただけだ。なんなら懇切丁寧《こんせつていねい》に説明してやった。なのに誰も、この国の人間は理解しようとしない——わかっていたことだけれども。

ディアナが投げ捨てた新聞の行き先を見つめ、カトレアが穏やかに言う。

「明日《あした》には一変しているよ」

「あのおばさんはどう？　地下牢《ちかろう》で反省した？」

「いいや。自分は皇帝を信じる、の一点張りだ。彼女はもともと保守的だから」

「はっ、替《か》え玉皇帝だとも知らずに？　いいじゃない。年をとって先行き不安になった無能おばさんが、男に媚《こ》び売ったってだけ。大した戦力じゃない、あてにもしてない」

「だが、退官制度に反対している私たちに逆風が吹き始めている。――ワルキューレを使い潰《つぶ》す気なのか、とね」

それは自分たちが国に、世界に向けて放った言葉だ。

どうでもいい、些細《ささい》なことだ。反論すら必要ない。

「エルンストはまだ見つかってないが、何かできるとは思えない。このまま進行するが、他《ほか》に懸念《けねん》は？」

「ない。カトレアは慎重《しんちょう》すぎ。キルヴァスがどちらに転ぶにせよ、過程にすぎない。なのに、聖剣《せいけん》を見つけるまでだなんて、気の長くなるようなことばっかり言って」

「それは反省してる。クロード様の優秀《ゆうしゅう》さを見誤ったよ。まさかワルキューレを分断しにかかるなんて思わなかった。やはりあちらもこちらも影響《えいきょう》しあって、不測の事態《イレギュラー》が起こりやすいんだろう。だがもう彼は何もできないし、エルメイアに聖剣の乙女《おとめ》もいない。私たちを止める術《すべ》はない」

「アシュメイルは？　あっちもおかしなことになってるんでしょ。聖王がそのまま生きてる」

「あそこは今回、手を出してくる理由がない」

海の向こうにある国の、遠くの出来事。まだそういう認識《にんしき》のはずだ。

「何より、アシュメイルは匂《にお》わせもなかった。ここで出しゃばってくる可能性は薄《うす》い」

「それもそうか。──わかった、そろそろ準備する」

ディアナは背伸《せの》びをした。寒さもあるが、動きがにぶい。

「今から二十四時間か、もう少しある？　体がなまってるかもしれない」

「私も久しぶりの戦場だ」

まず魔物《まもの》たちが戦乙女《いくさおとめ》の長城を突破《とっぱ》し、帝都に第一報が入る。途中の道で放置されているイレーナのワルキューレ部隊は、魔物の大群に押し負けて壊滅《かいめつ》。名誉《めいよ》の戦死だ、舞台《ぶたい》を用意したことを有り難《がた》く思ってほしい。

そして、帝都に迫《せま》ってくる魔物たちを、魔王を、自分たちワルキューレが討《う》つ。

わかりやすい英雄譚《えいゆうたん》のできあがりだ。

ハウゼルが墜ちたこの世界でこの手札は、通るのか。ためしてみる価値はあった。

雑に床《ゆか》に転がしておいた自分の魔槍《まそう》を拾う。握《にぎ》ると、自分の胸元《むなもと》が光った。槍《やり》元にはまった神石と呼応しているのだ。

その槍先を石畳《いしだたみ》の床に向けて、振《ふ》りかぶる。

「……ヴィーカ。すまない」

小さなカトレアのひとりごとを咎《とが》めずに、槍を振り下ろした。彼を救う方法は、この世界のどこにもない。最初から詰《つ》んだキャラだ。そこだけは、憐《あわ》れだった。

魔槍に穿《うが》たれ、帝都に巡らされた魔法陣《まほうじん》に亀裂《きれつ》が入る。これで自分たちを閉じこめてきたあの長くて高い壁はもう、魔力を絶たれる。数時間でただの石の壁になる。それに合わせて帝都との通信網《つうしんもう》も使えなくなってしまうが、準備はすべて完了《かんりょう》した。

まるで狙《ねら》い澄《す》ましたように、鐘《かね》が鳴り響《ひび》く。

――三時間後。魔物の大群が戦乙女の長城から出たという第一報が帝都中に広まった。

✦

✦

仲間だったよしみだ。そう言って、顔なじみのワルキューレたちは憐れむような眼差しと神石をはずした魔槍を渡《わた》し、引き返していった。

一緒に捕らえられ、ここまで連れてこられた部下たちは三十名ほど。とりあえず槍を持って周囲を見回す。

「イレーナ様、ここは……」

「壁《かべ》の近くだってことくらいしかわからないね」

遠く、親指分くらいの高さで壁が見える。見慣れた場所でもあるが、まさかあそこに向かえばまた仲間として迎《むか》え入れてもらえるということはあるまい。壁の内側に叩き込まれるのがオチだ。なぜここまできてそうしなかったのか、という疑問は尽《つ》きないが。

だが、生き延びるほうが先だ。

「確か、少し戻《もど》れば村があったはずだね。そこに世話になろう」

槍こそ持たされたが、路銀もなければ野営の装備もない。いくら身体能力の高いワルキューレでも、身ひとつで夜をすごすのはつらい季節だ。たとえ馬小屋でも借りられれば御《おん》の字、とイレーナは方向を確認《かくにん》し、数十名の部下と一緒《いっしょ》にきた道を戻り始める。今から戻れば、徒歩でも夜までにはなんとか辿《たど》り着くだろう。

だが、移動する足はどうしても重くなる。

「いくら人事権がディアナたちにあるとはいえ、イレーナ様をこの扱《あつか》い……ワルキューレ同士で戦いを起こす気か？」

「それならもう殺されているはずだ。エルンスト隊長もつかまったと、見張りから聞いたが」

「じゃあ、皇帝《こうてい》陛下もつかまっただろうねえ」

イレーナのひとことに、皆《みな》が黙《だま》りこんだ。

「見誤ったかねえ……これでも、いざってときの勘所《かんどころ》ははずしたことがなかったんだが」

だから生き延びてこられた。だが政治と戦場の生き延び方は別なのだろう。

そういうこともあると自分の命だけなら割り切れるけれど、ついてきてくれた部下たちに申し訳なかった。まだ若い子だっているのだ。

「……しかし、なぜ我々を解放したんでしょうか？　しかもこんな中途半端《ちゅうとはんぱ》な場所に」

「そうです、武器まで与《あた》えて。神石がなくとも、我々は戦えます。魔物相手ではきつくなるでしょうが」

「まさか、この先にある村を我々に襲《おそ》わせようとでも？」

憤慨《ふんがい》した様子の部下に、イレーナは振り返る。

「さすがにそこまで手の込んだことをする意味が――」

そして見た。地平を這《は》う長い長い壁が、夕日のように赤く、光り輝《かがや》くところを。

「なっ――イレーナ様、あれは⁉」

答えられない。初めて見る光景だった。赤い光は天高く昇《のぼ》ったあとに、すうっと音もなく消える。

息を呑《の》んで見守っていると、今度はにぶい地響《じひび》きが聞こえ始めた。壁の内側の魔物の仕業《しわざ》だと察するのはたやすい。やがて大きな崩落《ほうらく》音と一緒に、壁の一部が壊《こわ》れた。

いくら魔物が体当たりしようと魔槍の攻撃《こうげき》を受けても難なく弾《はじ》き返す、魔法で強化された壁が、まるで普通《ふつう》の壁のように魔物に踏《ふ》み潰されて、壊れた。

(まさか、帝都の魔術を解除したってのかい⁉)

戦乙女の長城と呼ばれる壁を維持《いじ》する魔術は、帝都にある。ワルキューレなら知っていることだ。隠《かく》す必要はない。それを壊そうだなんていうワルキューレは、いないはずだから。

その認識の甘さを、今更《いまさら》イレーナは痛感する。

この国はワルキューレの善意を、使命感を、人生を搾取《さくしゅ》するだけで守られている。

ディアナたちの批判は正しく、今、国にはね返った。

「イ、イレーナ様……っあれでは、魔物が壁の外に！」

「……なんでアタシらがここに解放されたか、わかっちまったねえ」

イレーナの苦笑いに、槍を握りしめた部下が進言する。

「ですが神石なしの魔槍ではどこまでもつか」

「でもうしろには村とたくさんの街と、帝都がある」

はっと皆が顔色を変えた。それを憐れに思った。だが、それが矜持《きょうじ》でもあった。

(いつまでも搾取されるまま、か)

ディアナたちはきっと正しい。壁は次々壊され始めていた。最近の魔物はずいぶんおとなしかったのに、何か細工でもしたのか、そろって壁の外を目指しているようだ。

ここで戦っても、おそらく一時間と足止めできないだろう。無駄死《むだじ》にだ。いや、名誉あるワルキューレの戦死か。

でも逃《に》げることはできない。それが、生き方だった。

「逃げたい奴《やつ》は村に知らせに行きな。他はアタシと一緒だ。ついてきてくれるかい？」

顔をあげれば、全員が頷《うなず》き返してくれた。

「アタシら、損な性格だよねえ。でもおかげで、いい人生だったたって死ねるよ」

それはきっとさいわいなことだ。

土煙《つちけむり》をあげた魔物の大群が、まっすぐこちらにやってくる。

待ち構えたりなどしない。一歩でも遠く押しとどめるために、号令と一緒に、イレーナたちは突《つ》っ込んでいく――そのときだった。

「イレーナ！」

村の方向から馬が駆《か》けてきた。それはかつて自分が指導した、頼《たよ》りない将官だ。

「エルンスト！　あんた、つかまったんじゃなかったのかい」

「まだ全員無事だな、間に合ってよかった……っ大丈夫《だいじょうぶ》だ、援軍《えんぐん》がくる！」

全員がまばたいた。

「だから頼《たの》む、力を貸してくれ！　ヴィーカを捜《さが》すんだ」

「皇帝陛下？　どういうことだい」

「魔物になってしまったんだ。とある御方《おかた》が言うには、ヴィーカさえ助け出して人間に戻せば、魔物たちの暴動もおさまるはずなんだ」

「いや待て、そもそも援軍ってなんだい。とある御方ってのも誰《だれ》だい。あんた、追い詰められて妄想《もうそう》にでも取り憑《つ》かれたんじゃないだろうね。いいかい、この国にワルキューレ以外で魔物の大群と戦える戦力なんて――」

「総員、第一種戦闘《せんとう》配置！」

高らかな声と大きな影《かげ》が、イレーナたちの頭上に降り注いだ。巨大《きょだい》な鳥かと見あげれば勘違《かんちが》いだとすぐにわかった。カラスの大群だ。弓のような陣形《じんけい》を保って、空を舞《ま》っている。

「捜索《そうさく》隊、出動セヨ！　目標、魔王様ノ弟！　顔ソックリ！　可哀想《かわいそう》！」

「助ケル、助ケル！　報酬《ほうしゅう》、フルーツタルト！」

ちょくちょく間抜《まぬ》けなかけ声が入るが、問題はそこではない。互《たが》いに鼓舞《こぶ》し合う言葉だ。

「カ、カラスが、しゃべって……!?」

「エルメイアの魔物《まもの》だそうだ」

「魔物がしゃべるのか!?　そんな馬鹿《ばか》な」

「おい、そこの人間ども！　死にたいのか、さっさと離《はな》れろ！　巻きこまれるぞ」

今度は空から人間――違《ちが》う、一見人間と変わらぬ見目だが、頭に角が生えているし、背中から羽をはやしている。人型の、人ではないもの。まさかこれもエルメイアの魔物なのか。

「ベルゼビュート殿《どの》！　彼女らは味方だ、我が国のワルキューレだ」

ベルゼビュートと呼ばれた人物は上空で浮《う》いたままイレーナたちを見回し、鼻白んだ。

「ならいいが、足を引っ張るなよ」

「助力、感謝する。クロード様を巻きこんでしまったのはこちらなのに」

「見逃《みのが》してやる。なぜなら今の俺は陰《かげ》の参謀《さんぼう》長……！　契約《けいやく》は果たさねばならない……何より王の命令がなければ何もできない雑魚《ざこ》共とは違うと証明してやろう！」

台詞《せりふ》のわりには自慢《じまん》げだ。両腕《りょううで》を広げて、鼻の穴をふくらませている。

「とはいえ、あの数だ。俺たちは負けないが、逃げるなら今のうちだぞ、人間」

ふいっと顔をそむけ、飛んでいこうとする姿にイレーナは思わず声を張り上げた。

「待ちな！　なんで魔物が人間を助けてくれるんだ」

　魔物は敵だ。少なくともキルヴァスではそうだ。だからこそ助けてくれようとするその姿勢が信じ切れずに、いらぬことを尋《たず》ねてしまう。だが、他《ほか》のワルキューレたちも同じ心境のはずだ。それくらい、自分たちは魔物に苦しめられてきた。同時に、魔物を狩《か》ってきた。

「イレーナ、彼らは――」

「魔物同士、戦うってのかい。魔物の間にも縄張《なわば》り争いがあるとでも？　次、魔王がこの国を狙《ねら》ってるってなら、アタシはとても承服できない」

「何を言いたいのかわからんが、我らは王の弟を救いにきただけだ。でないと王が悲しむ」

　悲しむ、という意外な表現に、イレーナは口をつぐむ。

「魔物だ国だと、人間は相変わらず面倒《めんどう》だな」

　呆《あき》れたような声と一緒に、魔物は飛んでいく。自分たちでも一瞬《いっしゅん》ひるんでしまうような戦場に向けて、ためらいもしない。

「……イレーナ。戸惑《とまど》いはわかるが、話の順番が逆だ」

　エルンストに話しかけられ、イレーナは振《ふ》り返る。

「彼らは、魔王と同じ顔のヴィーカにまんまと同情してくれた。だから俺たちはその同情を利用することにした。エルメイアの魔物の協力を得て、この国と皇帝《こうてい》を救えばいい」

　魔物すらも手玉に取る。あまりに大胆《だいたん》で、ふてぶてしい。常人には許されない決断だ。

「エルメイアには、魔物が人間を守るという実績を。我らには、新しい政治体制を。貸し借りはない、これは等価交換《こうかん》だ」

だが堂々と胸を張るエルンストは、間違《まちが》いなくこの国の宰相《さいしょう》だった。

「――そう、俺も陰の総司令官殿から教えを受けて、呑みこんだばかりだが。まだまだ修業がたりない。これから世界と渡《わた》り合うには、俺も、ヴィーカも」

世界は広い。すっきりした顔をしているエルンストにつられて、イレーナも改めて壁《かべ》を見つめる。魔物を閉じこめ、自分たちを閉じこめてきた壁が、壊れた。

それを崩壊《ほうかい》の音にするのか、福音《ふくいん》にするのか。その分岐《ぶんき》点に、今、立っている。

「……でも、アタシらの国だ。そして、アタシらにはこれまで命《いのち》懸《が》けで培《つちか》ってきた魔物と戦う術《すべ》がある」

自分たちが必要のない、時代がくるかもしれない。今までの自分たちの努力が、成果が、無用の長物になる恐《おそ》ろしい時代。新しい時代、というのはそういうものだ。

「魔物共に今更負けてたまるかってんだよ。さあいくよ、これを最後の戦いにするんだ！　それがアタシたちワルキューレの矜持ってやつだよ！」

だがそれは世界を変えた証《あかし》だから、背筋を伸《の》ばして、受け入れよう。

イレーナの号令に合わせて、部下たちが雄叫《おたけ》びをあげる。それはこちらに迫《せま》り来る魔物たちの大群の足音にも、負けない。

窓際《ぎわ》から伸びた影に気づいて、クロードは目をあけた。

逆光を背にして、魔道士が恭《うやうや》しく腰《こし》を折る。

「遅《おそ》くなり申し訳ありません、クロード様。エレファス・レヴィ、参上いたしました」

じろりとにらみ、膝《ひざ》掛けに頬《ほお》杖《づえ》を突く。だが魔王の魔道士はひるまない。

「クロード様へのご挨拶《あいさつ》が後回しになった件については、アイザックさんに抗議《こうぎ》してください。俺は突然《とつぜん》、ハウゼルに寄港したレイチェルさんたちに呼び出されて、慌《あわ》てて状況《じょうきょう》を確認《かくにん》しにきたら魔物たちに助けられたキース様にアイザックさんのところへ行けって言われて、右も左もわからないままこき使われるだけのしがない魔道士です。クロード様のお力がなければ皆《みな》をばっと転移させられない、使えない魔道士なんです」

べらべら並べられる言い訳と自虐《じぎゃく》に毒気を抜《ぬ》かれ、クロードは嘆息《たんそく》する。

「……わかっている。お前は悪くない。あまりに皆、お前をないがしろにしすぎだ。僕は今回、それを痛感した。エレファス以下などという評価基準はおかしい」

「そんなことやってやがったのかわかってもらえて嬉《うれ》しいですよ、あはははは！」

「手短に状況説明を。僕の優秀《ゆうしゅう》な魔道士なら事態は把《は》握《あく》しているな？」

お咎《とが》めなしにほっとしたのか、エレファスが背筋を伸ばす。

「北の壁が一部、キルヴァスの魔物に壊《こわ》されました。帝《てい》都にある壁の維持《いじ》魔術《まじゅつ》が壊されたことが原因ですね。崩壊が一部で止まっているのは……ご本人に説明するのもあれですが、どこかの魔王様がその膨大《ぼうだい》な魔力で魔術の崩壊を押しとどめているからです」

きちんとこの魔道士は、クロードがここで何をしているかわかっている。

「壁から出てしまった魔物たちは、帝都に向かっています。到着《とうちゃく》は二十時間後の見込みだそうで、ワルキューレたちが……皇妃《こうひ》様ですか？　帝都に防衛線を構築中です。帝民の避難《ひなん》はされていません。ま、華々《はなばな》しく見せつける気なんでしょう」

「つまりこのままではワルキューレの思惑《おもわく》どおりだ。もちろん、手を打っているな？」

「今、アーモンドさんシュガーさんベルゼビュート様を中心に、空を飛べる魔物たちが対応に向かってます。魔香《まこう》を使って誘導《ゆうどう》している可能性が高いので、リュックさんクォーツさん作の魔香の治療《ちりょう》薬を大量にばらまいて魔物が止まればよし、というのが第一段階。他にも帝都のワルキューレたちの魔槍《まそう》を今、ドニさんが無効化すべく細工中です。あのひと、そのうち空中宮《きゅう》殿《でん》とか作るんじゃないですかね……俺、怖《こわ》いんですけど……」

「だが、それだけでは根本解決にならない。ヴィーカをなんとかしなければ」

心配しなくてもアイリーンの部下は、クロードにとって目下監視《かんし》対象だ。とはいえドニは魔物たちと仲がいいしクロードとも話が合うので、できれば自由にさせてやりたい。

「ヴィーカ様を人間に、あるいは正気に戻《もど》せば、魔物たちはおさまるはずだということで、身《み》柄《がら》の確保が作戦目標だそうです。その場で人間に戻すのは無理でも、麻酔銃《ますいじゅう》でもなんでも打ち込んでエルメイアで預かればなんとかしてみせると、その……陰の総司令官様が」

エレファスがそっと視線をそらす。クロードは大きく目をまばたいた。

「元に戻す方法はない、と聞いたが……心当たりでもあるのか」

「そっちですか。いえそっちも大事ですけどね。陰の総司令官、つっこまないんですか」

「アイリーンは魔物たちを喜ばせるのが上手だ。もちろん、僕も含《ふく》めて」

「え、クロード様も陰の総司令官に喜んじゃうんです？」

「今回は最前線にいないだけで合格点だ。いや、それを材料に交渉《こうしょう》したのか？　お前もそれで走り回らされたというわけだ」

いくら魔王の妻と魔王の従者でも、クロードを差し置いてエレファスや魔物たちを自在に動かせるわけではない。それなりの交渉材料が必要だ。

「困ったな、僕の妻はついに僕なしでも魔物を使えるようになってしまったのか」

「……。えー、ということでみんながんばってまーす。クロード様が動くとまたワルキューレを誤魔化《ごまか》す作業が発生しますし、壁が一気に崩壊するとさすがに困るので、俺はクロード様は山のごとく動かず現状維持《いじ》でもいいんじゃないかなって思いまーす」

仕事が終わった瞬間《しゅんかん》、雑になるのは、この魔道士の悪い癖《くせ》だ。

「謙遜《けんそん》するな。お前なら僕のかわりができるじゃないか？」

「わー聞こえませーん無理です、無理。あ、俺は戦場に戻りますねクロード様」

まるでクロードの命令に従うより戦場のほうがましとでも言いたげである。踵《きびす》を返そうとしたので、素早《すばや》く立ち上がったクロードは足を引っかけて転ばせ、マントを踏《ふ》みつけた。

「僕の優秀な魔道士なら、僕の身代わりはもちろん、壁の魔術の再構築もできるのでは？」

「嫌《いや》です。ここまで滋養強壮剤《じようきようそうざい》飲んでやってきたんですよ、これ以上は無理です！　魔術を再構築するのだって時間がかかるんです！」

「今後どう扱《あつか》うことになるとしても、直したほうが無難だろう。どれくらいかかる」

帝都全体にかかった、巨大《きょだい》な魔術だ。しかもハウゼルが構築したものである。だが何日かかろうが、崩壊を押しとどめているだけでは話にならない。

「どんなに必死でやっても、三時間はかかります」

床《ゆか》に尻餅《しりもち》をついたままのエレファスを、クロードはまじまじ見つめ返す。

「なんですか、その目。そりゃ壊れた魔術をつなぎ合わせるだけですけど、十分や二十分でできることじゃないんですよ。クロード様の魔力を借りてもその速さがやっとです」

「いや……僕の魔道士、優秀だなと。お前、僕の魔力を使えば僕より強いのでは……？」

「借りなきゃ勝てないなら意味ないでしょうに」

卑屈《ひくつ》なのだか自信があるのだかわからない返しだ。苦笑《くしょう》したクロードはマントから靴《くつ》をどけてやる。エレファスは不満そうな顔で、立ち上がった。

「魔術の再構築はお前にまかせる。僕を帝都の外まで強制転移させろ」

「ちょっとクロード様！　今はあなたの魔力が借りられないんですよ、身代わりは無理です」

「大丈夫《だいじょうぶ》だ、すぐ戻る。お前は時間を稼《かせ》いでくれるだけでいい」

「絶対すぐじゃないでしょう、そう言って半日戻らなかったことありましたよね！」

「本当だ。……僕がケリをつけなくてはならないからな、今回は。頼《たの》む」

エレファスが口をつぐんだ。両肩《りょうかた》を落として深く息を吐《は》き出し、クロードとよく似た色合いの瞳《ひとみ》をまっすぐこちらに向ける。

「ご武運を」

「僕は本当に、いい臣下に恵《めぐ》まれた」

失礼にもエレファスは肩《かた》をすくめたようだったが、すぐにその姿は消える。かわりに見えたのは、空だ。遠く、帝都の城壁《じょうへき》が見える。久しぶりの外だ。さて、と首を巡《めぐ》らせた。

（しかし、なめられたものだな。あの壁を壊したら僕が自由になってしまうと思わなかったのか？　それとも、なんとか直そうとするはずだと……）

そう読んだのかもしれない。実際、エレファスがこなければ、クロードは壁の維持を選択《せんたく》する可能性が高かった。帝都にくる魔物《まもの》たちを、ディアナやカトレアたちで必ず退けられる程度に押さえ込むのが、いちばん被害《ひがい》を少なくする方法だから。

クロードならそうすると、カトレアは思ったのだろう。ある種の信頼《しんらい》だ。

でももうひとり、クロードならそうしてしまうと見抜《みぬ》いた女性がいる。だから自分がいるのだと胸を張る、妻だ。

見知らぬ土地の乾《かわ》いた風を受けながら、一度、目を伏《ふ》せて、開く。魔物たちに呼びかけると、それだけで戦況《せんきょう》は知れた。

さあ、陰《かげ》の総司令官の思惑に乗ろう。同じ踊《おど》らされるなら、そちらがいい。

戦況は一進一退だった。

まず、アーモンドとシュガーたちがばらまいた治療薬が効いたことで、先手を取れた。だが壁《かべ》の中に戻そうとしても、やはり意思疎通《いしそつう》ができない。クロードに応答しないときから――キルヴァスの魔物たちについて聞いたときからわかっていたことだが、落胆《らくたん》は否《いな》めなかった。そこで説得できればいちばん早かったからだ。

結局、ワルキューレとアーモンドたちで、獣《けもの》を追い立てるようにキルヴァスの魔物たちを壁の内側まで追い込むことになった。だがしかし、壁に残っているワルキューレたちに気づかれてしまった。まだ壁に残っていたのは、こちらとしても誤算だった。

魔物に人間も加わる、敵味方入り乱れた戦闘《せんとう》が始まった。

イレーナたちの部隊は強いが、神石のない魔槍だ。ベルゼビュートがかばってやっているようだが、殺さずにとなると勢いは半減する。その隙《すき》にまた魔香が撒《ま》かれる。逃《に》げ惑《まど》っていたキルヴァスの魔物たちが、再び暴走し始める。戦線は、そのあたりで押し戻され始めた。

キルヴァスの魔物の悲鳴があがり始めた。焦《じ》れたワルキューレたちがイレーナたちと魔物をまとめて攻撃《こうげき》し始めたせいだ。魔香で帝都に誘導すればいい、目の前の敵さえいなくなればそれでいい。そんなふうにしか状況を見ないから、そういう浅慮《せんりょ》な真似《まね》ができる。

よく見れば、こちらがキルヴァスの魔物への攻撃をさけているとわかるはずだ。

その理由を、まさか博愛精神だとでも思ったのか。

「馬鹿《ばか》が」

少し離《はな》れた高台の天幕内から双眼鏡《そうがんきょう》を覗《のぞ》き、アイザックはつぶやく。

「辛辣《しんらつ》ですねえ。しかたないんじゃないですか？　あまりに魔王《まおう》についての情報がこの国にはなさすぎる。エルンスト様の指揮はどうです？」

「想像以上にいい、さすが現場あがり。今もちゃんと退《ひ》き始めてる」

「できれば見つけたかったですね。でもまあこうなると……きちゃいますかねえ」

「これえと思うのか、魔王の従者としては」

「まずきますね、魔物が傷つけられたとあらば、魔王は」

双眼鏡が必要ないほどの巨体《きょたい》が、新たに壁を踏み潰《つぶ》したのはそのときだった。一瞬《いっしゅん》だけ壁が抵抗《ていこう》するように光ったが、魔術ごと踏み潰したようだ。

そんなことができる魔物は当然、魔王に決まっている。

その魔物は、黒光りする鱗《うろこ》に覆《おお》われた四つ脚《あし》で地面を踏みつけ、低い姿勢をとっていた。鋭《するど》い牙《きば》から吐き出す気炎《きえん》は蒸気のように寒空に昇《のぼ》っていく。赤い瞳はぎょろぎょろと周囲を見回していた。攻撃されている魔物の悲鳴を聞き、全身を震《ふる》わせる。

赤い目の魔物——竜《りゅう》だ。ただ、クロードとは少し違《ちが》う形のように見えた。キルヴァスの魔物たちと少し形が違うだけ。そのことに淡《あわ》い期待を抱《いだ》く。

だが、背中から生える大きな両翼《りょうよく》は、飾《かざ》りではなかった。

「やっぱ飛ぶか！」

上空に飛び上がり、大きく息を吸い込んだ赤い目の魔物の口が、こちらに向いた。陣地《じんち》を見抜く知性まであるらしい。周囲の魔力でも吸い込んでいるのか、天幕がばたばたとゆれる。

防ぐ術《すべ》など、当然アイザックたちにはない。

「おい、従者。遺言《ゆいごん》あるか」

「お茶の淹《い》れ方もわかんねえくせに」

「じゃあ俺は、これでもう最前線に立つのを止められねーからな、だ」

収斂《しゅうれん》された魔力の砲撃《ほうげき》が、こちらに向かって放たれた。世界を真白に染める光だ。

そしてそれを遮《さえぎ》る、人影《ひとかげ》。

「それはとても困るな」

勘違《かんちが》いに気づいた。あの魔物は――ヴィーカは、陣地を狙《ねら》ったのではない。

強敵を本能的に察知し、狙ったのだ。

陣地の周囲が少し蒸発したが、生きている。知らず止めていた息を吐き出してから、アイザックは前髪《まえがみ》をかきあげて、笑う。

「はー勝った……」

「それは判断が早すぎるのでは。……あれがヴィーカか」

陣地におりたったアイザックの国の魔王様が、長い黒髪をゆらしながら背後を見た。その前にすっと魔王の従者が進み出る。

「我が主《あるじ》、陰の総司令官から伝言でございます。生け捕《ど》りに、と。そして彼に希望を与《あた》えてほしいそうです。彼はまだ戻《もど》る可能性が高い」

ぱちりとまばたくクロードに、アイザックは重ねて繰《く》り返す。

「いいか、生け捕りだ、生け捕り。最悪、ここで人間に戻せなくても、アシュメイルに協力を仰《あお》ぐ手もあるんだ」

「……ああなるほど、アイリー……陰の総司令官殿《どの》は、ヴィーカは完全に魔物になったのではなく、魔力が不安定になり暴走したとみなしているんだな。なら引き戻せる。しかし、何かタガがはずれるきっかけがあったはずだが」

人間をやめたくなるような哀《かな》しみや、怒《いか》りや、絶望や、諦《あきら》めが。

キースが物悲しそうに、遠くを見た。

「……おそらく、想《おも》い人にひどいことを言われたんですよ。化け物め、とね」

「ああ、それは傷つくな。可哀想《かわいそう》に」

「は？　そんな話、俺はひとことも聞いてな……ああ、逆算するとそうなるのか。いやそれで世界滅《ほろ》ぼそうとすんなよ！　なんか魔王って毎回それな気がすんだけど、恋愛脳《れんあい》か！」

――それは、魔王をそういうふうに作った世界に文句を言ってほしい。

小さく笑って、そのままクロードは飛んだ。声にせずとも命令を理解した魔物たちが、人間たちを避難《ひなん》させ、その場から離れ始める。

逆にヴィーカの指示を受けた魔物たちがクロードを墜《お》とそうと、一斉《いっせい》に攻撃を始めた。ヴィーカは彼らを従える王なのだ。

これは敬意を表さねばならないだろう。

新しい魔物たちの王の誕生を祝福するために。そしてまだ魔王としては未熟な王に、生き方を教授するために。

――赤くぎらつく自分そっくりの幼い瞳に、先輩《せんぱい》として兄として、正しく映るように。

キルヴァス南部とはいえ、海の上となるとさすがに寒さがある。だが、優秀《ゆうしゅう》な侍女《じじょ》たちがお茶と一緒《いっしょ》に用意した、エルメイア製の暖房魔具《だんぼうまぐ》と羽毛《うもう》に覆われた防寒具のおかげで甲板《かんぱん》では寒さを感じない。

地平線まで続く長い壁の向こうが、太陽が落ちたような輝《かがや》きを見せる。

ゆっくりとアイリーンは望遠鏡から離れ、甲板に用意された小さな丸テーブルに戻る。一人掛《が》けの椅子《いす》に座り直すと、優秀な侍女が膝掛《ひざか》けをすぐさま用意してくれた。

「クロード様が間に合った。勝ったわ」

「おめでとうございます」

レイチェルがあたたかいお茶を淹れ直してくれた。

「高みの見物というのも精神力を使うわね」

「陰の総司令官である以上は、無闇《むやみ》に動いてはなりません」

「わかっていてよ。……聖剣《せいけん》があればリリア様に助言なんて請《こ》わなかったのに」

――ほらーやっぱり私の言ったとおりじゃない、行ってよかったでしょー？

――やだ怒《おこ》んないでアイリーン様、ちゃんと答えるから。ね、何があったか教えて！

──え、何困ってるのかわかんない。だって赤い目の魔物は人間に戻れるでしょ、正気に返れば。戻らないのは、本人が魔物として討《う》たれるって覚悟《かくご》したからでしょ。

──もー、ちゃんとゲームは設定《ルール》を確認《かくにん》して勝負しないとだめじゃない。

そう、ゲームではキルヴァスの魔物が元人間であるというような設定は語られなかった。だから人間に戻れないなんて設定もなかった。

そしてヴィーカは何度か赤い目の魔物になり、人間に戻っている。

さすが、かつてゲームの知識を武器にして現実を弄《もてあそ》んだ元プレイヤー様は、目の付け所が違う。正直、悔《くや》しい。聖剣がないと、などと弱気なことを考えてしまっていた。

「ですがアイリーン様に聖剣がなくてよかったと、皆《みな》さん思ってますよ。そっちのほうが大変ですから。それに、たまには皆さんが頑張《がんば》ったあとを引き受けるのもいいではないですか」

「そうね。いつまでも、同じ戦い方ではいられないもの」

聖剣はなくなった。なくなったからといって、築いてきた責任がなくなるわけではない。

「ヴィーカ様をお迎《むか》えする準備は万全《ばんぜん》ね？」

「もちろんです、皇后陛下。セレナ様がアシュメイル正妃《せいひ》殿下《でんか》に内々に話を通し、レヴィ大公妃が聖具と魔具の用意にあたっております。場合によっては神の娘《むすめ》も派遣《はけん》していただけるとのこと。ヴィーカ様が皇都で預かるのが難しいお姿だった場合は、レヴィ大公領とルヴァンシュ伯爵《はくしゃく》領に住まいを用意する予定です。魔香《まこう》の治療《ちりょう》薬の増産についてはアシュメイルも対応してくださるそうです。あちらにはリュックさんに負けない魔香の専門家がおりますので」

「ありがとう。わたくし本当に何もできなくて、周囲に頼《たよ》りっぱなしだわ」

わざとらしく溜《た》め息をつくアイリーンに、レイチェルがすまして応じる。

「本当に。ディアナ皇妃《こうひ》殿下《でんか》とカトレア皇姉《こうし》殿下がお気の毒です」


妻はもう勝ったと思ってそうだな、とクロードは嘆息《たんそく》する。

(今から勝ちにいくのは僕なんだが)

だからといって、負けるつもりもない。

魔王の——竜の姿に変わったクロードの深紫《ふかむらさき》の瞳《ひとみ》に見つめられても、ヴィーカはひるまなかった。脅《おび》える他《ほか》の魔物たちを追い越《こ》し、飛びかかってくる。おそらく、魔物たちを本能的にかばっているのだ。

なるほど、確かに魔王だ。本能からにじみ出る思考と行動が自分とそっくりである。

自分を慕《した》う魔物たちを愛し、かといって人間を憎《にく》みきることもできず、人間にも魔物にもなりきれない。それがおおよその魔王が抱《かか》える苦悩《くのう》だ。

だがそれで終わってもらっては困る。

——さあ、自分だったら何を思い出させれば戻るだろう。アイリーンに化け物と拒《こば》まれてしまったそのとき、どうすれば。

首に噛《か》みついてきた胴体《どうたい》を、尻尾《しっぽ》ではたき落とした。体格はクロードのほうが大きいが、そ

の分あちらのほうが身軽だ。くるりと一回転して体勢を立て直し、クロードの周囲を旋回《せんかい》し始める。

「──イイ、ノカ」

正気でいるからか、言葉がしゃべれた。それもそうか、と話してから納得《なっとく》する。アーモンドたちだってしゃべれるのに、魔王《まおう》が話せなくてどうする。

そう、きっと、昔の自分なら、こう言えば目をさます。

「妻ヲ、助ケ、ルゾ」

ヴィーカの赤い瞳がゆらいだ。咆哮《ほうこう》し、クロードに向けてまた魔力の砲撃を放つ。だが、動揺《どうよう》したまま放たれた狙いの定まらない攻撃《こうげき》など当たらない。

クロードは上空にあがった。雲を突《つ》き抜《ぬ》けてから、反転し重力を味方につけて落下する。

──彼は言った。姉を助けてくれ、と。

なぜ妻でないのか不思議だった。なんの感情も持っていないから、大事なのは姉──その可能性はあった。だがそれでも違和感《いわかん》があるのだ。

クロードならいちばん大切な女性を、他の男になどまかせない。

(何を諦めている)

化け物。結構じゃないか。それでもいいと、そう思わせることができれば。

落下するクロードの瞳と、見あげるヴィーカの瞳が合う。そのまま、額をヴィーカの顔面にぶつけた。そして、追い討ちとばかりにクロードも口から魔力の光線を吐《は》く。この近距離《きんきょり》ではよけられない。

光が、空から地に墜《お》ちた。

地面をえぐり墜落《ついらく》したふたつの巨体《きょたい》が、大きく土煙《つちけむり》をあげる。やがてその中心で起き上がったのは、人影《ひとかげ》だった。

「――嫌《いや》だろうな。誰《だれ》か他の男に助けられるのも、幸せになられるのも」

人間に戻らなければ、彼女を手放すだけではなく、誰かに渡《わた》すことになってしまう。そんな当たり前のことに気づいたのだろう。

ヴィーカは、人間の姿に戻っていた。

綺麗《きれい》に終わらせようとするから、こんな中途半端《ちゅうとはんぱ》なことになるのだ。君が他の誰かと幸せになるのを許すくらいなら、化け物でかまわない。――そこからが本番だろうに。

「早く大人になるといい」

ヴィーカを起こそうとして、クロードは重要な問題に気づく。

毎度のことなのだが、全裸《ぜんら》だ。

だが、慣れたアーモンドたちが毛布だ洋服だと運んできたのは、すぐだった。


――おかしい。

ディアナは時計を見た。時間はとっくに、予定時刻をすぎている。なのに、帝都《ていと》の城壁《じょうへき》から一向に魔物の大群は見えない。

何か不測の事態が起こっているのか。

第一報は問題なく帝都に届いた。イレーナたちを捨ててきたワルキューレたちも無事戻《もど》ってきている。魔香も要所要所に、きちんと用意したはずだ。何度も確認した。

なのに、魔物だけがこない。

イレーナたちが捨て身で奮闘《ふんとう》したのだとしても、こんなに長時間、粘《ねば》れるはずがない。

城壁の上で魔物たちを待ち構えているワルキューレたちにも、少しずつ戸惑《とまど》いが広がっていた。緊張《きんちょう》はいつまでも保てるものではないのだ。魔物はこないのでは、壁《かべ》が破られただなんて誤報だったのではという空気が漂《ただよ》い始めている。

(そんなこと、あり得ない)

帝都にある壁の魔術は壊《こわ》した。ヴィーカも壁の内側に放置した。まだかろうじて人の形を保っていたが、あれは時間の問題だった。その証拠《しょうこ》に、魔物たちがまるでヴィーカを守るように集まってきていた。壁の内側のどこに魔香をばらまくか検討する手間がはぶけたくらいだ。

「……ディアナ。もう一度斥候《せっこう》を出そう」

カトレアの提案に、頷《うなず》き返した。最初はとりあえず待とうと落ち着いていたカトレアの横顔も、今は厳しくなってきている。

「ディアナ様、あれ！　ワルキューレでは……」

周囲を見張っていたワルキューレが、馬と人の影《かげ》を指し示す。真っ先にカトレアが城壁から乗り出すようにして、顔色をなくした。ディアナもその横に並ぶ。

ワルキューレは身体能力があがっている。目をこらせば、先頭にいる馬上の人物がなんとか見えた。だが、信じられずにディアナは呆然《ぼうぜん》とつぶやく。

「……イレーナ」

事情を知っているワルキューレたちに動揺が走る。ディアナもカトレアも例外ではない。

(魔槍《まそう》もなしにどうして……魔物は⁉　止められるわけないでしょ⁉)

「凱旋《がいせん》だよ！　あけとくれ、開門だ！」

動けずにいる間に、イレーナたちが声が届く位置までやってきた。堂々としたその要求に、ディアナは前に出る。

「ふざけないで、今から魔物がくるの！」

「へえ、どこからだい？　壁からここまで戻ってきたけど、そんな様子はなかったよ。誤報じゃないかい？　それにしたってずいぶんな装備だ。ひょっとしてあんたたち、きもしない魔物たちをご大層にそうやってずーっと待ってたわけかい？　そりゃ、ご苦労さんだ」

笑われて、ワルキューレたちが目配せをし合う。きもしない魔物たちを待って城壁に総動員で張りつき、帝都防衛だと盛り上がっただけで終わったら、間抜《まぬ》けきわまりない。

だが、そんな展開になるはずがないのだ。

「……。イレーナ、無事で何よりだ」

カトレアが落ち着いた声音《こわね》で切り出した。だが、横顔はいつものように穏《おだ》やかではない。

「壁は壊れ、暴れ出した魔物が外へ出た。そこは確認《かくにん》がとれてるんだ」

「ああ、そうだよ。だから言ってるじゃないか、凱旋だって」

カトレアが黙《だま》った。イレーナが生きていることと、凱旋の意味。それを組み合わせて、ディアナは叫《さけ》ぶ。

「――そんな馬鹿《ばか》なこと、あるわけない！」

「事実だ」

またもうひとり、思いがけない人物が姿を見せた。エルンストだ。どうして、と叫ぶ前に、男のよく通る大きな声が、城壁に響《ひび》く。

「ワルキューレ諸君！　魔物は、エルメイア皇帝《こうてい》の助力を得た皇帝陛下の尽力《じんりょく》により退けられた！　安心したまえ、キルヴァスの魔物は既《すで》に皇帝陛下の指揮のもとにある！」

「は――はあ!?　あいつは、魔物に……っ」

言い返そうとした声は、張り上げたエルンストの声にかき消される。

「我らが帝民よ、聞け！　この国ではワルキューレへの手術を悪用し、ハウゼルの手によって愚《おろ》かにも人を魔物にする研究が行われていた！　それを未《いま》だ利用し、続けようとする者たちが潜《ひそ》んでいる！」

魔物を畏《おそ》れ身を潜めていた帝民たちが、なんだなんだと集まりだしていた。もともと、ワルキューレの雄姿《ゆうし》を見せるために、城壁近くに集めていたのが、今となっては災《わざわ》いした。

「ワルキューレの非人道的な手術はもちろん、人間と魔物を争わせるような技術は、断じて許されるものではない！」

非人道的な手術。その単語に、ディアナはもう一度怒鳴《どな》り返そうとする。だが、カトレアが踵《きびす》を返すほうが早かった。

「ヴィーカ・ツァーリ・キルヴァスの名のもと、宰相《さいしょう》エルンスト・ヘルケン・ドルフがここに宣言する！　これよりキルヴァスはかの女王国ハウゼルと袂《たもと》を分かつ――悲劇は繰《く》り返させない、この国に真の独立と、平和をもたらすことを！」

それは、自分たちが言うはずだった言葉だ。でもそんなこと、今はどうでもいい。

（カトレア）

たったひとりの理解者、ともだち。

民衆の歓声《かんせい》に背を向け、ディアナはカトレアを追って走り出した。

お別れのときか、それともこれが本当の再会か。魔王でもわからないことはある。

夕暮れどき。最初の出会いとは真逆の、血を思わせる強い西日が差し込む皇帝の私室に、彼女はひとりで現れた。

「……お見事です、クロード様。あなたの仕業《しわざ》ですね」

「それは買いかぶりだ。僕はヴィーカ殿《どの》の代わりをしただけだ」

一人掛《が》けの椅子《いす》に腰《こし》かけ、謁見《えっけん》をするように彼女を迎《むか》え入れる。

走ってきたのか、らしくなく乱れた彼女の髪《かみ》が、夕日に反射してきらきら輝《かがや》いていた。

「……ヴィーカは、生きているんですか」

「ハウゼルで見つかったそうだ。まだ本調子でもないようだからエルメイアでの養生をすすめた。ちょうどハウゼルに妻も寄港していたしな。一緒《いっしょ》に凱旋も考えたのだが、今の世情に満身《まんしん》創痍《そうい》な従兄弟《いとこ》殿を放《ほう》り込むのも気が引ける。一月か二月もあれば万全《ばんぜん》な状態で僕と交替《こうたい》できる。

――そういうことでどうだろう？」

クロードの作り話を黙って聞いていたカトレアが、同じ誘《さそ》いかけに、眉《まゆ》をよせた。

「……まさか、情けをかけてくださるのですか」

「僕ではない。ヴィーカ殿に頼《たの》まれた。――姉を助けてくれ、と」

だから弟が差し伸《の》べた手を取ればいい。それをクロードも願っている。

「……壁を壊した件についてはどうするんです？」

「ハウゼルが墜ちたばかりだ、不具合は起きる。それに、ヴィーカ殿がいればもう魔物は暴れない。キルヴァスの魔物は彼に従う。壁は今後、魔物と人間の住まいの区切りになるだろう」

「大勢のワルキューレたちが関《かか》わっています。なのに粛清《しゅくせい》も口封《くちふう》じもしない、と？」

「君と皇妃《こうひ》の助力が得られるのなら不可能ではない。ヴィーカ殿もそれで合意するはずだ」

「ですが、ワルキューレたちは用なしにされる。この国から」

一方で、諦《あきら》めもあった。カトレアは静かに、クロードを見返す。

「正しいと思っていたことが、いきなりひっくり返ったことがありませんか？　今までの自分の努力も選択《せんたく》もすべて見当違《けんとうちが》いだと気づく、そんなむなしさや怒《いか》りを味わったことは。そのうえで、これから選ぶべき正解が見えてしまったら、どうしますか」

「……ワルキューレを今までと同じように続けることが、君の正解なのか？」

カトレアは答えず、微笑《ほほえ》んだ。

その微笑みが偽《いつわ》りなのか本物なのか、クロードにはもうわからない。

「クロード様。私はあなたを決して侮《あなど》っていたわけではありません。なのにこんな結果になったのは、私の甘さでしょう。ヴィーカやエルンストを、何も知らない甘ったれだと笑ってはいられない。──ですが、次はないと、どうぞ覚えておいてください」

「ぼくは、きみに、しあわせになってほしい」

思いがけず零《こぼ》れ出た本音を、だがしかし、彼女は拾い上げなかった。冷たい女の双眸《そうぼう》が、クロードを思い出ごと突《つ》き刺《さ》す。

「……あなたにだけは言われたくありませんでしたよ。しあわせになってほしい、なんて無責任な男の言い訳を」

しあわせになろうともするとも言えないのならば、何も告げるべきではない。綺麗《きれい》な思い出にしておけばいいのだ。クロードは彼女を選ばないのだから。

不用意な発言だった。彼女の批判はもっともだ。

「──すまない。僕は、そちら側にはいけなかった」

優《やさ》しくカトレアは微笑んだあと、一礼し、踵を返す。そして振《ふ》り向きもしなかった。

ひどく情けない男になってしまった気分で、クロードは長く深く、溜《た》め息を吐《つ》く。

「あら、ひょっとして落ち込んでらっしゃる？」

そしてぎょっとした。慌《あわ》てて腰を浮《う》かせて振り向くと、妻がにこやかに立っている。その背後にはエレファスがいた。転移してきたのだ。

「あー俺はもうちょっと落ち着いてからって言ったんですけど、アイリーン様が絶対に今って譲《ゆず》らないので、はい。ほら陰《かげ》の総司令官ですし、クロード様もそう認めたし……」

魔道士が目をそらしたまま、先に言い訳を始める。だがにらむと黙った。

「どうせ、僕の弱みが握《にぎ》れるとか言われたんだろう」

「よくわかりましたね、さすがクロード様です」

「僕がエルメイアに戻《もど》ったときの給与《きゅうよ》査定を楽しみにしていろ」

「いや待ってください、誤解ですよクロード様！」

「そうですわ、クロード様。弱みなんてどこにありましたの？　わたくしはてっきりそのお顔で女性をあくどくたぶらかすものだとばかり思ってましたのに、残念」

さすがに少し、妻の顔を見るには勇気がいった。だが逃《に》げてはいけない。

口元に指先をそろえて当てて、勝ち誇《ほこ》った顔で妻が笑う。魔王も逃げ出したくなるような極《ごく》上《じょう》の、悪役の笑《え》みだ。

「見逃《みのが》してさしあげましたのね？　従姉妹《いとこ》にはお優しいこと」

これはもう、わかっていて言っている。このときを待っていました、と言わんばかりのすさまじい皮肉だ。

なぜどこでいつから、というような馬鹿な質問はしない。女性は怖《こわ》いのだ。

理解すべきは、カトレアに関してクロードは妻のやり方に口を挟《はさ》むことはできなくなったという一点だけだ。

「お可哀想《かわいそう》なクロード様。次はわたくしが敵《かたき》を取って差し上げますわね」

「……ほどほどで頼む」

ヴィーカの願いを、まさかここで果たすことになるとは思わなかった。

「あら、どうしようかしら。クロード様の態度によりますわね……」

ふふふと嬉《うれ》しそうに目を細めているアイリーンは、完全に楽しんでいる。これはまずい。

すべてを裏であやつった妻に手玉にとられないよう、その頰《ほお》に手を伸ばす。

「どうか許してくれ、アイリーン。僕を許してくれるのは、君しかいない」

そして全力で、この世のすべてをとろかすべく微笑んだ。顔面は力だ。

だが、妻はふっと、夢からさめたような顔をする。そんな馬鹿なと衝撃《しょうげき》を受けたクロードを放置して、アイリーンが視線を落とした。

「……今、おなかを蹴《け》った、気が」

横っ面《つら》をはたかれた気分でクロードもアイリーンの視線の先を見る。

その先のことはふたりで盛り上がってしまって、あまり覚えていない。

だが、初恋《はつこい》の終わりなんて、こんなものでいいのだ。


「──カトレア」

廊下《ろうか》に出たところで呼びかけられ、カトレアは苦笑《くしょう》した。

「なんて顔してるんだ、ディアナ」

「だって……」

「だいじょうぶ。……キルヴァスはもともと、通過点だ。そうだろう？」

滅《ほろ》んでもかまわない。そう思って出た策だった。

きっと外では、エルンストの演説にわいた帝民《ていみん》たちが、イレーナたちを受け入れている。自分たちの居場所はもう、ここにはない。いや最初からなかったのだ。

「さあ、次はいよいよ本命のハウゼルだ。だがクロード様は、私たちを認めないだろう。てごわい敵になるぞ」

「……聖剣《せいけん》を見つけたほうがよさそうね。次は慎重《しんちょう》にいく」

「そうだな」

「でも、……好きだった？」

ディアナの視線も言葉も、いつだってまっすぐだ。きっとカトレアの嘘《うそ》も見破る。

「……思い出だよ。全部わかってしまったあとで振り返っても、綺麗だった思い出。でももうそれも、現実に変わった」

その肩《かた》を叩《たた》いて、友達と一緒にこの国を出る。

だから、初恋の終わりなんて、それでかまわなかった。


キルヴァス帝国《ていこく》の壁《かべ》が壊《こわ》れたその日、皇妃ディアナと皇姉《こうし》カトレアが大半のワルキューレをつれ姿を消した。皇帝《こうてい》ヴィーカは捜索《そうさく》を開始、各国にも要請《ようせい》したが、ハウゼルと深くつながっていた彼女たちの行方《ゆくえ》は知れない。

神聖ハウゼル女王国が斃《たお》れて既《すで》に一年。

墜《お》ちてなお世界に影響《えいきょう》を及《およ》ぼし続けるかの国とその遺産をどうすべきか。各国で話し合うべく二大陸会議の開催《かいさい》が年若きキルヴァス皇帝の呼びかけで決まった。

二大陸会議の開催は、翌年の秋。長く傀儡《かいらい》皇帝と侮られ続けたヴィーカ・ツァーリ・キルヴァスが皇帝としてなした、最初の偉業《いぎょう》である。

✦終幕✦ラスボスの家庭

エルメイア皇国は四季がはっきりしている。

クロードがキルヴァスから戻ってすぐに訪《おとず》れた冬は慌ただしくすぎ、春が近づいていた。冬との境目を告げる強い風に白く霞《かす》む柔《やわ》らかい空、やがてそこに控《ひか》えめにさしこんだ茜色《あかねいろ》の夕焼けも、そうっと灯《あか》りを落としたような宵《よい》の訪れも、すべて春を感じさせる一日だった。

だがその日、うららかな空模様をクロードは一切《いっさい》見ていなかった。見る余裕《よゆう》がなかった。

朝から、妻の陣痛《じんつう》が始まったからである。

「クロード様、落ち着いてください」

耐《た》えかねたように、執務《しつむ》室でウォルトが声をあげた。

「落ち着いている」

「いや部屋がゆれてるんですって。あとクロード様の手も小刻みに震《ふる》えてますよね」

「これ以上なく落ち着いている。この部屋しかゆらさないよう、精一杯《せいいっぱい》落ち着いている」

「……それだけで有り難《がた》いと思え、ウォルト。まばたきしてないぞ、クロード様」

あー、と声をあげてウォルトは、カイルと一緒《いっしょ》に仕事を再開した。彼らの本職はクロードの護衛だが、積み上がった書類や資料の仕分けくらいはできる。キースの出入りが落ち着かないので、お茶を淹《い》れるのも今は彼らの仕事だ。

だが、今日のクロードには味などわからない。

既に産み月もすぎ、心配になってきた頃合《ころあ》いだった。アイリーンも大丈夫《だいじょうぶ》などと言っていたが内心では不安だっただろう。そこへやっと始まった陣痛だ。準備万端整えて待ちかまえていた皇城は、すぐさま出産の準備に入った。

報告を聞きすぐ駆《か》けつけたクロードだが、かねてからのアイリーンの希望ということで妻の手を握るどころか顔を見ることすら許されず出禁を言い渡《わた》され、そのまま執務室に出戻《でもど》りになった。そうしたら宰相《さいしょう》のシリルが待ち構えていて、山のような仕事を持ってきた。「妹からの頼《たの》み」だそうだ。

とどめにレイチェルから「周りが気を遣《つか》います。執務を優先なさって」という妻からの伝言を受け取った。なお、魔物《まもの》たちの応援《おうえん》ダンスは当然断られた。しかたなく森でやっているようだが、なんならクロードも踊《おど》り出したい気分だ。仕事になどなるわけがない。

さらに現場を混乱させたのは、遅《おく》れて皇太子妃《ひ》――リリアまで産気づいたことだった。こちらは予定よりずいぶん早い出産になる。

皇后と皇太子妃の出産という事態に、さすがに皇城中が混乱した。だが、医師も産婆《さんば》も、なんなら隣国《りんごく》から神の娘《むすめ》まで呼べるよう万全の準備を整えていたことが幸いした。

予定外なのは、クロードと同じようにうろたえるセドリックも同じ執務室に放《ほう》りこまれたことくらいだろう。相手にするのが面倒《めんどう》なのでまとめられたに違《ちが》いない。

部屋の隅《すみ》でひとり、ソファに座っている異母弟《いぼてい》にクロードは声をかける。

「セドリック、落ち着いているか、落ち着くんだ。僕がいる、大丈夫だ」

「兄上、うるさい。邪魔《じゃま》しないでください」

セドリックも「邪魔☆」とリリアに追い出され、作りかけの産着《うぶぎ》を完成させるよう伝言されたらしい。さっきから職人かという勢いで編み針を動かし続けている。部屋がゆれているのに一心不乱に編み続ける姿は、いっそ恐《おそ》ろしい。あんな光のない目で編んでいては、呪《のろ》いの産着ができあがるのではないかと心配だ。

ただ、気持ちはよくわかる。何かに没頭《ぼっとう》していたほうが楽なのだ。

どうあがいても、クロードの出る幕はない。だが既に時計の短針は、最初の陣痛を知らせた時間から一周している。時間がかかるとは聞いていたが、まさか夜が明けるまで続くのだろうか。そう思うと手が震える。

「……だめだ、署名が震えて読めない字に」

「わ、わかりましたクロード様。国璽《こくじ》で印を……ぶ、ぶれますね……」

「僕は初めて、自分の無力を痛感している……！」

「ははー今まで無力を感じたことがなかったたっつー告白ですよね、微妙《びみょう》にむかつくな」

「クロード様、まだ正気ですか。ヴィーカ様から手紙を預かってきましたよ」

今朝、キルヴァスへ書面を持たせたエレファスが帰ってきてしまった。

扉《とびら》から入ってきたエレファスが、執務机に手紙を置く。だがクロードの手が震えているのを見て、ペーパーナイフをとって封《ふう》を開け、中身を渡してくれた。

ソファごしにウォルトが声をかける。

「キルヴァス、落ち着いてきたか。いっぺん行ってみたいんだよな、俺も」

「ええ、寒さもようやくましになってきましたよ。魔物も落ち着いてるようです。壁は魔物の居住区との境として残す方向のようで……ああ、もう魔物とは呼ばないんでしたか」

「魔族、という呼称《こしょう》を使うことになったらしい」

元は人間だ。魔物と混同するのもよくないだろうということで協議されていたらしいが、ようやく決まったと手紙には書かれていた。存在を定義する呼称は大事だ。

「人間に戻《もど》れる者たちが、壁の向こうで集落を作っているのがわかったそうだ。これから聞き取り調査をするとある。ひょっとしたらいずれ全員、人間に戻れるかもしれないな」

クロードと無事交替《こうたい》したヴィーカは、うまく国を回しているようだ。彼を傀儡《かいらい》と罵《ののし》る声も減ってきていると聞いている。

ディアナとカトレアを含《ふく》めたワルキューレたちの行方はわからないが、今のところ不穏《ふおん》な動きはない。気にかかるといえば、ハウゼルの女王復活を望む声が日に日に大きくなっていることくらいか。だが、キルヴァス主導で二大陸間での会議が予定されている。そこで各国の足並みがそろえば、ハウゼルの問題もうまくおさまるかもしれない。

となると、大事なのは各国との連携《れんけい》だ。

「アシュメイルにつなぎを取ってくれ。ひょっとしたら聖王が僕にくれたような聖具のアクセサリーが役に立つかもしれない」

「わかりました。ところでクロード様、ずっと部屋がゆれてるのなんとかなりません？」

「僕は無力だ……！」

「あーもう思い出させるなよエレファス、一瞬《いっしゅん》落ち着きかけたのに」

「この部屋だけだ。体幹を鍛《きた》える運動だとでも思え。今日と、あるいは明日も」

カイルのたしなめにエレファスがなるほど、と頷《うなず》く。クロードは苦悶《くもん》に眉根《まゆね》をよせた。

「生まれてさえくれれば僕にもできることがあるというのに……！　名前をつけるとか！」

「あんまり役に立ってなくないです？　それ」

「大事なことだろう。女でも男でも対応できるように用意してある」

扉が勢いよく開いた。落ち着いた足取りで入ってきたキースが、数歩でぴたりと止まる。まるで何か報告があると言いたげだ。

クロードは顔色を変えて立ち上がる。セドリックも同じ勢いで立ち上がった。

「お生まれになりました」

「「どっちが!?」」

異母兄弟の声がそろった。満面の笑《え》みを浮《う》かべ、キースは答える。

「両方、女の子です」

出産の痛みに関して色んな表現を見聞きしたが、それらすべてを思い出すような経験を得られた気がした。

（前世のあの科学力でも、命懸《いのちが》けっていうものね……）

それでもアイリーンは皇后、恵《めぐ》まれているほうだ。赤ん坊《ぼう》の泣き声を聞いて、その顔を見た瞬間《しゅんかん》、安堵《あんど》と疲労《ひろう》で意識が飛んだ。そのあと目がさめたらもう、ふかふかしたいつもの寝台《しんだい》で身ぎれいにされて寝《ね》かされていたのだ。

しかも夫が手を握《にぎ》っているという特典つきである。

「……クロード様……わたくし」

ぼんやりしているアイリーンを優《やさ》しく見下ろしたクロードが、視線だけで枕元《まくらもと》を示す。

そこには、小さな編み籠《かご》に寝かせられ、白いおくるみに包まれた小さな赤ん坊がいた。

すやすや眠《ねむ》っているその姿におそるおそる指を伸《の》ばし――アイリーンは首をかしげる。

「……泣いて……ませんわね？」

「さっきまで城をゆらすような勢いで泣いていた。疲《つか》れたんだろう」

そうなのか。ではさわったら起こしてしまうだろうか。まだ何もわからないアイリーンの手を、クロードがそっとつかむ。

「女の子だそうだ」

「そう……ですの。そう……」

「よく頑張《がんば》ってくれた。ありがとう」

──ああ、生まれたのだ。産んだのだ。

いきなりそれを実感したアイリーンは、胸を張る。

「お礼を言われることではありませんわ。魔王《まおう》の妻として、皇后として、当然のことです」

強がったその声はほんの少しゆれてしまったけれど、これからはこの小さな命も抱《かか》えていかねばならない。弱気になどなっていられないのだ。

クロードがそうっと、息を殺して、赤ん坊の頰《ほお》に指先で触《ふ》れる。瞬間、火が付いたように赤ん坊が泣き出し、クロードがうろたえ出した。待っていましたとばかりに扉が開いて、精鋭《せいえい》の侍女《じじょ》たちが並ぶ。何を思ったのか、クロードが言い訳を始めた。その光景に、ついアイリーンは笑ってしまう。

さあ、まずはこの小さな命の抱《だ》き方から覚えよう。

名前はもう決めてある。


クレア・ジャンヌ・エルメイア──エルメイア第一皇女の誕生の祝いにわいた皇都アルカートでは、その日、夜中になっても光が消えることはなかった。


──ちなみに。

「は？　リリア様も出産した……？」

「そう、十分くらい遅《おく》れて。ほとんど双子《ふたご》のようなものだな」

名前はアリア。アイリーンたちがグレイス・ダルクからあやかったように、アメリア・ダルクから取ったらしい。早産だったが、しっかり元気な産声《うぶごえ》をあげたようだ。

かつてハウゼル女王国に生まれた、双子の王女。始まりの聖剣《せいけん》の乙女《おとめ》たちにあやかった女の子がふたり、同じ日に生まれた。いや、産んだのか。

リリアの執念《しゅうねん》じみたものにアイリーンは鳥肌《とりはだ》を立てて、遠い目になる。

ハウゼル女王の空位が問題になっているこの時代に、娘《むすめ》たちは生まれにしても、名前にしても、決して無関係ではいられない。自分たちはどこまで守ってやれるだろうか。

――だがそれも、ゲームは終わっても人生が続く証左だと思えば、悪くない。

あとがき

こんにちは、永瀬《ながせ》さらさと申します。

この度《たび》は10巻を手に取っていただき、有り難《がと》うございます。

今回は新しいお話を書き下ろしました。久しぶりのアイリーンたち、書いていてとても楽しかったです。

お話はそのまま次巻に続きます。何もできないお姫様《ひめさま》と侮《あなど》られたままでアイリーンが終わるはずがない、ということで楽しみにして頂けたら嬉《うれ》しいです。

そして今回は『やり直し令嬢《れいじょう》は竜帝《りゅうてい》陛下を攻略《こうりゃく》中』の5巻も同時刊行です。どちらも合わせてお楽しみ頂けたら幸いです。

また、『悪役令嬢なのでラスボスを飼ってみました』が二〇二二年十月よりアニメ放送開始です。右も左もわからないままWEBで連載《れんさい》を始めたときから考えると、夢のようです。周囲の方々のご尽力《じんりょく》に恵《めぐ》まれたのはもちろん、皆様《みなさま》の応援《おうえん》あってこそのアニメ化です。アイリーンたちが喋《しゃべ》って動く姿を見られるのが、私も今から楽しみです！

そしてコミカライズのほうも、柚《ゆず》アンコ先生が番外編として、またアイリーンたちを描《えが》いてくださいました。以前よりパワーアップした素敵《すてき》なコミカライズです。ぜひぜひご堪能《たんのう》ください。

アニメ・コミカライズ・原作と、どのアイリーンたちもそれぞれ応援して頂けたら嬉しいです。

それでは謝辞を。

紫真依《むらさきまい》先生。気づいたらクロードの顔を増殖《ぞうしょく》させてしまってすみません……！　いつもいつも素敵な表紙と挿絵《さしえ》を有り難うございます。次巻も宜《よろ》しくお願いします。

柚アンコ先生、シリーズ二作品の同時連載、本当に有り難うございました！　お体大事になさってください。

アニメ制作スタッフの皆様。何もわからない原作者に、たくさんお気遣《きづか》い頂いて有り難うございました。アイリーンたちを宜しくお願い致《いた》します。

担当編集様、おふたりともスケジュールの調整など様々な方面でご助力くださって、有り難うございます。

他《ほか》にも各編集部の皆様はもちろん、デザイナー様、校正様、たくさんの方々にお世話になりました。厚く御礼《おんれい》申し上げます。

何より、この本を手に取ってくださった皆様。アイリーンたちへの変わらぬ応援に、本当に感謝しております。現在刊行中の『やり直し令嬢は竜帝陛下を攻略中』と合わせて楽しんで頂けるよう、今後も精一杯頑張《せいいっぱいがんば》ります。
それではまた、お会いできますように。

永瀬さらさ

BEANS BUNKO

「悪役令嬢なのでラスボスを飼ってみました10」の感想をお寄せください。
おたよりのあて先
〒102-8177　東京都千代田区富士見2-13-3
株式会社KADOKAWA　角川ビーンズ文庫編集部気付
「永瀬さらさ」先生・「紫　真依」先生
また、編集部へのご意見ご希望は、同じ住所で「ビーンズ文庫編集部」
までお寄せください。

悪役令嬢《あくやくれいじよう》なのでラスボスを飼《か》ってみました10

永瀬《ながせ》さらさ

角川ビーンズ文庫　23355

令和4年10月1日　初版発行

発行者――――青柳昌行
発　行――――株式会社KADOKAWA
〒102-8177　東京都千代田区富士見2-13-3
電話 0570-002-301（ナビダイヤル）
印刷所――――株式会社暁印刷
製本所――――本間製本株式会社
装幀者――――micro fish

●お問い合わせ
https://www.kadokawa.co.jp/（「お問い合わせ」へお進みください）
※内容によっては、お答えできない場合があります。
※サポートは日本国内のみとさせていただきます。
※Japanese text only

ISBN978-4-04-112995-1 C0193 定価はカバーに表示してあります。　◇◇◇

角川ビーンズ小説大賞
原稿募集中!
君の"物語"がここから始まる!
角川ビーンズ小説大賞がパワーアップ!
https://beans.kadokawa.co.jp
詳細は公式サイトでチェック!!!
【一般部門】&【WEBテーマ部門】
賞金 大賞 100万円
優秀賞 30万円
他副賞
締切 3月31日
発表 9月発表(予定)
イラスト／紫　真依